译字生左钧直，
精通夷文，才华出众，
特擢为东洋馆、南洋馆掌馆通事，
协助二馆馆正总领两馆译务。

“文之时义大矣哉！以继世，以载道，以立言，以牖民，自开辟以至于今，所谓天之未丧斯文也。”

大约是站在这浩如烟海的千万书林之前，手似琉璃，心如菩提，情怀明澈，净无瑕秽。

小浮和谭居

力潮文创
POWER TIME
白鲸文化
为纯粹的乐趣而读

四夷译字传奇 一

Siyi Yizi Chuanqi 1

小狐濡尾 著

时代出版传媒股份有限公司
安徽文艺出版社

图书在版编目（CIP）数据

四夷译字传奇.1 / 小狐濡尾著. —合肥：安徽文艺出版社，2021.10
ISBN 978-7-5396-7302-8

Ⅰ. ①四… Ⅱ. ①小… Ⅲ. ①长篇小说—中国—当代
Ⅳ. ①I247.5

中国版本图书馆CIP数据核字（2021）第200265号

出 版 人：姚 巍　　特约编辑：唐 婷
责任编辑：张妍妍　　装帧设计：卷帙设计 QQ: 2649686699 张诚鑫

出版发行：时代出版传媒股份有限公司 www.press-mart.com
安徽文艺出版社 www.awpub.com
地　　址：合肥市翡翠路1118号 邮政编码：230071
营 销 部：（0551）63533889
印　　制：北京盛通印刷股份有限公司　(010)52249888

开本：880mm × 1230mm　1/32　　印张：9.125　　字数：260千字
版次：2022年2月第1版
印次：2022年2月第1次印刷
定价：46.80元

目录

第一章 说铁骑儿

“国泰民安福永昌，兴隆正利同齐祥。协益长裕全美瑞，合和元亨金顺良。惠丰成聚润发久，谦德达生洪源强，恒义万宝复大通，新春茂盛庆安康。”

一向春风满面的春意楼老板陆二爷的脸上，近几日冬雷阵阵、乌云沉沉。

“这是那小先生说的？”

伙计弓腰垂首，老实道：“是，那小先生说，从这八句诗里任取两三字，都是响当当的好店名儿。”

“俗气！”陆二爷从鼻子里哼了声。向来座无虚席的春意楼，今日只剩了稀稀拉拉几个过路的茶客。他本就短粗的眉头，硬是拧成了个死结。

“昨儿也没见这么少人——”

伙计眼神向外瞟了瞟，更加小心道：“据说今儿小先生要讲《金鼓名将传》的最后一回《穿云箭传奇》，说的正是当年三箭定西关的罗晋罗大将军。”

“疯魔了！都疯魔了！”

陆二爷烦躁地踱了两步，咕咚喝了一大口茶，将白瓷茶杯在檀木桌上重重一蹾，气急败坏道：“走！去泰丰源！”

正值冬月，大雪纷飞。

泰丰源在京城城南涌金口，乃三教九流会聚之所，不过是个两层的茶馆，挂着幅破旧的青幌，在闹市各色彩门欢楼中，十分不起眼。街道上穿着褐衣褴袄的下层平民摩肩接踵。不时有两只鸡扑腾着飞出来，又被人呼喝着捉回去，留下一地鸡毛。地上的厚雪被踩得漆黑。

陆二爷拿香帕掩着鼻，气不打一处来：“这种腌臜地方，那些王孙公子也肯来？”

及至门口，才发现里三层外三层都是踮着脚尖往里瞧的人。别说进去听了，怕是连泰丰源的门槛都迈不过去。

陆二爷正气郁间，见从门口聚着的人堆里挤出一个熟悉的臃肿身躯。那弥勒佛似的胖子抬袖擦了擦脸上挤出来的一层油汗，喘着气儿四下张望，像是在找什么人。

“老何！”

胖子听见有人叫他，骤然吃了一惊，见是陆二爷，脸上顿时露出夸张油滑带着点自得的笑意。

“原来是陆二爷！今儿是什么风，把您给吹来了？”

陆二爷依旧端着阳春白雪的清高架子，哼了声道：“泰丰源的名儿如今在这京城上下如雷贯耳，陆某人怎敢不来瞻仰瞻仰？不料贵店好生气派，陆某人竟是一只脚都迈不进去！”

老何笑哈哈道：“哪能！京城第一茶楼的老板来了，我这小店哪有不奉座之理？来来来，劳烦二爷屈尊，胖子给您开道嘞——劳驾，让让，让让嘞！”

老何带着陆二爷满头大汗地挤到书场前面，招呼着伙计匀出个凳子给陆二爷坐。虽看不惯那凳子的粗陋，但瞅着那水泄不通的气势，陆二爷还是皱着眉坐了。

书场上一桌、一扇、一惊堂木，却是没人。

见到老何进来，有人不耐烦地嚷嚷道：“这都等了三刻钟了，小先生还不来？这书是讲还是不讲了？！”一片应和抱怨之声如潮。老何擦着汗，张臂赔笑安抚道：“马上到马上到！定是雪大，路上耽搁了。列位客官甭急，小店每人免费奉红糖姜汤一碗！”说完，老何侧过身去，绷着张黑脸支使小伙计去门口看看人来没有。

陆二爷百无聊赖，四下里张望。这泰丰源茶馆着实简陋。顶上的琉璃瓦泻下朦胧天光来，四面八扇窗户拿透光的白绵纸糊着，狭小的书场上燃着一大盆炭火，屋子里倒是暖烘烘的，光线却不甚好。相较于一楼人挤人人挨人的混乱，二楼倒是清爽规整许多，想必是专门辟出来给有身份、有银子的贵人坐的。三扇屏风隔出两个包厢，正是听书最好的位置。其中人俱是锦衣华服，陆二爷不由得多看了两眼，却因逆着光，看不大真切那些人的模样。

茶馆中人声鼎沸，忽然听到一声大叫：“哎哟，哪里来的小叫花子！哎哎，说的就是你哪，还挤！”

众人循声望去，但见说话那人身量颇高，估摸着是站在凳子上，拎鸡子似的拎起一个瘦巴巴的小个子。那小个子穿着一件臃肿的大棉袄，一手抱着个鼓囊囊的袋子，一手抱着个小箱子，半张脸都陷在那硕大的棉袄中，双腿乱蹬，甚是滑稽。众人哈哈大笑。老何却急得跳脚，拨开众人喊道：“放下放下！——麻烦让让！哎哟喂我的小祖宗哎，您可算来了！”

近处几人仔细看了两眼，乐呵道：“哟！可不是小先生！”

老何犹嫌那小先生个头小挤不动，一把将他抱了起来，金刚一般几大步冲了出去，将小先生搁在书场中央。

陆二爷这才看清楚那小先生的模样，心中大为吃惊。

原来这小先生，果然是个“小先生”！

看他身量不高，眉眼秀气稚嫩，至多不过十二三岁年纪。十二三岁能讲古讲得名动京城，不免叫人难以置信。陆二爷心道，恐怕又是个被拐了出来卖艺的娃儿。只是唱戏练把式的小孩多了去了，出来说书的少年却不多见——起码得记性好吧。

少年的一张小脸冻得青紫，哆哆嗦嗦地把袋子和箱子放下，又在炭火边烤了一会儿，那冻得僵硬弯曲的小手方伸得直了。陆二爷瞅了眼那袋子和箱子，原来是一袋米，有四五斤；箱子是个书箧，比米袋还大些。

只见那少年暖好了手，又从袖中扯了块辨不出颜色的帕子来放在地上，接着竟脱了鞋，露出一双白生生的脚丫子，站在帕子上。那鞋已经被雪湿透了，足趾尖处还破了个洞。少年把鞋放在火边烤着，小脚在帕子上擦了擦，呼了口气，终于低头伸手去解那大棉袄的扣子。

场中固然大多是常客，但也有不少是最近慕名而来的。这些人目瞪口呆地看着那少年自顾自地做着这一连串事儿，良久，终于忍不住窃窃私语起来。

"这就是那小先生？这么小，讲得出那《金鼓名将传》？扯吧！"

"这小先生……怎的这么穷酸哪！"

"可怜啊……"

"怕是没爹没娘才会这么小就出来说书吧！"

……

场中正骚动间，忽听见那少年开了口，清清亮亮地说了句："今日好大雪。"

他仍是埋头费力解着扣子。那大袄显然是用大人的衣服改的，衬得那少年越发单薄羸弱。然而一句话出来，场中顿时鸦雀无声，愣怔着面面相觑，不由自主地点着头，纷纷附和道："是啊！""是啊！好大雪！"

少年终于把那大袄脱了下来，露出里面洗得发旧的白色粗布小袍子，将火边的鞋子翻了一面，又道："片片大如钟。"

众人茫然，想想雪片大如钟，也挺形象啊！莫非这小先生直入主题，已经开始说定场诗了？

少年有模有样地抻了抻小袍子，蹭着足底的帕子，转过身来面对众人，颇为孩子气。陆二爷看着那少年的模样，只觉得他五官生得并非不好，然而放在一起，却令人觉得平平无奇，倘若放在这一场的千百人中，定是泯然众人了。然而少年忽然咧嘴一笑，眸子顿时生了五色神采，令人目眩神迷。

他笑嘻嘻道：“黑狗身上白，白狗身上肿。”

场中一静，哄然爆发出一阵大笑。陆二爷摇摇头，本以为这少年能说书，看着也十分文气，作出诗来，竟这般粗俗。“难怪也只混得了涌金口！”陆二爷自言自语道。

少年抿着唇，站在场中，待众人渐渐止了笑，方拱手道：“小子贪书误了时辰，让列位看官久等，实在罪过。小子讲完了《金鼓名将传》后，将奉送一段《南海十六国记》以表歉意。”

场中一片欢呼叫好之声。陆二爷听见旁边一人对身边人道：“你是不知，小先生在涌金口是以讲番国的奇风异俗扬名的，那《南海十六国记》，恐怕比《金鼓名将传》还要精彩呢！”

少年拿下鞋套在脚上，慢吞吞地移到桌台前，清了清嗓子，一声惊堂木脆响，满座噤声。

“扫荡残胡立帝畿，龙翔凤舞势崔嵬。左环沧海天一带，右拥太行山万围。戈戟九边雄绝塞，衣冠万国仰垂衣。太平人乐华胥世，永永金瓯共日辉。

“这首诗夸我朝圣上之霸业鸿祚，赞京都之昌荣盛景。想我朝圣上雄图壮志，东征西讨，北伐南抚，重开千秋之一统、万世之太平，丰功伟烈，震赫宇宙。

“说道帝者丕业，便不得不提战功赫赫的千古名将。列位看官今日来此，必然已经知晓小子这《金鼓名将传》，讲的是自三皇五帝以来，历朝历代金戈铁马、气吞万里如虎的不世英雄。列位看官便要问了，历朝历代都讲了，为何不讲我崇光一朝的名将？难道我崇光一朝，竟没有足以千古流芳的英雄和名将吗？”

少年顿了顿，场中略略骚动起来，但闻人声议论道：“……我朝铁衣十八骑、‘萧山五虎’……哪一个不是铁骨铮铮的英雄？更别提威震天下的靖海王、晏江侯了！……”

少年微微一笑，一拍惊堂木：“列位看官说得不错！当今天下，入得了小子这《金鼓名将传》的——”他竖起三根手指摇了摇，“有三位。”

座下更是一片沸腾，有人大笑道：“小先生好大口气！”“可不是！天下英雄，竟只有三人入得了小先生的眼！”

少年毫不理睬场中人的挑衅，眸中神采飞扬，继续道：“但人之功罪，讲究一个‘盖棺论定’，也就是说，小子这《金鼓名将传》，只——讲——逝——者！”

一语既出，满场皆惊。

少年道：“我朝三位可入小子《金鼓名将传》的英雄，一王一侯自不必说，芳名垂汗青，千载永不灭，世所公认。二名将功成身退，深藏身与名，令人钦佩不已。二位仍在人世，小子不说。然而还有一位名将，辞爵不受，回守南疆，一年之前，旧伤复发，与世长辞，年仅四十有余。”

少年言声渐低，怆然悲肃。场中千百人闻之寂然，心中恻痛。

“想必大家都已经知道，这位名将，便是曾经三箭定西关、创下四十三战无一败绩之传奇的——穿云箭罗晋，罗大将军！军中歌曰：‘将军三箭定西关，壮士长歌入龙川。朱齐犹恨气数短，豪杰何惧埋青山！’。”

“将军三箭定西关，壮士长歌入龙川”两句一出，众人恍若梦回那英雄辈出、四海叱咤的风云年代。遥想当年朱氏北齐、明氏南楚二分天下，诸藩并立。南楚皇帝，也就是今上，少负一统天下的鲲鹏之志，二十余载励精图治，先后降伏东西藩国，十年之前挥师北上，前后五年征战，将北齐逐出关外。自此，南北两地法度一，货币同，有无相通，赀粮并济，文教相融，开启一代太平治世。

“靖海王、晏江侯固然是喑恶叱咤的绝世名将，但毕竟都是出身世家。咱这位罗晋罗大将军，白身举于南越鱼盐之中，蹑足于行伍之间，全凭一己之百战军功崛起于西征之途。北伐战功与一王一侯不分轩轾，今上欲以加王侯之爵。诸位且说，王侯将相，宁有种乎？”

座中爆出一阵叫好之声：“好！布衣王侯！”“罗大将军是真英雄！”

少年口若悬河，滔滔不绝间将罗晋波澜壮阔的一生娓娓叙来。烽火起处，壮怀激烈；蹇滞之时，潇潇雨歇。直听得众人时忧时喜，如痴如狂，千情万绪，俱系于那少年之晶亮双眸、翻飞薄唇。

“想那罗大将军如此英雄豪杰，竟是终身未娶，晚景阑珊。临至去了，只有一名义子守灵。”

南疆距离京城万里之遥，罗晋未受封爵，不能享国葬之礼。是以罗晋之死，京城中大多数人并不知晓。此时众人听闻他英雄一世，末了晚景竟是如此凄凉，不由得唏嘘不已。却有人碎嘴问道：“不知罗晋罗大将军为何终身不娶？”

少年抿唇一笑，道：“此事恐怕这世间已经无人知晓了。不过小子曾经游方南疆，倒是听过一些传闻——罗大将军爱慕皇上，眼中无他。”

一石激起千层浪。当今皇上天威鼎盛，何人胆敢论及皇上私事半句？遑论与皇上相关的私情了。然而不敢说，并不意味着不感兴趣，少年抖搂出这么一个天大的八卦来，满场哗然，处处闪动的，皆是兴奋的、会意的目光。

陆二爷眼神恰瞟到二楼包厢中，一个紫袍鸾带的年轻公子拍案而起，手却被里座之人按住。里座之人被屏风遮了大半边脸，看不清楚面容。然而那紫袍公子似乎对那人十分恭敬，触到他的眼神后便抑着怒气复又坐下。紫袍公子站起来时，陆二爷看清了他的模样，不由得大惊。

座下有人高声问道：“以往每一名将说毕，小先生你皆有一字评，不知今日罗大将军是为何字？”

“仁。”少年声音稚嫩，落音却铿锵有力，毫不犹豫。

“怎讲？”

少年犹豫了一下，道：“当今圣上一统天下，文治武功垂宪万世，独惜其杀戮心过重，手腕酷烈无情。北齐皇室三十八人，包括刚降生不久的幼子朱镝，一命未留。然而罗将军不杀降将，不杀俘虏，最善不战而屈人之兵，所过之城，俱得保全。北地能在战后三年之内得致仓廪丰实、户口蕃息，泰半归功于罗将军北伐之仁。”

话音未落，二楼包厢传来一声冷笑。众人循声而望，但见一位紫袍公子冷声道：“皇上之功过是非，岂容你这小小孩童置喙？”

一语生威，场中顿时寂静了下来。众人都暗暗为这小先生捏了把汗。皇上弑兄自立为帝，酒宴之中狙杀藩王……这些都是世所周知的。然而纵有微词，谁又敢直言犯上？更何况若非心如石、腕如铁，又怎能平定这烽火乱世，傲睨四海？

陆二爷心道，这少年到底年幼，不知轻重。也是他树大招风，平日价在涌金口这种地方给平头百姓讲讲古也就罢了，谁知把不该来的人引来了呢？

少年见那公子十七八岁年纪，然而容端体肃，周身威势隐隐，一身深紫锦袍毫不张扬，却透着清贵之气。这公子坐在最外侧，里面亦有几人，只是光线不甚好，看不清模样。少年心道，今上只有一子，单名一个“严”字。人言太子容色袭其父母绝代风华，世所罕有，这公子生得虽正气浩然，却断断与“风华绝代”四字不沾边，想必至多是个京中贵族。少年心中踏实了大半，便道：“所谓‘青史字不泯’，自古名留青史之人，功业烂照之外，功罪自然也要任人评说。更何况当今圣上是万世明主，小子据实而言，圣上也不至于就因着两三句话就砍了小子的脑袋吧？”

少年似乎听到紫袍公子里侧之人一声轻笑，又好像和紫袍公子说了句什么。未待紫袍公子再言，旁边包厢中的一人却开口道：“小孩儿，你这小小年纪的，这些故事呀话儿呀，都是从何处听来的？”这人语带笑意，说话轻飘飘的，颇有些玩世不恭的轻佻意味。天下一统之后，皇帝定都于南北两地之间的重镇郢京，郢京本就是“九省通衢”之地，各地人口夹杂。这人言语词句之后皆带着“儿”字，是标标准准的北齐官话，当是个土生土长的北地人。他衣着锦绣华丽，大冬天的手上却摇着一把坠着蜜结迦南的素色芳风沉香三十二骨扇，遮去了大半张脸，五根手指中倒有四根戴着镶嵌玉石玛瑙的各色指环，富贵逼人。

陆二爷久居京城，见多识广，单凭那一把折扇便识出了此人的来历，心中暗道，这位爷竟然也来了这泰丰源，看来今日自己这一趟真没白跑。陆二爷常在达官贵人中周旋，心似比干七窍玲珑，细细揣摩了一下那人刚说的话，无端浮出了一个念头：这位爷看似随口一问，实际上却是给了那少年一个稳妥台阶下？

那少年若是懂得明哲保身，当就坡下驴。

然而只听那少年不服气道："我不是小孩儿了，书都是我自己编的，评语也是我自己下的，与他人并无相干。这些故事，爷可曾在别处听过？"

陆二爷暗暗摇头，这少年意气轻狂，那位爷的一句话，无论是试探还是开脱，在那少年耳里想必都成了讥讽。陆二爷眼风扫向包厢，只见那位爷眯着眼，斜倚在椅上摇着扇子，神情莫测。旁边的包厢倒是又恢复了淡然，紫袍公子端正庄重地坐着，面无表情。

《金鼓名将传》讲完，竟无一人有走的意思。座下人已经催着小先生尽快开讲《南海十六国记》。少年瞅了瞅屋顶天光，喝了口茶润了润嗓子，便紧锣密鼓地讲起来。交趾、安南、暹罗、三宝垄、北婆罗洲……各国风物异闻张口即来，时不时夹杂语音古怪奇特的番语打趣，乐得众人前仰后合。有人问道："小先生，你真会讲番语？"少年笑眯眯的，得意道："当然会！"场中一阵骚动，几个人拥着一个褐肤厚唇宽鼻的矮个子站了起来。那人自称是暹罗商人，以暹罗语与少年言语，少年果然对答如流。暹罗商人跷着大拇指，以生涩官话道："厉害！"座中一片轰然叫好，少年更是眉飞色舞，一双眼亮得如星辰一般。

这一段《南海十六国记》讲完，又是近一个时辰。少年道了谢急急要走，众人却觉得意犹未尽，怂恿着少年再多讲些。老何自然巴不得茶客们多留会儿，也絮絮地劝那少年。

少年扬着手上米袋，急道：“天色已经黑了，米还在我这里，爹爹回家看见冷锅冷灶的，定是要出来寻我了。”

茶客们笑道：“小先生，你在这里多赚些银子，回去和你爹下馆子，可不是更好？”

少年急得直摇头：“爹爹不许我……”

有人突然大声道：“这样吧，小先生，再唱一段《十八摸》，我们大伙儿就放你走，如何？”

陆二爷大吃一惊，这《十八摸》不就是时下最流行的粗俗段子？这涌金口的人，当真下作！青楼里的姑娘们唱唱也就罢了，竟让这小先生当着千百人之众来唱，可不是下流？

然而众人竟是一片应和之声，少年被困在场中，几乎要哭出来：“我爹爹说，这个段子以后再不可以唱了……”

那人哐的一声，在茶桌上掷下一锭银子，高声道：“小先生，甭管你爹爹不爹爹的，最后唱一遍，这一两银子就是你的！”

少年直直地盯着那锭银子，眼睛亮了亮，细长泛白的指尖摩挲着怀中那个掉了漆的书箧，良久一咬唇：“好，一言为定！”

陆二爷老脸一红心中一荡，暗骂无耻无耻，自己这种风雅之人，怎能听这种下流淫词？顿时坐如针毡，眼神却半分离不开那少年的一张脸。

一片喧闹声中，少年挽起双袖，从老何手中接过七件子，右手执两片大竹板，左手执五片小竹板。打板声一起，叫好声连连。大竹打板抑扬顿挫，小竹打眼密如雨点。

陆二爷心道，拿莲花落来唱《十八摸》，这倒还是头一遭听。

打板三巡，少年启唇唱道：“城西走马杨柳树，城东观花燕子窝。林子大有好多鸟呀，听我唱曲《十八摸》。

“一摸摸上姐的手，十指尖尖细又柔。官家银子生了翅呀，淮堤十年无人修。

“二摸摸上姐的眼，眼仁黑黑清又圆。龙王一朝发了威呀，万人凄凄离家园。

“三摸摸上姐的鼻，鼻梁挺挺尖又直。鬻儿卖女心凄惨呀，朱门酒肉走得急。

“四摸摸上姐的口，嘴儿红红赛丹蔻。二两银子卖了身呀，骨肉分离入青楼……”

陆二爷越听越是心惊，这哪里是秽词《十八摸》，分明是在说一年之前的那场淮河大水灾！借着一个风尘女子之口诉说身世凄苦，到最后竟直指朝中户部、工部和吏部的大员！

“奉命捉拿逆贼左钧直！”

竹板声犹在脆响，一队官兵杀气腾腾地冲入了泰丰源，堵在门口的茶客们被冲得人仰马翻，惊叫声嗷嗷一片，更多人茫然不知所以。

左钧直？左钧直是谁？

书场中混乱非常，人们尚在惊诧之际，场上那少年已经被反剪双臂压倒在地。少年刚叫了声“你们有无王法！”，便被勒了嘴，呜呜叫唤着再也说不出话来。

楼上的紫袍公子骤然撩袍起身，袖中金影一晃，令牌正要出手，一柄未出鞘的长剑啪地将他的手打了回去。

“殿……少爷？”

烛影摇曳，屏风半掩，在厢中人面上投下深深浅浅的阴影，独现出嘴角一弯似怒似诮的弧线。

“金吾卫，非五城兵马司，没看出来吗？”

紫袍公子凝神一看，这才注意到这些官兵腰悬铜牌，罩甲上围项帕俱是赤色，果不是专司京城治安拘捕事宜的五城兵马司番子手。

竟是上直十一卫亲军之一的金吾前卫！捉拿区区一个说书小子，竟然动了金吾前卫？

眼看着那小先生被金吾卫粗鲁地拖出了大门，瓜子等干果被掀落一地，紫袍公子怔怔地望向厢中人：“难道是皇上……”

厢中人未点头亦未摇头，唇角紧紧抿成一条直线。

“小钟，去查一下左钧直是何背景。叶轻，跟着他们。”

两条人影从包厢暗处掠出，无声无息地消失在苍茫夜色中。紫袍公子望着窗外纷飞的鹅毛大雪，低声道：“小小年纪如此博闻广识，莫非和江北左家有关？”

两道凌厉目光射向他：“文职诸事你倒是清清楚楚，武备军功上却欠了些火候。”

紫袍公子羞惭地低头道：“少卿明白。”

前一刻还是茶客满座人声鼎沸，下一刻已是杯盏狼藉空寂凄凉。几个伙计毛手毛脚地收拾着地上的碎瓷片和打翻的桌椅，老何死了爹娘一般哭丧着脸。门板大开，寒风刀子般刮了进来。

有人立在他身边，任凭雪花扑了满身。那人伸出一只白净的手优雅地掸了掸项上那圈黑狐毛上的雪末，不痛不痒道：“这辈子都甭指望小先生再回来了。老何啊，你还是老老实实卖三文钱一碗的大碗茶吧！”

茶客们作鸟兽散，老何平白无故亏了许多茶钱，自是痛心。然而痛心归痛心，他究竟是个实心肠子的人，那人这么讽他，他却也不放心上，反而呆呆问道：“二爷这说的，小先生怎的回不来了？不就一首《十八摸》？究竟是个不懂事的孩子，打个十几二十大板的，不也就过去了？”

陆二爷冷笑一声，似是极为不屑：“这般没有眼力见儿，难怪只能混涌金口。你啊，这辈子都甭想进朝天门喽！”

朝天门是富贵繁华地，春意楼便是朝天门的第一大茶楼。京城人言“有钱朝天门，无钱涌金口”，说的便是这两个地儿。

老何急道：“二爷，您就甭卖关子了，我这儿急呢！”

陆二爷道：“摸摸你这脑袋，还在脖子上，便谢天谢地吧！你这泰丰源，今儿沾了龙气了知不知道？”

老何“啊”了一声：“皇上来了？”

陆二爷恨铁不成钢：“皇上来了哪里还是这架势？你这楼都要给掀了去！那贵人虽一直没露脸儿，但虞少卿虞大公子我看得清清楚楚。虞大公子是什么人？太子殿下的伴读之首啊！能让左都御史的大公子如此俯首帖耳的，除了太子殿下，还能有谁？！”

老何一拍脑袋，哭倒在地：“哎哟喂……小先生这可闯了大祸了……”

陆二爷看着书场上七件子凌乱散落在地，小先生的大棉袄被践踏成了破烂流丢一口钟，那袋米也撒得到处都是，不由得深深一叹。

年少轻狂，祸从口出而不知。只怕那出一两银子买他一首《十八摸》的，正是要诱他上钩的吧。

小先生，倘若能留得一条性命，便好自为之吧。

门外大雪纷纷，门内灯影幢幢。

人来了又往，混乱之中，却无人注意到一只珠光宝气的手拾起了少年那个掉了漆的破旧书箧。

打开，墨香扑鼻，一溜儿的新书排得齐齐整整。

书脊上俱骑着“三绝书局”的篆字朱印，印泥犹鲜，殷艳欲滴。

那目光便带了点深幽。

少年被拖出去之后即被黑布蒙了脸，待再见到光时，已在一座森森地牢中。阴暗墙角点了几支火把，照亮了一排狰狞刑具。

“你就是左钧直？”

少年从慌乱中回过神来，见面前木椅上坐着个络腮胡子的百户，一双套着牛皮靴子的粗壮长腿搁在放着笔墨纸张的桌子上，气焰甚是嚣张。

少年膝弯一痛，被身后的狱卒猛一脚踢得跪倒在地。

“大人问话，没长舌头？”

少年慌忙道：“草民正是左钧直。”

“父亲可是叫左载言？”

少年愣了愣，懵懂道：“是。”

百户一摆手：“打！”

少年尚未想透百户这三句话之间的关系，屁股上已经狠狠着了一板，疼得他大叫起来。身后那狱卒显然是个老手，没因少年撕心裂肺的叫声有丝毫的停顿。板子十分有节奏地带着均一的力道落了下来。

少年被打了五大板之后脑子终于清醒了些，喘着气挣扎叫道："不在大堂，未有审讯，这是……滥用……私刑！"他叫了之后，那板子的力道竟更重，每一下都叫他浑身一颤，疼得无法呼吸。

百户乜斜着眼，倨傲道："审讯不是已经完了吗？打的就是你，小逆贼左钧直！"

十大板子打完，左钧直的白袍衫上已然一片血渍。百户讥道："小逆贼竟是细皮嫩肉的，这么不经打！"两指夹起桌上的一沓讼案扔到他面前，道，"看看，可都是你说的？"

左钧直的下半身已经动弹不得，他喘了口气，撑起身来扫了一眼，果都是他说书中的摘录。他讲《金鼓名将传》和一些旁的段子，借古讽今、针砭时弊皆是常有，平日在涌金口口无遮拦地讲出来，言过而无痕，谁知竟有人会从头至尾一条条地记录下来呢？

断章取义集并起来看，他当真是当得这一个"逆贼"的罪名了。

左钧直虽是年纪尚轻世事欠历，这时候看了这一大沓的罪状，也是心底洞明——

有人要害他，而且盯了他许久了。

可是他不过说说书给自己赚点买书钱，何曾得罪过谁呢？

他心中一片茫然，那狱卒捉着他的手去摁印泥画押，他下意识地缩手。百户手中两个核桃咔啦啦磨了磨，阴阴道："再打。"

左钧直没有机会再说话。他亦明白说了也是无用。蒙蒙眬眬失去意识前，他依稀看见手指上一片殷红，不知是血，还是朱泥。

"左钧直，左相第五子左载言之独子，生辰不详。两年前随父入京，居南城春米胡同，一年前开始在涌金口各书场讲书。嗜书如命，能番语。邻里街坊、茶馆酒肆莫知其名，俱以'小先生'呼之。"

"就这些？"

面前人一身明黄常服，峨如玉山，目似飞凤隐含威，面若秋水凛生寒。纵然看了数年，那眉峰一蹙、嘴角一抿，仍是让韦小钟心簇神摇。

眼看着冷冽的目光又要扫过来，韦小钟忙定了定神道："禀殿下，那左钧直除了去茶馆说书和去书肆买书，鲜少与人来往。该去的地方臣已经都去过，确无更多消息。"偷偷窥了明严一眼，见他仍是皱着眉头看手中文卷，又小声补了一句，"谁能想到这么个穷酸小子，竟是一人之下万人之上的左相之孙？"

明严闻言仍是未语，又过了一会儿，方抬眼问道："可有调出左载言的案卷来？"

韦小钟胸有成竹，从袖中摸出一个卷轴呈了上去，笑道："这位翰林院典簿的民间传说，可比吏部帖黄上写的有意思多了，殿下想必也听说过一些吧？"

明严略略翻看过左载言的履历，脑海中浮出一个人像来：白衣清萧，温文俊雅。前年金殿传胪，众举子要么痴然忘礼，要么慑于皇威讷口失言，独左载言进退有度，应答如流。他看过左载言的卷子，本是状元之才，却只被点了个二甲末名。虽是发往了翰林院，却又非授庶吉士，而是任了一个从七品的典簿之职，掌文移书启并典籍修缮。他虽好奇，然而政事浩繁，左载言亦不似其他新科举子那般营营，这个名字也就被他渐渐淡忘了。

微一挑眉，明严淡淡然道："彼时你尚未入宫。"

当今天朝皇帝子息不盛，人皆知仅有太子明严一株独苗，虽无争储之虑，却未免过于孤单。是以皇帝在太子幼时便从朝中文武官员的子孙中选拔天资俊乂者入宫陪读，与太子同行同止，文训武教一视同仁。凡被选中者，举族俱以为荣。然而陪读的选拔与考核十分严苛，便是入了宫，此后每月的文武月试不合格者亦将被送回。十几年来入选陪读者数十之众，头一批中留至今日的却只有左都御史虞龄之长子虞少卿一人。如今跟随太子身边的有八名，韦小钟是唯一的女子。她本是前任太子太师的孙女，幼时便父母双亡，后来太子太师亦亡故，只余她孤苦伶仃一个。皇帝见她聪明灵秀，便破例也将她带入宫来随太子一同学习。

明严“彼时你尚未入宫”一句轻飘飘地说出来，一向老成持重的虞少卿亦是低低笑了一下。韦小钟知道明严是在笑话她入宫后带起了众侍读少年的八卦风潮，脸上不争气地红了一红，心底却是蜜甜蜜甜。须知太子性格颇类其父，清冷寡情，偶尔说出这样一句话来，那真是不啻金玉。

韦小钟在明严身边待了好几年，对他的喜怒已经拿捏得十分到位，偶尔耍耍女儿家的小性子甚至装娇卖痴，那是她韦小钟的特权。于是她觍着脸道：“那小钟真该女扮男装，早几年入宫啊……”

殿门轻叩三声，两重一轻。明严命道：“叶轻进来。”

入殿的少年剑眉星目，里外都透着冷毅。他行走无声，所过之处却带起一阵风来，拂得韦小钟的茜色裙裾飘了两飘。韦小钟撇撇嘴，小声嘟哝道：“凶巴巴，冰块脸。”

叶轻走到明严面前施了礼，道：“左载言连夜入刑部，领了左钧直之罪。”

明严微讶，敛着眉收起手中案卷在左手上轻拍了两下，向韦小钟道：“说说左载言。”

韦小钟应诺，说道：“据说左载言出生后，异士见之曰：‘此子相殊，乃是“红颜劫”，一生将养于女子之手。’试想，当今之世男子为尊，女子大多不出闺阁。男子为女子所养，那简直是奇耻大辱。左相闻之大为不悦，将那异士驱走，不许他人再提。

“江北左家，乃是天下闻名的诗礼簪缨之世家大族。及至左载言这一代，更是满门俊华，四子入仕。左载言少负才名，生得又潇洒倜傥，自小便被族中寄予厚望。然而弱冠那年，左载言竟痴恋上了一名大他二十岁的西域孀妇，拒了家中所订的婚事，甚至与父亲反目。左相大怒之下，将左载言逐出左氏宗庙，断绝父子关系。左载言销声匿迹十年之后，孤身出现在郢京参加科考，中举后任翰林院典簿。今年年初，皇上命大学士凌岱泯主持编撰《太平渊鉴》，左载言被选为纂修官之一。看左钧直的岁数，当是左载言与那孀妇所育之子。”

虞少卿忍不住问道：“左载言为何会独自带着孩子回京参加科考？既是入仕，便免不了要与父亲兄长相见，岂不是尴尬？”

韦小钟道：“左钧直那孩子曾提过，他娘亲已经去世。据说那孀妇十分富有，左载言一介书生，有何所长？恐怕在外十年，皆为那妇人所养，可不是应了那句谶言？后来那妇人过世，钱财散尽，想来他除了回京做官，别无选择。”

虞少卿叹道：“是了，典簿薪俸微薄，也难怪那孩子过得那么清苦。”

明严忽问道：“左载言在翰林院可曾得罪过什么人？”

韦小钟摇头道：“左载言入翰林院后，极少抛头露面，亦不参加任何聚会，恐怕是不愿与旧人会面。其他官员亦甚少与他来往，独凌岱泯凌大人十分赏识其才能，特拔为其左右手协编《太平渊鉴》。要说得罪，不如说是招了妒忌吧。”

明严点头道：“我知道了。”看了看叶轻，又问道，“挺之和段昶他们怎的还没到？”

叶轻眉尖耸了一下，道：“刚才，打起来了。”

韦小钟怒道：“多说几个字你会死啊！”

叶轻道：“不会。”却又闭了嘴。

韦小钟正要发作，又进来三个少年。年长些的一个面如冠玉，玉树临风。其次的一个相貌朴实温和，看着十分忠厚可亲。最小的一个大约十四岁，小小年纪已然有猿臂蜂腰之态，一看便是个练家子。只是这练家子眼下最是狼狈，脸上几处青肿，衣服也被撕破了。温和忠厚的少年身上亦沾着些尘灰。

明严看着那小少年，皱眉道：“林玖，鸾儿又欺负你了？”

名叫林玖的少年忙摆手道：“不是！郡主对臣很好！”

明严哼道：“一心护着鸾儿，问你也没用。”看向温和忠厚的少年，

“段昶，你说，不得偏颇。”

段昶称了声是，斟酌着词句道：“今日鸾郡主过来寻我一起玩藏钩之戏，括羽总输。”

韦小钟嗤笑道：“他以前必没玩过，你们几个肯定又合伙骗他，他自然输咯。”

段昶涨红着脸，接着说道：“因为括羽老输，鸾郡主便说要罚他给自己当马骑。括羽打死都不愿意，闷声挨了郡主几鞭子。郡主见他不哭不叫也不反抗，便生气了，命我们几个揍他，揍到他哭为止。”

明严摇头叹道：“鸾儿真是被我和你们几个给惯坏了，以后不能这么由着她。”又若有所思道，“要括羽那孩子哭，委实有些难。”

段昶点点头：“是啊，被我们打了，括羽仍是不哭。但后来估计被打得很了，那小子竟然破天荒地还手了。”

虞少卿讶然道：“哦？林玖就是被他伤的？之前一直逆来顺受，我还道他不会武。”

韦小钟撇嘴道：“从小在军中跟着罗晋将军长大，不会武才怪。”她看向林玖，“阿玖，你是我们几个中除了叶寡言外最能打的了，怎么会伤？”

叶轻寡言鲜语，韦小钟便呼之为叶寡言。他和林玖是明严身边八名侍读中仅有的两名武官之后，是以身手也最好。

林玖哭丧着脸道：“那就一小野狼……我算好的啦，飞飞和左杭都见血啦。”

段昶忙道：“后来打得惊动了亲王妃，才算停了。现在飞飞、左杭和括羽三个都在亲王妃那里包扎。”

明严竟笑了下，看得韦小钟又是一恍神。“这小子再不出手，我就要把他赶回南越去了。对了，他文试的卷子如何？”他望望陆挺之，眼神中有一丝难以捉摸的意味，“你们不是暗地里央着凌岱泯从三坟五典、八索九丘里面刨了个能难倒满朝文武，让括羽翻天掀地这辈子都写不出来的题目吗？”

陆挺之没料到这事儿明严竟也知道，他们这么多人排挤一个十岁小孩，半点退路不给，说出来毕竟面子上有些挂不住。但他应对十分机敏，笑道：“殿下，刁难新人不是我们武英殿侍读班子历来的规矩吗？刚才小钟也说了，若没有真本事，怎配在殿下身边立足？”他从袖中摸出一纸文笺，呈与明严，“然而说来也奇，这题昨日竟让他给破了，真真有如神助。”

明严看了他一眼，接过文笺，一看到那题目，面色就沉了。文章不长，他很快便看完。文笔果断，简练无华，说理不尚文法气势而以谨严取胜，证论多不循古而取身边实例，是十来岁孩子中少有的浑朴大气。这等文风，倒是和括羽此前一脉相承，不像是他人代笔。

明严递与虞少卿：“少卿且看看，你会作吗？”

虞少卿浏览了一遍，额角沁汗，惭道：“若非此文指明，臣确不知出处。满朝上下，怕是除了凌大人这般博览群书之大儒，无人能解。臣以为，此文确是括羽所作，但恐怕那题意，是有人点拨过的。”

明严冷笑道：“有趣，括羽入宫不过一月，所识之人不过你们几个，何人会帮他破这个题？破题者既有如此大才，我等在宫中这么久，竟全然无知？”

陆挺之道：“我们盘问过括羽那小子，他只说他是自己去文渊阁翻书时无意中翻出来的。文渊阁卷帙浩繁，要翻个一年都难找到一句话的所在，他竟能三日就翻出来？我们自然不信，又狠狠虐了那小子一番。那小子实在太倔，死活不开口，我们也就只能作罢了。”

明严道：“好了，这事儿迟早会水落石出。眼下，还有更重要的事情做。

“说之前，照例有句话要同你们说清楚。诸位既是选择了留在武英殿，那便需要明白所效忠之人是谁！你们眼中，只能有皇上，姓氏、家族都必须抛开。你们所打拼的，是一片属于你们自己，而非父辈、祖辈的天下，明白吗？”

第二章　道阻且长

地牢之中无日无夜。左钧直再醒来的时候，也不知是何月日，是何时辰。腹中空虚，他便也顾不得股臀间火烧火燎般的疼痛，捞过铁栏外的食盘就着手吃了一大口。

馊臭酸涩。

左钧直腹中一阵翻江倒海，呕吐起来，然而肚中空空，呕出来的也只是清水而已。

地上的稻草潮湿腐臭不堪，处处都是之前的囚犯留下的污秽之物。左钧直微微昂起头，仿佛这样能吸入更多高处新鲜些的空气。

他茫然、混乱、恐惧、焦虑。不知道下一场折磨和审讯什么时候来，不知道等待他的是什么判决。还有父亲，他知道自己被关押在这里了吗？他会不会很焦急？他晚上没有米饭吃，会不会饿？大雪天夜里若是出来寻他，会不会冷？会不会滑倒？……

他缩在角落中无声地哭了许久，晕晕沉沉又睡了过去，醒来后却再没有人来提审。

时不时传来其他犯人的呻吟声和哭泣声，如同夜半孤魂野鬼的哀号。缥缈的灯火闪烁不定，在墙壁和牢顶上投下摇曳的阴影。

左钧直痴痴然看着，壁上乌影和片片形状古怪的水渍，一瞬间幻化成了扶锄的老叟、持花的稚童、抚琴的佳人、展卷的才子……凡人、神鬼、妖魔、精怪……栩栩如生地动了起来，唱一曲红尘间悲欢离合，演一出大千中炎凉冷暖，舞一支世情里风月情仇。瑰艳奇诡，黯然销魂，不可胜举。

牢狱之中，空虚、恐惧和绝望，有时候比酷刑更能摧残囚犯的意志。

左钧直年龄尚小，定力不足，孤身仓皇入狱受刑，本来就很容易入了魔怔。

所幸左钧直有两个世界，虽然陷入了现实的囹圄，但是心中的那一个小千世界依然鲜活自在。

幼时，母亲曾给他讲方术传中费长房和壶公的故事，讲到“市中有老翁卖药，悬一壶于肆头，及市罢，辄跳入壶中。……唯见玉堂严丽，旨酒甘肴，盈衍其中”时，左钧直十分向往那片壶天胜境。

母亲告诉他：“你也可以筑一个属于你的世界。人世间，你多历一事，无论欢喜，无论苦厄，你的世界中便能多一重山、一重海、一重日月、一重乾坤。唯在这世间你所历沧桑积恒河沙数，你的日月山河方能合成一个小世界。”

左钧直生来便有一个麻烦，便是脑子放不得空。只要他清醒着，就无一时无一刻不需要东西来填充他的念思。所以他嗜书如命。然而吃饭、行路、睡觉，总有书不在手的时候。小时候可以央着父母给他讲故事，然而故事总有讲尽的时候。

他觉得这是一个打发时间的好办法。

他在自己的小世界中纵马飞驰，腾云驾雾，竟能忘了这个尘世中的痛苦和饥饿。

也不知过了多久，地牢门口铁链哗哗作响，靴子摩擦在地面的声音粗糙刺耳。左钧直回过神来，隐约听见有人问狱卒："左……如何？"狱卒道："……被打傻了……发呆，动都不动一下。"

那人道："左相……刑已经施了……放人，横竖都是废人了……"

左钧直被丢出了牢门之外，正懵懂着为何莫名其妙便被放了，忽然见到旁边昏迷着的一人身形甚是熟悉。浑身一个激灵，他颤着手抹去那人脸上的血迹和污渍——

果然是父亲。

他胸口如同被大锤猛击了一下，震得脑子中浑然空白，四肢都不听自己使唤。

大雪仿佛从来没有停过，天地间一片苍茫。

地上白雪皑皑，父亲的血在雪上，红得令人触目惊心。

左钧直灵魂出窍。他看到自己单薄微渺的身子伏在父亲的躯体上，哆嗦了半日，终于撕心裂肺地喊了一声："爹！——"

父亲的衣服破烂不堪，一身白衫被血泥污得看不出来颜色，手足都以奇怪的角度扭曲着。

为什么会这样？

惹事的是他，为何受刑的是父亲？！

左钧直这才真正绝望了，一声声地嘶吼哭叫，闻之摧心。

"快滚！"一个狱卒扔了一卷破席过来，不耐烦地骂道，"你爹不过剕手刖脚，还没死呢！哭什么丧啊！滚！"

左钧直被骂得愣了一愣，他不敢动父亲的手，摸上父亲的颈脉，只觉得他皮肤冰凉，然而经脉还在跳动。

他费力地将父亲抱上那张破席。父亲虽瘦，身量却很长，他只能让父亲的两条腿都落在地上，自己揪着席子的两角，极艰难地挪动。

从刑部大牢到南城春米胡同的家，需出正阳门，穿过三条大街。

一路上行人或指指点点，或避瘟神一般地躲开。寒风割面，左钧直只着了件单薄的袍子，冻得瑟瑟发抖。臀上的伤口又裂开，他只觉得身后黏湿一片，每挪一步，都像是被人狠抽了一鞭。

道阻且长。

莽莽苍苍之间，尘世之色、生灵之声，都渐渐地变得模糊。

孤独。

无助。

渺小。

……

左钧直只听到自己沉重的心跳，一下一下，敲击着筋疲力尽的身躯。他僵硬地抬起手推开大门，小院中仿佛被劫掠过，凌乱不堪。

拖着父亲跨过门槛，他终于再也支持不住，眼前一黑倒了下去。

疼……

伤口火辣辣的疼……

像是被搁在了蒸笼里，浑身滚烫，连呼出来的气都像带了火。

头好沉……

左钧直痛苦地“嗯”了声，下一瞬便有清凉的液体轻柔地抹在了臀上，疼痛顿时减轻了一半。他下意识地呜咽道：“娘……”

一串咯咯娇笑：“喊得好！乖女儿！”

左钧直吃了一大惊，一扭头，果然是那个面熟的女人，心中升起厌恶，问道：“我爹呢？”

女子道：“偷偷姐照顾着哪，不用你操心！”

左钧直抽过床边的大衫裹了身子，强打精神翻身下地，冲出了房间。身后女子追出来骂道：“臭丫头！不要跑！”

父亲床边，一个女子手执湿巾，似乎正在给父亲擦身。

果然是不知廉耻的女人！

左钧直扶着门框，怒道："不要碰我爹！"

那女子转过脸来，远山黛眉，烟波杏目，一丝不苟的精致妆容一如既往地挑不出半点瑕疵。上穿海棠色湘绸对襟袄，白绫竖领，牡丹缀金眉子，下着秋香宫锦宽襴罗裙，露出两只纤纤绣足。女子见到左钧直，勾唇一笑，妩媚风情，青葱五指探入左载言微敞的襟口挑衅般划过，慢条斯理道："我不碰，难道你碰？"

左钧直闻她说出这般不伦的话来，满面涨红，正要冲过去把她从父亲身边拽开，双臂却被后面跟来的女子反剪扭住。

"臭丫头！不知好歹！若不是翛翛姐和我及时赶过来，找了郎中，你和你爹早就没命了！"

左钧直挣扎着："我谢谢你们救我爹和我，这个情我以后一定会还。但你若要借此机会取代我娘亲的位置，想都别想！"

"看看你爹，被打得奄奄一息，手筋脚筋都被挑断，你这么丁点儿，受了伤又发烧，难道还指望你来照顾你爹？翛翛姐才貌双全，哪点配不上你爹？"

这女子伶牙俐齿，说话连珠炮似的。左钧直说书讲古是好手，吵架却不在行。被噎了一下，左钧直脱口而出："她是妓女！"

女子冷笑道："妓女怎么了？妓女就不是人啦？妓女就活该被人瞧不起啊？你爷爷是丞相，四个大伯也都是高官，你们爷儿俩落了难，他们避之唯恐不及！你爹曾经也有些文坛好友，如今呢？谁都恨不得和你们撇得干干净净的！翛翛姐对你爹有情有义，不离不弃，我看比那些自命清高的上流人强多了！你以为我家翛翛姐想当你的娘啊？！"

"葳蕤！"

左钧直身子本来就虚弱，刚才全凭一口气撑着，被葳蕤一通抢白，想起母亲的死和父亲的重伤，胸中剧痛难忍，眸中泪水满溢，竟又昏了过去。

翛翛狠狠剜了葳蕤一眼，责备道："丫头够可怜的了，你还说这种重话。”

葳蕤抱着左钧直，愤愤不平道：“这臭丫头向来看不起我们，你还护着她！”

倏倏叹了口气，伸指拂去左钧直秀白小脸上的泪珠儿，道：“到底还是个孩子……也是苦命。”

葳蕤将左钧直抱回房放在床上盖好被子，看着她清淡的眉目，道：“左官人生得这般清俊，据说白度母夫人也是个绝色美人，为何这丫头没有半分美人坯子的影儿？你说是左官人的女儿吗？”

倏倏低低叹道：“载言先是为了她，做了他最不想做的官，现在又为她顶罪受刑，险些丢了性命，你说呢？”

葳蕤亦是叹了一大口气：“倏倏姐，你喜欢谁都好，为何偏偏喜欢左官人呢？十几年了，可曾有个结果？他如今也残了，你又何苦呢？”

倏倏站起身来，看向窗外的大雪，脸上似悲似喜：“我十四岁第一次见到他，他站在高楼之上，一身白衣，丰神如玉……那时我就知道，他是我心中那人……可是后来知道他是左相的小公子，我觉得离他好远啊……我算什么？”她自嘲地笑了笑，“我是个自私的女人，心很坏。他一步步落入尘埃，我竟然暗自窃喜。这一次……”她用香帕擦了下眼角，哽咽道，“我不知道。他变成什么样，我都不在乎。能触到他一次，就算是让我死，我也觉得值了。”

葳蕤步过去，缓缓握住她的手，安慰道：“倏倏姐，去和刘爷说吧，让你离了繁楼。”

倏倏摇头道：“不是不能离。繁楼不留双十之女。刘爷让我留下来做了八年乐司，已是对我莫大的恩惠。我一边要报答刘爷之恩，另一边……载言被夺了官职，谁来养活他们父女两个？”

葳蕤难以置信地瞪大了双眼：“倏倏姐，你真的……好傻。”

郢京宫城禁中，殿阁所用木石俱苍黑，松柏丛植，放眼而望，一片冷寂肃穆之色。宫人内侍，亦多衣褐、赭。只因今上不喜浮华绮艳。朝中大员入宫觐见，常觉背寒股栗，不知是畏君上之威，还是宫中气候寒凉。

明严一径沉思，踏雪而来，两旁青松巍巍，雪重枝颤落他一肩，亦浑然不觉。及至熙宁宫前，他方蓦然意识到自入了重华门，竟是一个内侍、宫女也没有见到，不由得足下一滞。

这等情状，必是父君回了宫。也难怪听说今日下朝之后，母皇未在勤政殿与众臣议事，只命人送了折子去熙宁宫。他这一趟来得甚急，也未及想这么多。

正踌躇间，听闻雍华唤道："严儿进来。"

宫中女子乌发未绾，粉黛不施。一袭素净软袍随意裹起艳骨风流，赤足如玉，苍青地毯衬出莹润色泽。

母皇大多时候是衮衣着身、金昭玉粹的天子威仪，便是在他面前，亦庄重冷严，训教苛厉。要见到她如此随性的模样，那只能是在父君相伴之时。

他深知母皇之难。如今江山浩浩、国体泱泱，初现盛世太平气象，皆是母皇步步浴血所搏来的。这苍茫天下，本为大楚所一统。历经数代，皇帝昏庸无能，以至罹四分五裂之境。及至母皇一代，皇室更是尽为逆臣所屠。母皇流落北齐十余年，终于觅得机会刃仇复国，拥兄为君。然而母皇之兄亦妒其能，在北齐奸人撺掇之下欲置其于死地，南楚亦险为北齐所谋。未料母皇为天所佑，逃过死劫，于南楚存亡之际，挽狂澜于既倒，夺位自立。旧臣皆言母皇幼有不忍之心，然而几番蹈死复生，终成铁血狠戾之主。

母皇对他苛酷，他幼时未尝不曾怨过，然而年岁渐长，明晓母皇唯他一子，未来万里江山、日月乾坤，都系于他身。若他有半分怯懦软弱，何堪担此重任？

熙宁殿空旷宏大，其中烧有地龙，温暖如春。数百座素帛屏风参差而立，其上铁画银钩，风骨凌厉。

此刻他的母皇，正手执朱笔，照着奏折圈点屏风上人名。

母皇勤政，甚重吏考，凡天下郡县以上官吏，俱在熙宁宫屏风上具名，赴任之前，由母皇亲自垂询，所评之语亦录于屏风之上。

“你这阵势，倒像是来兴师问罪的。”母皇头未抬，笔未停，语声冷淡。

明严跪下施了礼，恭敬道：“儿臣回京后，听闻母皇今日罢朝之议，以为母皇抱恙，心中忧虑，故匆匆前来探望。”

女帝扬唇一笑，搁下朱笔，素手拂去他肩上的雪片，见袍子已然洇湿了一片，便命他脱了外面的衮龙袍，拿了件干爽纻丝常服与他。“看来是真担心朕，连大氅都忘了披一件。”

明严自然听得出来母皇是在讥嘲他同她打官腔，但母子二人皮里阳秋地暗中斗上一斗，早已成了一件乐事。明严换着衣裳，话锋一转：“父君何时回来的？”

女帝道：“比你早一个时辰，现下正在内殿温泉，你晚膳时再过来问安吧。”未露笑意，眉梢眼角却无一处不是春和景明之色。母皇对自己不悦时，只要提到父君，便能冰开雪融。这一招明严屡试不爽。他看着母皇，这些年来，岁月并未在她脸上留下太多痕迹，反而愈添风韵雍容。只是，无论母皇是艳色倾国，还是貌若无盐，于父君又有何差别呢？

父君这次远下南洋，一去就是半年。眼看着年节将至，若是再不回宫，怕是母皇要派人去捉了。

明严称了声“是”，女帝忽而敛了容色：“粮道一事，你做得很好。于无声处听惊雷，是朕欣赏的手段。”

明严道：“是母皇教导得好。”

女帝嗤道：“够了。”负手在殿中踱了几步，乌发如丝般柔软地披拂在素衣清颜之上，白山黑水一般净华分明。

“左载言不过区区典簿，何劳你如此上心？”

“儿臣在外，听闻左载言被刑部定罪为‘私藏反书，谤讪时政，诟詈朝臣’，褫官夺俸，刵手刖足。儿臣以为此判未免太过荒唐，有损母皇德政之誉。”

女帝闻言，冷笑一声，道：“你以为当如何？”

熙宁宫中一时间静谧无声，唯闻窗外雪压青松窸窣碎响。

左载言获罪，证据确凿——借编纂《太平渊鉴》的便利，保存了许多本该焚毁的北齐典籍，又亲口认了左钧直讽喻之言均为他所教唆。刑部之判，俱遵照《崇光律令》，滴水不漏，要想翻案亦难。

“儿臣只是觉得，母皇傲睨天下，自有海纳百川的胸襟气度。”

女帝怫然而怒：“朕若真在意那几本禁书，左载言的手足，岂还在他身上？”

明严心中一动，忽想起韦小钟确同他说过，大理寺二次审录左载言一案时，曾将案卷呈报母皇。母皇阅后，似是无意间问了座下左相一句：“朕曾闻，左载言乃左卿之子？”左相尴尬，踌躇不知如何应对。母皇道：“卿父子仿尧舜耶？”众臣皆不知其意，独左相汗流浃背。随后不久，左家第三子——大理寺丞左载文援引前楚诏令，“八辟者，不加刀锯”。左载言乃世家重臣之后，翰林清贵之臣，为议宾之辟，不可断手缺足，折辱臣节。是以左载言手足得以保留，只是断了经络。

他当时知晓此案终判之决，心中郁然，未深究母皇那话中深意。倒是左相随君多年，竟是察得上意。

母皇拐弯抹角，只怕牵的是《南华经》中盗跖驳孔丘之典：“尧不慈，舜不孝。”

左载言陷罪，左家巴不得将自己择得远远的。母皇旁敲侧击的一句话，逼得左相出手相救。左载文的那一手，不知左家费了多少脑子才琢磨出来。

要说母皇的这一招，更多的是老谋深算。左载言定刑轻重，她已经留出了余地，将变通之权交给了左相。

这是在试左相。

量刑过之则为不慈，不足则为不忠。

左相一家绞尽脑汁，最终取了一个中庸之道，左载言还是残了手足。

既然已经拿出了“八辟”的旧诏，那左家不会不知诏中还有一句注解：

“其犯法，则在八议轻重，不在刑书。”

以他对母皇的了解，只要左家提出这么一句，将此案奏请母皇做最终裁决，母皇免除左载言之刑，亦未尝不可能。

然而左家明哲保身，点到即止。

人情凉薄，可见一斑。

母皇之心，也可谓冷硬。

明严慢慢道：“儿臣方才冒一时之气，望母皇恕罪。”

女帝淡淡哼了一声，明严又道：“听闻儿臣不在京中时，右相韩奉又表过将韩家三小姐嫁与儿臣为妃之意？”

女帝颜色微缓，道：“朕已经说了，此事待你回京再议。”

明严深吸一口气，道：“儿臣愿娶，靖海王之女，沈慈。”

女帝神色微变，良久方道：“朕同你父君，常忧虑你自生下来便众星捧月、一帆风顺，不知情事之艰。”

明严淡笑道：“母皇有父君，是何其难得。儿臣至今不知何人能令儿臣深爱至此。”

女帝道：“慈儿自幼恋慕你，无论哪一方面，皆是未来母仪天下的绝佳之选。朕与靖海王……你也知晓。你将来难免后宫佳丽众多，开枝散叶，不可能对慈儿一心相付。朕不希望你委屈了慈儿。”

明严道：“儿臣虽对沈慈尚无深情，但并非不喜欢，将来也必视她为唯一的正妻。若是母皇不想让儿臣娶沈慈，儿臣娶汝阳王的孙女钟蛮亦可。”

“你——！”

大楚立国，开国功臣有三大姓，绵祚流长。至母皇为公主时，皇室罹难，一姓覆灭，沈、钟二姓一脉尚存，即今日已经退隐之靖海王、汝阳王。

“能私动金吾前卫捉人的，只有亲军统领指挥使秦征和金吾前卫指挥使徐暖。秦征是母皇的亲信旧部。而徐暖，是韩三小姐的舅父。”

女帝正色，凌厉双眸深深看进那一双和她几乎一模一样的凤目之中，忽而放声笑道："很好。你能看清楚这些，总算不愧是朕的儿子。

"朕也在想，这朝廷，朕是打扫得干干净净了再让你即位呢，还是送给你让你自己去立威。如今看来，朕无须操那么多心了。"

明严心中一凛。韩奉野心素积，暗中结党营私，打压左相，向皇帝攀亲，也不过是为了讨个护身符罢了。母皇根本就是对一切洞若观火，却偏偏不动声色，不但不动声色，还顺着韩奉之意，给左相下了一个套。

现在还动不了韩奉。即便是以擅动金吾卫之罪论处，也顶多对徐暖加以责罚，韩奉断臂止毒即可，根本不伤元气。

将欲歙之，必故张之。

只是可惜了左载言……

较之母皇越发隐忍的手段，自己粮道剪羽一案，其实办得还是欠了些火候。

"严儿，"女帝忽温和地唤了声，"为帝者甚孤，看似大权在握，实则事事身不由己。"眉如罥烟微蹙，"大婚一事，且先问问慈儿的意思再作定夺。"

明严点头，待要告退，又想起一事来，问道："儿臣在淮安听说几名官吏商贾暴卒，事颇蹊跷，百姓却拍手称快。——此事可曾上奏？"

女帝闻言，似颇多烦恼："未曾。想必已被韩奉压下。只是他万万不会想到，此事乃是你姐姐所为。"

明严吃了一惊："姐姐？她神龙不见首尾，朝政江湖两不沾，怎会掺和此事？"除母皇心腹之外，天下无人知晓其实他并非独子，其上还有个大他一岁有余的姐姐。韩奉怕是想破了脑袋，也断然不会想到淮安之事与母皇竟有这一层联系。

女帝抬指轻揉眉心，微露疲色："朕亦是前几日收到你父君的信方知。可曾记得去岁淮河水灾后离奇身亡的水部郎中蓝烟？原来你姐姐她，早与蓝烟私定了终身，本待今岁告知你父君与朕便择日成婚，不料蓝烟却横死淮安。你姐姐暗中调查，竟扯出一连串的贪污重案来。她一怒之下便下了手。若不是你父君及时将她逮回京城，这事儿便不好收拾了。

这桩淮河水灾牵连出来的大案，追溯源头，恐怕韩奉脱不了干系。朕未轻易向韩奉下手，也正是这个原因。”

明严敛眉不语。姐姐……已经好几年不曾见面了。他还清楚地记得，小时候他们总因为争夺父母而吵架。小姑娘叉着腰揪着他的前襟，恶狠狠地说：“你长得像娘，那娘归你。我长得像爹，爹就是我的！咱们一人一个，谁也不许抢！”这普天之下，敢明目张胆欺负他的，也就姐姐一个吧……想来姐姐的性子更类母皇，那般烈性、那般坚忍、那般执着，又岂会容忍所爱之人白白死去？

韩奉之案，已经不可能善了了。

女帝见明严默然，淡声慰道：“此事关系重大，牵扯甚广，需从长计议。你回来得匆忙，先回宫歇息会儿吧。”转身时忽又笑道，“还有一事倒是有趣——你父君回宫之时，撞到了一个人。”

这个“撞”，是货真价实的撞。明严脱口而出：“怎么可能？”

女帝笑道：“是啊，这事儿十几年都没发生过，所以才叫有趣。那人正是括羽。”

明严更奇：“怎会……”

“括羽当时独自在校场练箭，据你父君说，应是眼上蒙了布，所以也没看到你父君。那孩子定性极好，你父君落地时竟未察觉。括羽不识得你父君，以为是外来刺客，便动了手。”

明严噗的一声笑出来：“这孩子还真是胆大。”

“自然，你父君也不识得括羽，便把他拎到了朕这里。”女帝面上笑意甚重，显然此事令她十分开怀，“你父君很喜欢这孩子。”

明严笑道：“这可是让儿臣嫉妒了。父君对儿臣，亦不曾表示过特别的喜爱。想来是儿臣未让父君撞到过。”

女帝笑斥道：“胡说。你俩的性子像是一个模子里刻出来的，放一块儿半日都无一句话说。他纵是再疼爱你，又怎么能表现出来？”

夜色如墨渲染，星月浅光幽暗。她仰着头，一排排高大书架巍然峙立，如兵列阵，直指阁顶繁复藻井。浓郁的书香并着芸香草的味道令她心醉神迷，闭着眼深吸了一大口，她觉得浑身的血液都畅快起来。

她从袖中取出一个精巧银球，轻轻打开，取出一枚珠子。那珠子散发出皎洁潋滟的清光，一圈圈荡漾开去，弹指间，将这一片偌大书阁浸润在如月清辉之中。眼波从排排书架上的经史子集流过，墨眸绽放出璀璨神采。

书卷一展日月长。

她捧着一卷书躲在角落里正看得入神，忽听到几声啜泣，断断续续地从书架间的缝隙飘进她的耳中，在这万籁俱寂的夜中显得十分阴森可怖。

毛发都奓了起来，心如擂鼓。仿佛打翻了镇妖塔，妖魔鬼怪的各种形象唰地从她脑海深处涌出，四下飞窜。

她正不知所措时，那哭声似乎停了。

她哆哆嗦嗦爬起来，从那书丛上望过去——

正对上一双眼睛！瞳仁儿漆黑，恰如《扶桑百鬼夜行图》上画的座敷童子一般！

她惊得几乎要尖叫，慌忙捂住了嘴，脖颈上一紧，顿时喘不过气来。她奋力挣扎，顾不得许多，狠命将那架书向对面一推。

颈上的钳制松了，那书架晃了一晃，又被扶正，架上之书哗啦啦地砸了下去。

惊魂未定，她想起来方才那掐着她脖子的手是小的、暖热的，必然是人了。她心中松了松，绕过去一看，一个十来岁的小孩从书堆里爬了出来。只是那脸……处处青肿和伤痕，方才书页在他脸上划过，又多了几道新的血口子。一双眼亮若暗夜寒星，神情又似荒野孤狼，带着几分凶狠和狐疑盯着她。她被吓了一下，嗫嚅道："你这伤……不是我弄的吧？"

那小孩紧盯着她，慢慢收敛了眸中的利芒，却不说话。

她吞了口口水，紧张道："这么晚来这里，你不会是太子吧？不对，太子十八岁，哪像你这么小！”她自嘲地笑了笑，想着方才被这小孩惊吓到，脑子都成糨糊了。

一抬眼，那小孩仍是死盯着她，令她心中发毛。

“你看着我做什么？我、我是从翰林院来的，查阅史籍……”

话一出口，她便后悔了。这怪小孩什么都没问，自己为何就心虚了，还有一种被逼供的感觉？……真是的，在宫里能被伤成这样还偷偷哭的，必不是什么皇亲国戚官宦之后了，恐怕是这文华殿中的小太监什么的。

她没有兄弟姐妹，母亲去世后，她在京中也没少被野孩子欺负，突然遇到这样一个更小的孩子，心中便生了怜悯爱护之意。

她拿着珠子照向他的脸，伸出食指十分轻柔地擦去那孩子脸上的血珠儿，小声道：“很疼吧？”

那孩子被她突然一碰，骤然后退两步，面上现出警惕之色。

她觉得十分有趣，笑道：“以前我给我家门口一只流浪的小狗喂食，它也是这副表情。”

那孩子的目光闪动了一下，她这才发现他睫毛极长，小扇子似的。

“好啦，”她发愁地叹了口气，“我要收拾书了。”

……

窗外忽然射入的炫目亮光，刀剑撞击的铿锵之声冷硬而令人心悸。她慌乱地站起身，文渊阁厚重的大门被轰然撞开。禁军戈矛如林，分作两边，一名佩刀将领雄赳赳而来，厉喝道：“逆贼左钧直擅闯文渊阁！给我拿下！”

眼看着金甲护面的武士就要把她按倒在地，父亲却不知从何处飞跑了过来，张开双手拦在她面前，大声道：“住手！”

一柄长枪直直捅穿了父亲的胸膛，滴血的枪尖正抵在她的喉头。

左钧直大喊一声，猛然坐立起来，才发现是在自己床上。身上如被水浸过，依然颤抖不止。她心口狂跳，余悸犹存，跌跌撞撞奔出房外，冲入了父亲房中。

父亲还好好地躺在床上，呼吸均匀。

她轻唤了声“爹爹”，终于伏在床上泣不成声。

一双手臂将她揽入温暖的怀中，沉厚的声音从头顶传来：“钧直莫哭。”

她紧紧抱住父亲，反而哭得更凶，抽抽噎噎道：“爹爹，我好怕……”

左载言抚着她的头发，轻言细语地哄着，却闻她道：“是钧直不听话，害了爹爹娘亲……钧直恨不得把自己的舌头割了，手脚剁了，来补给爹爹……”

左载言心中一惊。四周邻里有人说钧直克母妨父，他偶有听闻，不曾放在心上，不料她小小年纪，却介怀了。

这小小的身子，装的满是愧疚。

左载言将钧直推正，严肃了脸色道：“钧直，听爹爹说，你娘去世，是因为她的心魔；爹爹受刑，也和你没关系，只是朝中有人看不惯你爷爷和爹爹。”

左钧直茫然仰头，含泪道：“是因为爷爷和爹爹做坏事了吗？”

左载言温和道：“没有。朝中的事情，钧直长大了就会明白。”

左钧直道：“我知道，是‘党争’。”

左载言失笑，书上得来终是浅，这小丫头哪里知道什么是党争呢？他想如以往一样捏捏她的小鼻子，才发现已经动不了了，手抬起来，又颓然垂下。

左钧直一双小手捉住他的大手，可怜巴巴而又忐忑道：“爹爹真的不恨我吗？”

左载言心中难过，伸臂紧紧将她抱在怀中，叹了两声：“钧直，钧直。”

爹爹疼爱你还来不及，又怎会恨你？

是爹爹没有照顾好你。

父女心意相通。父亲虽然未说话，左钧直却能从这紧紧一抱中感受到他满溢的爱怜，心中顿时安然。

左载言感觉到钧直猫儿样往他怀里又钻了钻，听见她带着浓浓的鼻音喃喃道：“爹爹，以后我保护你。”

心口又酸。

这个女儿与众不同，他身为父亲，最是清楚。她如果说什么，那就一定会做到，你不知道她会出什么招数，所以阻拦也没用，她一定会做到。

左载言又是感动，又是心疼，轻唤一声“钧直”，却不闻回答。他借着月光细看，见她小脸带泪，双目紧闭，原来是这一通折腾后疲惫不堪，已经在他怀中睡着了。

女儿的睡颜乖巧可爱，他抱着她，竟觉得胸口饱满幸福，之前的那些怨尤和自怜忽地烟消云散。他想这个小生灵当是上天赐予他的礼物，每每在他失去方向的时候，以一种柔软的方式让他振作起来，一步步地穿过迷雾，一步步地走下去。

只要钧直还在，他就永远不会一无所有。

郢京这年的雪尤其多。到了小年，总算停歇下来。天空是难得一见的湛蓝澄明，畿道两侧大树光秃秃的枝丫根根朝天，爽利而凛冽。

东城，一台覆着深红色厚重幕帘的大轿自皇城东安门而来，缓慢而威严地前行，几名着绯色或青色官服的肃穆男子骑着马，紧随大轿左右。

路上行人见之，无不恭谨避让。偶尔遇上其他官员，领头在前的那绯袍金银花带的中年男子便拱手为礼。

端正方肃，恭慎庄敬，正是当朝左相一贯的家风。

将近左府朱漆大门时，斜刺里闪出一个单薄人影，迎着轿子跪下叩首。

绯袍男子示意停轿，马上有小厮走上前去呵斥道：“何人敢拦左相的轿！”

伏跪的少年并未抬头，只是清声道：“父亲不能行走，钧直代父亲前来恭贺左相大人寿辰。愿左相大人福寿安康，松鹤长春。”

绯袍男子脸色微变，下马去轿边，与轿中人低语。旁边一名青袍青年却哼道："只要你们不惹是生非，祖父自然能福寿安康！"

绯袍男子听到，沉着脸斥责道："承焕，不得胡言！"

那青年一脸的不服气，马鞭抽得啪地一响，驱马向后行去。少年微微起身，仍然头颅低垂，语声平和恭敬："钧直还要谢左相和四位大人宽宏大量，襄助父亲。"说着，又是深深一叩首。

左钧直已经听父亲说了左载文为他举诏开罪之事。无论左家人做到何种程度，终究是帮了父亲。这个恩，必须谢。

左相每年小年生辰，无论他是否接受，父亲都会私下前去拜寿。今年，并不可以断了这个礼。

绯袍男子正是左相长子左载贤，官居正三品太常寺卿。

左载贤缓缓行到左钧直跟前，道："你起来。"

左钧直闻言起身。左载贤打量了她两眼，道："你父亲能保住手脚，那是皇恩浩荡。若是持身守正，又岂会魑魅缠身？"他语调平平，却有一种不容置疑的严厉苛责之意。见左钧直默然无语，只道对这么小的孩子多说也无益，他一挥手，旁边下人呈上一张银票。

"你父亲被革了职，想必家中度日艰难。这有一百两银子，拿去过个年吧。"

左钧直蓦然抬头，面上闪过一丝痛楚和倔强，一拱手："多谢左大人，钧直不敢要。"说着，垂首决然退至路侧。

左载贤看了她一眼，翻身上马催众前行，再未回头。

左钧直待马蹄声远去才抬起头来。那队人马中有一个青色身影她是熟悉的，如今他亦同左家人一样，面如漠然秋霜。

那是与父亲同科中举的状元郎。状元夸官时，她去看过热闹。那等风光令她羡慕不已，连带着将那春风得意的潇洒状元郎也一起喜欢了。后来状元郎与父亲同入翰林院，她亦见过多次。小小人儿春心初萌，心想以后若要嫁这样的人多好。后来却知道他做了左载贤的乘龙快婿，也就是实际上成了自己的姐夫。她失落了许久，才知道自己果然是比不上左家正经的大小姐的。好在她爱书胜过爱状元郎，所以这事儿也渐渐忘在了脑后。

今日再见到状元郎，心中早已没有了当时的那一阵紧张慌乱，这才发现那状元郎，其实比爹爹差了许多，却不知当时为何会迷迷糊糊地动心。

她默默鄙夷了自己一番，一摸袖袋，忽然发现自己那本随身带着的写字簿子不知道哪里去了。她心中焦急，拔腿就向贡院西街跑去。

翛翛推开门时，正看到左载言狼狈滚翻在地，费力攀着桌腿想要爬起身来。她双手从他肋下穿过，半抱半扶地让他坐到椅上，拍净了他身上的尘灰，方问道："渴了？"

左载言一言不发，用双腕夹着茶壶，给自己倒了一杯冷茶，低头喝了一口。

翛翛静静地看着他笨拙的样子，未拦他，亦未帮他。这个男人的性格她很清楚，外表温和谦逊，骨子里却清高傲气。

可她恰恰就爱他这一点。

左载言道："你怎么又来了？"

翛翛轻抿丹唇，笑道："每天都问，你累不累？"

左载言无声地夹起茶杯，喝完了杯中茶，道："怎么还不走？"

翛翛倚着墙，身段妖娆："怎的？你要去方便吗？我可以帮你呀。"

左载言咚地搁下茶杯，微恚道："不用。"

翛翛蹭过来几步屈身凑近他，挑着眼梢小声道："没关系呀，你昏迷那几天，该看的不该看的，不都看过了？"

左载言怒意更甚，却不好对她发作，侧了头去不愿看她。她却十分顽固地转到他另一边，道："这几日是不是十分不舒服？你有洁癖。丫头到底年纪小力气小，又是你女儿，许多事情她来做不方便。请仆人吧，你们又请不起。”

左载言哼了一声。翛翛知道自己说到了点子上，趁热打铁道：“那日见到丫头抱着一堆衣服在井边洗，一双小手儿冻得红萝卜似的，你这做爹的竟忍心？”

许久的沉默。

翛翛终于耐不住，起身道：“我烧水去。”

左载言忽道：“过来。”

翛翛心中一喜，看着他眉宇清朗，目光如静水流深，正是自己夜夜魂牵梦萦的模样，不由得痴痴然走到他身边。

翛翛。

初次见她，是十四年前的一次诗会。那时她正值豆蔻年华，甫一出场便吸去了所有人的目光。

许多才子问她花名为何。

她却不答。笑意如水清浅，指竹为题，击鼓为令，求请众才子联诗。

“卷箨正离披。”

“新枝复蒙密。”

第三个便点到了他。

“翛翛月下闻，袅袅林际出。”

她停了击鼓，举酒一杯，笑靥如花：“岂独对芳菲，终年色如一。妾身，名叫翛翛。”

那两句诗令她声名鹊起，后来以江北第一诗妓之名艳冠群芳，独领繁楼花魁六年之久。

左载言抬起右手，目光专注。手指修长美好，却软软垂落。长在他身，不由他心。

翛翛眼看着他的手碰上自己脸庞，一颗心狂跳不止，眼眶微热。

六年迎来送往风月情长，八年冷眼袖手繁楼观笑，本以为看透红尘，早已不是患得患失的青涩少女，却在他一顾一触间春泥融水。

左载言面无表情道："有感觉吗？"

倏倏睁大了眼睛，不知他所言何意。

"从我回到郢京，你就开始缠着我。我知道你所求为何，当时我给不了，如今更给不了。"

倏倏含笑道："我想要什么？"

她这般逗弄他，就是吃准了他面皮薄，却又从不会对人疾言厉色。

"你喜欢的不过是十四年前的那个人，能陪你花前月下，吟诗作赋。如今我废人一个，吃喝拉撒不能自理，身无分文，一无是处……"

倏倏突然打断他："你嫌弃我是风尘女子吗？"

左载言摇头："钧直说的那些话，你不要放在心上。"

她忽地低头，吻上他的唇。

他睁着眼，她亦睁着眼。

十四年了，她终于如愿以偿吻到他了。他昏迷中她也偷偷亲过，怎如此时他双唇温软、气息温厚？

心如鹿撞，她喉中轻喟一声，见他愣怔，伸出舌尖扫过他的下唇，然后在他推开她之前飞快撤开。

左载言凝眉冷声："倏倏，你过分了。"

倏倏扬眉轻笑道："我本来就是没脸没皮的人，就算我现在对你用强，你又能把我如何？"看到左载言面如冰霜，她心中忽然莫名升起怒意，郁结不散。走到门边，她突然回头大声道：

"左载言！我倏倏爱了你十四年！以后四十年我还是会继续爱下去！

"你赶我我也不走，骂我我也不走，你说你的心都在白度母夫人身上，我也不在乎。

"十四岁我就进了风月场，你以为我还稀罕那花前月下？你以为我喜欢你，只是喜欢你的长相、喜欢你左家子的身份、喜欢你能诗善赋？云中君我都见过，哪一样不是人间极致，我怎么没有喜欢他？

“左载言，我仰慕你、喜欢你，喜欢的是你的傲气，是你折而不屈的心啊！”

……

十多年压抑的情绪终于淋漓尽致地爆发出来。翛翛冲出屋外，深深吸了一大口寒冷而清新的空气，才发现自己还是没能止住泪。她胡乱抹了两把脸，也顾不上妆容，只是想发泄。走进厨房，她把一灶火烧得噼啪作响，热浪袭人，方觉得舒畅了些。

第三章　三绝书局

贡院是开科取士之地，周围亦是文人雅士的会聚之所。贡院西街上满是售文房四宝、书画碑帖的店铺，翰墨宣纸十里飘香。

左钧直足下不停，直奔那一间古朴雅致的书坊而去。

崇光一朝，女帝重武但不轻文，广办学校，大开科举，重儒礼贤，因而文教之风大盛，囊括古今、汇合经史的《太平渊鉴》的编修，更是助长了私人藏书和编修书目的风气。书籍刻印从官家进入民间，各地书肆书坊纷纷兴起。

只是坊刻之书，质量参差不齐。在左钧直看来，京中能与国子监、司礼监等官刻媲美的书坊只有一家——三绝书局。

只是这三绝书局十分清高，郢京之中，仅皇城东北国子监外成贤街和东南贡院西街两家，而且书价较其他书坊高出一两成。她每每去三绝书局，都需穿过大半个京城，一去一回，便是一天。

即便如此，她仍是常常省下钱去买三绝书局的书。白绵纸或者开化纸，墨色考究，赵体字秀逸中透着刚劲，白书口黑鱼尾，整本书就是一件精致的艺术品，更别说其中内容了。相比其他坊刻本随意窜改作伪、一些司礼监刻本校勘不精，三绝书局的刻本底本优良，多重善本，绝对是不输国子监刻本的佳作。

她估摸着左相众人回府的时间，先去了一趟离左府不太远的贡院西街三绝书局。不能再在涌金口说书挣钱，如今她已经买不起书，不过能看一看也是好的。

她在三绝书局中上上下下、里里外外找了一通，都没见着自己那写字本子，便去问那坊主。

“走走走走走！没看见没看见！你这小叫花子也来三绝书局看书，要不是看你还算爱惜，早轰你走了！”

左钧直心中焦急，央求道：“可是我只在这里停留过……可以麻烦您再问问坊中其他人看到过吗？”

“一本破写字本子有谁稀罕？出去出去！打烊了！”

坊主连推带搡地将她赶了出去。

左钧直孤单单地站在门口，鼻酸喉哽，想着这一日所受的委屈，几乎要哭。

“这位小公子，我们东家有请。”

左钧直惊得一抬头，却见一个长得颇为精明的年轻人站在旁边，伸手将她往书坊中引。那坊主尴尬地垂手站在一边，对这年轻人十分忌惮。

左钧直跟着那年轻人，问道：“这位大哥，你们东家是谁？为何要见我？”

那年轻人边走边道：“我叫刘歆。你要找的东西，在我们东家那里。”

开门一阵脂粉香风袭面而来。

房中侧对着她的大金丝楠木椅上坐着一人，着青莲色秋水纹锦绮直身，身段修长挺拔。一双长腿并粉头皂靴交叠搁在面前矮几上，支着脸的右手上有四枚金银捻丝翠玉指环。

左钧直幼时也是过过锦衣玉食的日子的，十分识货，心道我的乖乖，这套行头就够自己吃个十年八年的了。

身后咣啷一声，门被刘歆从外面锁上了。

左钧直本该有些忐忑。可是她下一眼看到了自己的写字本子，正在那人左手上拿着，他翻开来看得津津有味。

一种被窥见隐私的屈辱感涌上心头，左钧直扑过去，劈手就夺那本子。

那人状似看得入神，反应却极其敏捷，手一动，左钧直便扑了个空，反被他收足一绊，跌倒在他面前。

“啧啧，小丫头一来就投怀送抱。”

左钧直大羞，手忙脚乱地爬起来，才见这人二十四五岁年纪，一双桃花眼风流不羁，微翘嘴角似乎带着玩世不恭的讥诮。他以手支颐，好整以暇地看着她，就像在逗弄一只小猫儿一般。

左钧直伸出手，理直气壮道：“还给我。”

那人活动了一下颈骨：“不还。”

左钧直几乎傻眼：“你一个大男人，怎么这么厚脸皮！”

那人扬扬手中本子，道：“你小不丁点儿一丫头，就写什么孽海情天的，我看你才厚脸皮！”

左钧直顿时脸色血红：“你偷看！小人！”

她情急之下，也管不上那人是个什么人，直接就斥责起来。那人却也不恼：“上面又没写名字，我怎知是你的？”

“里面都是我写的！”

“哦！”那人笑得奸邪，“‘芸娘和那和尚进了房，闩上房门，那和尚一把扯开芸娘腰上的红绫汗巾子，口中叫道——’后面是什么？”

左钧直面如火烧，恨不能找个地缝钻进去，再或者拿把刀将那人剁成肉泥，咬牙愤恨道：“你到底想怎样！”

那人这时反而收敛了几分刚才的调笑之意，意味深长道：“你可能还不认识我，我叫刘徽，徽州的徽。”

左钧直尖叫一声，差点昏倒过去，唰唰后退几步去开门，可怎么打得开？

左钧直扒着门缝，缩着身子骂道：“你这个淫贼……这里是教化之地！难道要光天化日抢我去繁楼吗？打死我也不会从了你的！”

她此时真是后悔不迭叫苦不已，心想怎会为了那本子鬼迷心窍地就被骗进了这叫天天不应、叫地地不灵的小房间中！

刘徽是谁？郢京城内无人不知无人不晓，正是那繁楼的东家，人称刘爷。

繁楼为何？那更是名扬天下，东安门外琼玉海畔，郢京七十二家酒楼之首。虽是酒楼，却有佳人。前朝与帝上有过一段风流佳话，北齐侵入时拒侍齐人投水而亡的名妓素涛，正是栖身于繁楼之中。及至本朝，繁楼在刘徽手中兴盛胜过以往。

这刘徽，是出了名的斗鸡走狗、流连花丛的花花公子，据说挑女人的本事，那是一等一的好，他挑中的姑娘往往幼年时就被买入楼中加以调教，十四岁出道，二十岁清籍走人。是以繁楼的美人，没有其他地方能比。

刘徽踱到左钧直面前拎着她的领口将她提起来，恐吓道：“要是不从，我就将你这本子上的故事付梓，告诉天下人说是左相之孙左钧直所写，写的正是左府中的龌龊事儿，想必一定畅销。”

左钧直闻言，心中猛然一惊：他怎知我是左相之孙？还知道我是女孩儿？直觉以为当时暗中监视自己的，刘徽也算一份，怒气攻心，伸手就向刘徽脸上挠去。

刘徽也未想到左钧直方才那么怯懦的小猫模样，转瞬就伸出了利爪，猝不及防之下竟被她抓出了几道血印子。他眸光骤缩，翻腕便将左钧直的双手反剪背后，令她动弹不得，恶言恶语道：“还敢跟爷动手！信不信爷现在就结果了你？”

左钧直只觉得手腕剧疼，心中更是灰冷。

虽然左家不承认他们父女，但她毕竟姓了左。左家世代文儒清誉，若是因她声名尽毁，她必然心中愧疚。

然而她又岂能堕入风尘？爹爹和娘亲会作何想？

她这般一想，只觉得走投无路，无论自己如何做，都会牵累爹爹，眼泪顿时簌簌而落，把自己从头到尾恨了千百遍。

刘徽目露凶光："想好了没有？爷的耐性很差。"

左钧直萎靡着咬咬牙："我从！"

刘徽松手将她丢了下来，嗤笑道："真没骨气。"

左钧直擦擦泪，小声道："左相虽然不认我这个孙女，但肯定觉得丢不起这个人，肯定会把我从你手里赎出来的。"

她尚无心机，心里想什么就直接说了出来。刘徽闻言恍然大悟，原来这丫头打的是这个算盘，不由得一乐，又多看了她一眼。

左钧直警惕地向后缩了缩："我还没十四岁，你不可以动我。"

刘徽哈哈大笑，这丫头可够认真的。

"我说要你去繁楼了吗？"

左钧直惊奇地看向他。

"你那写了半截的文儿我喜欢，想让你给我写小说。"

左钧直大大松了一口气，马上又警觉起来："不行。"

刘徽顿时沉了脸："不行？"

左钧直小心翼翼地看着他，斟酌了一番，解释道："刘爷既知我是左钧直，就当知道，我是刚犯过事儿的。若是写了，岂不是会牵累刘爷？"

刘徽眯起桃花眼："只叙风月，不议朝政。"

左钧直低头不语。

刘徽道："一本书二十章，二两银子，卖得好有抽成，如何？

"绝不泄露你的身份，立约为凭。"

……

左钧直并非不动心。二两银子，足够她和爹爹一月用度。只要她努力写，一个月写个一两本不成问题。此前看郎中、买药，都是倏倏出的银子。她不想欠翛翛的情。

刘徽看出她内心动摇，狡狯一笑，继续引诱道："写得好，让三绝书局给你刻印，如何？"

左钧直不敢置信地抬起头来，双目亮光闪闪："你说的是真的？三绝书局可以印我写的书？"

须知三绝书局主做儒生和官员的生意，所刻印的书籍大多为经史，极少传奇、小说这等市井通俗文字，对于经典之外的书籍，挑选极苛。除文坛泰斗、世家大族大多有自己的私家刻书外，其他士人学者皆以能得三绝书局刻印自己的诗文集为荣。

左钧直过去常幻想有朝一日自己说的、写的故事也能变成清晰饱满的印刷体，为万众传阅，千古流传。

不料这个机会今日竟从天而降。

从天而降便罢了，还是三绝书局，她最最推崇的三绝书局！

刘徽道："三绝书局是我开的，当然我说了算。"

左钧直奇道："你不是开青楼的吗？"

刘徽摸摸脸上的伤："开青楼的就不能开书局了？哪个王八蛋定的规矩？"

左钧直哽了一下，嗫嚅道："刘爷真是雅俗共赏……"

刘徽不知从哪里变出一把素色芳风沉香三十二骨扇，展开来优哉游哉地摇了两摇，道："我倒是想让你进繁楼，可惜你这丫头就算长开了也算不上个美人儿，我岂不是砸自己招牌？"

左钧直慌忙摆手："别……刘爷，我觉得就给您写书，挺好！"

刘徽以扇掩面，暗自大乐，明明是自己捡了她的本子讹她，倒像是她欠了自己一样。

左载言原本是左相最心爱和看重的儿子，白度母亦是乌斯藏和西域身份不凡的人物，两人乃人间龙凤，没想到所生之女竟痴憨似此。

签完契约，左钧直踌躇半晌，问刘徽道："刘爷，我可以先预支十两银子吗？”见刘徽沉眉看她，忙解释道，“我家中……米缸快空了，我想买些米粮，捉一只鸡，给爹爹补身子。我一定尽快写完五本给刘爷。”

在泰丰源丢了那袋米，让她连日来都只能煮粥吃。米粒舀给爹爹，她也就喝些清汁而已。

刘徽绷着脸道：“若你的书写得不好呢？我们可是约了，若我不满意，分文不给。”

左钧直狠心道：“倘若刘爷不满意，我去给刘爷做长工。我就住在南城舂米胡同，爹爹不能行走，我断不会扔下爹爹跑掉。”

刘徽拍出一张一百两的银票，道：“一言为定。不过爷身上没零的，你就给爷写五十本吧。”

左钧直掐指一算，五十本一百章，估摸着起码要写个四五年。

四五年就四五年吧……便是四五十年又有何妨？

自己总算也有个安身立命、奉养爹爹的活路了。

左钧直小心地收起银票，心想左载贤白给她一百两银子她不要，当时在泰丰源为了一两银子就唱了《十八摸》，惹了官差，今天又为了刘徽这一百两银子把自己这辈子都押上了，自己到底图个什么呢？

只是爹爹娘亲都说过，随性而动，凡事无愧于心。

钧直钧直，钧乃衡量，直乃公正，可是她从来不会去权衡计较，所倚赖的，不过是一颗简简单单、干干净净的心罢了。

“爷，你的脸……”

刘歆眼睛发直，爷脸上那几道伤，分明就是女人的指甲印子……

爷自号江北第一轻薄儿，这皮相可是很重要的——之前就连爷最宠爱的阿桐姑娘、最泼辣的季芃姑娘都不敢动爷的脸，今儿竟让那小娃儿破了例？

偏偏爷看起来还很高兴。

哼的还是当下最时兴的小曲儿《劈破玉》。

刘徽埋头翻着契书，不以为意地挥挥手：“抓得好。爷晚上要去赴户部邱侍郎的宴，正发愁缺点儿点缀。”他抬起头来向刘歆得意一笑，“爷今儿这兔子逮得准吧？”

刘歆谄媚地举起大拇指道：“爷料事如神！说左老爷子过散生那小丫头会过来，还真来了！”

想起刚才房中的那一声尖叫和左钧直细白腕上的红指印，刘歆诡笑着凑过去：“爷吃惯了大鱼大肉，改吃素了？”

刘徽乜斜了他一眼：“丫头是有点意思，不过爷的口味还没这么清淡。”

斜阳萧暮，烟云之外寒鸦数点。

郢京南眺淇水悠悠，北望苍山隐隐，端的是山河开阔，气象万千。

京城、皇城、宫城，城墙三重，围起京畿恢宏之地。此刻那皇城之中、校场之内，数个轻胄薄甲的少年正挥汗如雨，负重狠奔数百里之后，纷纷瘫倒在地。

“凭什么括羽那小子刚来就能被免了武训课，老子就要在这里被叶寡言操练啊！”

“莫飞飞你就闭嘴吧！”陆挺之喘着气道，“人家还不会走路就会骑马了，自然不是你我这种从小提笔练字的人能比的。”

莫飞飞哀号一声：“可是林玫也没被免啊！”

段昶看着那唯一一个跑完还若无其事地站着的影儿，悲叹道：“人家那是陪练……最惨的是左杭好吧！”

左杭年纪最小，面朝下死尸一般趴在枯草地上，有进气儿没出气儿地哭诉道：“好容易爷爷生辰能回府一趟，早上还没醒就被叶寡言给抓回来了，呜……”

莫飞飞郁愤道：“老子只恨没有早生两年，像少卿那样堂堂正正做官也好啊，免得被叶寡言欺负！”

陆挺之笑道：“或者你做女人也行，喏！”

他朝韦小钟的方向努努嘴。韦小钟正端坐在白马之上，背着一皲白翎箭，矢出如流星，镞镞直中鹄的。她因是女子，不必与男子同训，只练马术和箭术。

莫飞飞哼哼怪笑：“小钟姐这是拿箭靶当太子殿下呢！”

话音未落，嗖的一声，一支利箭擦着他的鬓角而过，他未戴头盔，被射断一缕鬓发，惊出一身冷汗。

“莫飞飞你胡说八道些什么！”

莫飞飞嬉皮笑脸道：“小钟姐莫伤心，没了太子殿下，你还有叶寡言哪！”

韦小钟又气又怒，反手抓箭箭发连珠，飞蝗似的射向莫飞飞。

莫飞飞见势不妙，翻身爬起来抱头鼠窜。然而韦小钟箭法甚好，即便他跑起来，那箭还是跟长了眼睛似的。莫飞飞之前早就跑得筋疲力尽，哪里还有气力再躲？只能眼睁睁看着一支箭直奔胸口而来，虽穿了胄甲，只怕还是难免一伤。莫飞飞哀叫道：“小钟姐，你怎么这么狠心！”

说时迟那时快，斜刺里一箭闪电般射来，正中韦小钟白羽箭镞与箭杆相接之处，生生将那箭断为两截。

韦小钟负气再射。莫飞飞吓得鬼叫道：“叶轻哥救我！”

韦小钟的箭法出众，又怎敌叶轻的箭既准且狠？只闻咔咔数声，韦小钟一箙箭尽数断折在地。

通体雪白的照夜狮子奋蹄纵身，宛如银光划空。叶轻抖开手中的雪缨长枪，疾拦在韦小钟身前，冷硬地吐出三个字：

“韦小钟！”

叶轻这当头一喝，如一盆冷水泼上韦小钟的头，她一个激灵，顿时冷静下来。

皇上昨日在朝会上当众宣布了太子与靖海王之女沈慈的婚事。

太子已满十八岁，皇上又分明有退位之念，太子册妃，是迟早的事。朝中包括右相韩奉在内的不少大臣都先后表达过举荐秀女之意，皇上只说让太子自行决定。此前太子一律推托，她尚暗暗高兴。这一次定了沈慈为太子妃，竟是他自己的决定吗？

这一事来得如此之快，却又如此合情合理。

太子和沈慈，简直就是天造地设的一对。朝中上下，没人能对这桩婚姻挑出半点瑕疵来，反而赞誉有加。

须知今上与靖海王原本就是先皇钦指的一对儿，二人亦是两小无猜情投意合。谁知后来风云突变，阴差阳错间二人竟擦身而过，令世人唏嘘不已。

所以太子与沈慈的这桩婚事，在天下人眼中，正是弥补了今上不能与靖海王结为夫妻之憾。

更何况太子与沈慈也算是青梅竹马，据说沈慈美貌温柔、宽厚大方，还有谁比她更适合母仪天下？

可她总觉得太子并没有真正喜欢过哪个女子。她尚存着一丝希望，以为他不会为了万里江山泯一己之真心，以为自己与他这么多年旦夕相处能换得他一朝相顾，以为……

韦小钟摇了摇有些混沌的头，迟钝地转向被林玖扶起来的狼狈不堪的莫飞飞，喃喃道："对不起，飞飞，我……"

莫飞飞嬉笑道："若不是今天被叶寡言折腾惨了，老子岂会连你的几支箭也躲不过？小钟姐，老子虽然比你小一岁，但，嘿嘿，绝对是过来人！太子殿下三宫六院是迟早的事儿，以小钟姐你和殿下的交情，去讨个妃子做也不会被拒绝。但老子还是喜欢拿小钟姐当兄弟，宁可你拿箭射老子，也不想见你成天娇滴滴地争风吃醋！"

莫飞飞是广宁伯之孙，广宁伯虽只是闲散伯爵，却与皇帝交情匪浅，很得皇帝尊重。莫飞飞自幼便是口无遮拦、没心没肺的习性，但因心底光明磊落，颇得皇帝和太子的喜爱。

韦小钟眼圈微红，勉强笑道："飞飞你说得对，我这种臭脾气，还是适合当兄弟。"

她说的"兄弟"，明里指的莫飞飞，暗中还是说太子。

莫飞飞正要再说，却闻钟楼钟声悠扬响起，荡涤层云。叶轻冷冷道：

“散了！韦小钟留下！”

莫飞飞和左杭等互换了个眼色，一溜烟撤了。

韦小钟道：“怎么？某人今天要开金口宽慰我了？还是要看我的笑话？”

她身着绛色骑装，英姿飒爽。夕阳在她俊丽的脸上镀了一层浅浅金晖，这一霎，宁静而美好。

叶轻跳下马来，扯落身上的铠甲，慢悠悠道：“都不是。想和你打一架。”

韦小钟边下马边道：“开玩笑，我怎么打得过你！”话是这样说，已经挥手一掌向叶轻胸前拍去，带了十分劲力和心中积郁，凌厉凶狠。

叶轻双手背于身后，侧身避过，道：“不动内力，让你双手。”

韦小钟不再言语，运开双掌，疾风暴雨一般袭向叶轻。叶轻果如其言，但腿脚上毫不留情。韦小钟本觉得占了叶轻便宜，开始还留了三分余地，着了他几脚之后才知他说打那就是动真格的，便也发起狠来。韦小钟身形轻盈，如灵蛇陆起；叶轻招式刚健，若虎跃生风。韦小钟一腔情伤之痛，尽数泄于这场打斗之中，一招一式无不倾尽全力，不拼得筋疲力尽不肯罢休。拆得数百招下来，韦小钟汗湿衣背，只觉得酣畅淋漓，虚晃一招“哎哟”叫了声，趁叶轻愣神形缓的空隙猛然一掌击中他肩，得意道：“兵不厌诈！”

不料那一掌击中，叶轻不防之下竟本能地运起内力抵抗。韦小钟只觉得手上大力一震，整个人站立不稳向后倒去，幸好叶轻捉住她手将她拽了回来。韦小钟恨道：“你又用了内力又用了手，你输了！”

叶轻点点头，放开她的手，一转身跃上照夜狮子，疾驰离去。

韦小钟只觉得手上余热犹在，像一簇火苗在灼烧。她怔怔地看着他消失在暮色中的背影，挺直刚硬如石削仞壁，心中莫名地又酸又辣，扯着嗓子喊了一声：“叶寡言！”却又不知道想说什么。

大楚战时，曾军费不足，不得不借酒榷之利，将酒务收为官监。各种赡军酒库、赡军犒赏酒库、赡军激赏酒库、回易酒库、公使酒库等纷纷起建。天下平定之后，皇帝命将酿酒权下放，官酒库所营酒楼允许买作私有，故而私家酒楼雨后春笋般兴起。郢京乃国之首善，八方通衢，繁华为天朝之最。坊市之中，酒楼林立，号称有八九七十二家。尤其是朝天门街市一带，彩楼相对，绣旆相招，掩翳天日。

酒权初放之时，官酒库常欺私贾。直到北地大商刘徽来到郢京盘下在战火中烧得只剩半座的繁楼，此状才开始逐渐改观。

刘徽盘下繁楼之后，一改繁楼过去独门独栋的构造，在琼玉海畔平地立起七座楼宇，呈众星拱月之状。楼宇之间飞桥相连、暗栈互通，竟似迷宫一般。初来乍到的客人往往一入繁楼便眼花缭乱，不知人间岁月。只见得珠粲玉翠，兰膏明烛，罗绮美人衣香鬓影，往来袅袅婷婷似神仙，真真是人间仙境。

繁楼卖酒，却又不单卖自酿之酒。天下酒坊，皆可在楼中竞得一席之地沽卖。若有愿意出价者，亦可点繁楼美貌女子招徕宾客。市食蔬鲜，俱得如此。刘徽长袖善舞，官商两道左右逢源，更为官酒库专门辟出旺档银台，红玉绿珠任其挑选。官家乐得享用，繁楼也得以自官酒桎梏中拔地而出，独领郢京酒楼风骚。后来更有熙春楼、花月楼、赏心楼等诸多私人酒楼群起效仿，然而无一楼能与繁楼争春。

左钧直站在繁楼彩画欢门之下，绯绿帘幕随着人进人出翻飞飘动，身边花月春风，袭面脂香粉浓。

扯了扯身上崭新的白缎袍子，她不由得叹了口气。

一晃三月，她如约给刘徽写了三本，然而刘徽却没给半句回信儿。前几日却着刘歆传话，让她这日晚上去繁楼见他。又说去繁楼万不可穿得太寒碜，让刘歆给她买了几件新衣。

春风繁楼醉，一笑百斛珠。

繁楼这个销金窟儿，她是断断不爱去的。

倒不是因为担心刘徽会把她怎样。她自幼似男儿一般读书受教，知耻守礼，虽父母开明，却仍自书中带来七分文人清高习气，不肯近那烟花之地。

只是刘徽要她去，她便得去。谁让他拿捏着她的死穴呢？

正值清明前煮酒期，御街上处处可见着销金红褙子的琤琤美姬、乘坐绣鞯宝勒骏骑的风流子弟。浮浪闲客骈肩累足，穿梭于如云秀幕之间。真不知白日那“翠翘金凤乌云髻，雕鞍玉勒三千骑。金鞭争道万人看，香尘冉冉沙河市”的迎酒穿市，又是何等盛景呢。

左钧直深吸了口气，握着袖中玉牌，掀帘入了繁楼。

楼廊上下千灯荧煌，耀得楼中宛如白昼。廊庑之中花木森荣，酒座潇洒。楼下散座百八十副桌凳，盘盏壶盂，皆用银器。楼上珠帘绣额，参差可见十数名丽妆袨服的少女，头戴杏花冠儿，或倚或坐于栏杆之侧，莺声燕语，好似画中人。

身边欢客往来不绝，左钧直深觉自己与此处格格不入，浑不自在地让到了一边，四下张望，想着当如何去找那刘徽。

忽听见楼上几声惊喜的叫声，马上便闻脚步骤响，那一圈廊台之上，顿时聚满了无数绚美女子，引来楼下一片惊叹艳羡之声。左钧直这才知只有无名妓者才在外招徕，有名的俱是深藏邃阁的。随着楼上女子的欢呼之声，楼下诸客也纷纷站了起来。左钧直正好奇是出了什么新鲜事儿，却见角门中走进八个少年。

八人进了角门便很快有着蓝衣的座主前来恭迎引导。须知这繁楼七座，各有座主总领事务，只有高官显贵，方得座主亲迎。

左钧直见那几人年纪极轻，小的十三四，大的也不过十七八，一个个凤表龙姿，不似凡俗，穿着打扮除了颜色不同，竟都一致。她心念一动，莫非这几人便是传说中的太子侍读“八英”？

她竖起耳朵，果闻旁边酒桌上的长须人道：“……据说今日是吏部尚书的长孙陆挺之和总督京营戎政叶葵幼子叶轻的生辰，叶公子满了十八岁，照例是要退出侍读班，入军为将的。难怪‘八英’竟会齐齐出现在繁楼。”

那人对面的短须人道：“不是说太子侍读去年年末又新进了一人吗？怎的不见？”

长须人笑道：“嗨，那孩子小着哪，怎能来这种地方？”

短须人道：“这事儿我还一直好奇来着。太子已经成年，不是不招新侍读了吗？那孩子又是如何入得武英殿的？”

长须人道：“那孩子颇有些来头，正是穿云箭罗晋罗大将军的养子……听说模样儿长得极好，只可惜刚生下来就没了爹娘，连个名姓都无，只被唤作括羽。”

短须人笑道：“这名字倒是有趣，一听便知是武将所取。”

长须人道：“可不是。据说罗将军的部下是在西关的一座破庙中寻到那孩子的，恐怕也是个什么大户人家之后，护着的随从不少，俱被流寇斩杀，金银财物被洗掠一空，连身份都查不出来。那孩子被乳娘藏在佛像腹中，方逃过一劫。襁褓里也没什么信物，唯独手腕上用红绳系着个朱色花梨木小箭吮指，其上还有两枚雪白翎羽，十分玲珑精致。罗将军本就善箭术，一见投缘，便给那孩子取了名儿叫括羽。”

左钧直心道，难怪罗晋将军逝世后那养子便没了音讯，原来是被皇上接到了京城抚养……人说皇上无情，其实还是有情的。她想到罗晋那养子括羽的身世竟这般凄苦，顿时觉得自己生下来有父母相伴十年，如今还有爹爹在身边，已是十分幸福，心中不由得对那括羽生了几分怜悯同情之心。

楼上女子一个个胆大无惧、娇声浪笑，“少卿哥哥”“叶轻公子”“飞飞相公”“左小心肝儿”地一通乱叫。左钧直渐渐也将那几人与名字对上了号。虞少卿、叶轻、韦小钟三个年纪稍长，在一片调笑声中不动声色；陆挺之和段昶则是低头微笑，偶尔抬头看上几眼；林玖和左杭二人年纪小些，亦是刚得准入繁楼，大约没见过这阵仗，紧跟在最后，满面绯红；唯独莫飞飞一人一副风流倜傥公子哥儿的模样，挑眉眨眼儿地挑拨楼上女子。这八人各有千秋，俱有拥趸，难得的是都无骄横跋扈之气，任谁见了都会喜欢。

左钧直只闻长短须的两名酒客道：“……哪家的姑娘能嫁给其中的任一个，这辈子都是有福！”

太子登基，这些侍读少年必然都是新帝心腹，此生富贵无量。左钧直的目光，却更多地落在了韦小钟身上。

韦小钟是女子，扮起男装来灵秀英气，不输身边男子半分，所以喜爱她的姑娘竟也不少，一个个直呼“小钟公子”。

崇光一朝，虽是女子为帝，但绝对是异数。若非女帝出生便带了祥瑞，亦恰好应了最后一名大国师的临终谶语，被视为中兴大楚的天降神女，她想要顺利登基为帝，必难得天下归心。

韦小钟能与太子、其他侍读共同习文修武，已属难得。要让女子同男子一样考科举、任朝吏，那几乎就是痴人说梦了。

那二人继而论起朝政之事，只道太子将在今岁纳妃，恐怕明年有望登基为新帝，又说左右二相暗中相争，右相韩奉有上风之势云云。左钧直从那俩人话中方知他们是醯醢商人，与内廷的尚膳大太监相熟，所以晓得这么多的宫中消息。听了会儿，忽见二楼一个窈窕身影十分眼熟，竟是翛翛，她慌忙躲到了旁边的花架之后。

给刘徽写世情小说的事情，她并未同父亲直说，只道是在三绝书局谋了个誊抄差事。来繁楼这事儿亦是瞒着父亲的，若是翛翛说与父亲知晓，那便麻烦了。

然而翛翛竟似看见了她，面露疑惑，款步下楼朝她这边行来。

左钧直回头琢磨着要从哪条路逃跑，却见楼角闪出一个纨绔之人，浮浪地握住了翛翛的手臂。

“让爷看看……哟，这不是十年前一曲红绡不知数的翛翛姑娘吗？”

那人声音嘹亮，翛翛这名儿当年红遍江左，楼中顿时静了下来，无数双好奇的目光投了过去。

翛翛微微拧眉，想要抽手，却被他握得更紧，只得慢语赔笑道：“徐爷见谅，翛翛早已不在楼中侍奉。”

翛翛识得，这人正是金吾前卫指挥使徐暖。此时他满身酒气，早已把官家风度丢在了一边。

徐暖大笑道：“翛翛姑娘一拧眉，爷我心里就爱得紧。十年前就同爷睡过，还讲究什么侍奉不侍奉的！”他伸手捏了一把翛翛的脸颊，淫笑道，“还是这么又滑又紧的……”

四周酒客一阵狂笑。翛翛紧咬着唇，一语不发，却向前头暗处的龟公使了个眼色。

左钧直虽不喜翛翛，这时候听见那徐暖污言秽语的，心中厌恶至极，当下也未多想，从那花架下冲出去，一头把翛翛撞开，抱着她的腰叫道：“娘！你怎么又到处乱走？你的咳嗽病还没好，传给别人怎么办？”

翛翛被她撞得晃了两晃，立即反应过来，拿帕子捂着嘴猛咳了几声，暗中咬破了舌尖，喷了一口血在帕子上。

徐暖见那帕子上血迹点点，以为翛翛有肺痨之症，顿时如避瘟神，慌乱后退了几步，骂道：“好一个贱人！”

他退得匆忙，足下一绊，险些向后跌倒，却被身后一臂稳稳扶住，桃花春风的脸庞笑盈盈地现在身旁，道：“徐爷小心哪！”

徐暖见是刘徽，冷哼道：“老子若得了病，定唯你是问，一把火烧了这繁楼！”

刘徽大笑道：“徐爷多虑了，翛翛不过是有些咳疾。她曾得了个孩子，又不知孩子他爹是谁，现在有些糊涂，总还跑到我繁楼来。徐爷何苦与她计较？若被当成孩子他爹，那可就不好了。”扭头向旁边龟公和刘歆呵斥道，“还不带下去！以后若还出这样的事儿，惊扰了爷的贵客，打断你们的两条杠子！”

徐暖本是一肚子的怒火，闻得刘徽这么一讲，倒消去大半，嘲笑道：“当年这贱人的恩客可都是有头面的人物。看那小子生得还算齐整，也不知是哪家贵人留下的，这可真真有趣。”想了想又道，“定然不是老子的，老子没这么白嫩。”

繁楼中的廊道、飞桥曲折曼妙，若非有人指引，极易迷失其中。殊不知这正是繁楼令众多欢客流连忘返的地方：失向所来处，罔将所趋处，永不知下一个绣阁之中，等候你的是怎样的绝色佳人，亦不知下一场欢情，是柔媚似水的巫山云雨高唐梦，还是妖冶浮艳的异域胡旋长安忆。

左钧直初时还极力去记忆所行的道路，在被刘歆带着穿过了几条诡秘小径之后，终于彻底地失去了方向。显然他们是避过了欢客所经的路途，路上只见频繁往来的各色女伶，或抱琵琶，或执琴箫。这些女子见到翛翛，无不施礼唤一声“翛翛师父”。左钧直此前只听说翛翛隐居繁楼任乐司，谱曲作词，训练年轻女伶乐舞管弦，此时亲眼所见，方知她在繁楼地位颇高。

不多时便到一个清雅阁子。绿竹猗猗，幽露盈盈，阁中悬有水墨山水，窗下伏羲素琴。左钧直瞅到那阁子最显眼处，挂的竟是父亲的一幅字画《寒江孤蓑图》。她其实并不知父亲画过这样一幅画，只是那题款和印章，她再熟悉不过。

父亲诗文书画皆工，兼善篆刻。《寒江孤蓑图》中印锋挺锐，笔意劲秀，当是父亲年轻时所作。左钧直呆呆地看着那幅画，想着父亲当年如此孤高俊逸之人，而今却低沉隐忍……入仕、领罪，都是为了她！那一场刑罚看似只是夺去了他的双手双足，实际上却是夺走了他引以为傲的一切！

翛翛见左钧直站在左载言的那一幅画前挪不开半步，眼中泪水竟泫然欲坠，知她又被勾起了对父亲的负疚，忙将她牵到一边，递给她一块帕子，打趣道：“你爹爹说你是个很男儿气的丫头，怎么变成了个爱哭鬼？”

左钧直束着手，不接她的帕子，一声不吭。

翛翛也不逼她，打量了她半晌，忽而笑道：“你那一声娘喊得，我颇是受用。”

左钧直扭过头去，愤愤然道：“我只是不想那人欺负你。”

翛翛挽着帕子，故意问道：“为什么？你不是很讨厌我的吗？”

左钧直闷闷道：“我是不喜欢你，但爹爹让我对你好一点。”

翛翛心花怒放，她死皮赖脸地贴着左载言，左载言对她一直没有回应，但似乎……似乎也并非无动于衷！她凑过去在左钧直的小脸上叭地亲了一口，笑嘻嘻道：“钧直，你真是好孩子！”

左钧直羞赧不已，知道这是翛翛的绣房，抽身欲走，一出门便扎扎实实撞在了迎面而来的刘徽身上，眼前直冒金星。

刘徽拎起她丢到翛翛旁边的软椅上，竖眉恶声道：“又要往哪里跑？闯祸精！”

左钧直缩了缩脖子：“……就是去找你啊，刘爷！”

翛翛大奇。她方才意外地见到左钧直现身繁楼，本要去盘问她为何会来这种地方，被徐暖一闹便忘了。现在看刘徽和左钧直二人的模样，分明先前是认识的。却不知为何刘徽一副恶声恶气的流氓模样，而左钧直却变得逆来顺受起来。

“刘爷，你可别打这丫头的主意！”

刘徽直起身，含怒道：“还有你！知道自己门前是非多就乖乖待着！今儿若不是爷在，这事儿还指不定怎么了结呢！徐暖这种仗势欺人的野狗，皇帝现在都睁只眼闭只眼，可是你惹得起的？”

翛翛低眉歉道：“今儿也是突然见到了这丫头，一时没多想就出去了。刘爷，这丫头是载言的女儿……”

“爷知道！”徐暖今日又来繁楼耍酒疯，刘徽明显心情不好，“爷的书局，让这丫头帮点小忙。回头与你细说。你勿要告诉左载言。”

“可是刘爷……”

翛翛犹不放心，刘徽却已经拉着左钧直走了出去。

路上，刘徽边走边问道：“你觉得前面三本写得如何？”

左钧直想了想，老实回答道：“钧直想尽快还清刘爷给的银钱，所以写得快，草率了些，但自认比市面上其他书强出许多。”

刘徽冷哼道：“知道便好。若非其中的神鬼奇谭爷觉得还有些意思，真想给你打回去。爷会让其他书坊刻印出来，但三绝书局的刻版你就甭想了。”

左钧直服气，低头紧跟他的步伐，不吭声。

“我以为你会接着写那个小本上的故事。”

左钧直摇摇头：“刘爷也说了，那上面的事儿三分是真。钧直不想惹麻烦。”

七弯八拐地进了个十分不起眼的小阁子，阁中供着白眉神。只见刘徽在白眉神背后按了两下，然后掀开旁边厚重的帘幕，墙上竟无声无息地出现了一条仅容一人的狭缝！里面黑咕隆咚，不知是什么秘地。

刘徽在左钧直背后推了一把：“进去！”

左钧直揪着帘幕叫苦道：“你又要害我！这里是什么地方！”

刘徽笑得阴邪：“黄泉路，奈何桥，我就是勾魂摄魄的幽冥王，去不去，可由不得你！”说着，掰开左钧直紧攥帘幕的手指，将她抱起来大步进了那秘道。也不知他按了什么机关，身后的窄门陡然闭合，一丝儿光也不剩，一丁点儿声音也无。

左钧直怕得要命，紧紧攀着刘徽，狠狠咬上了他的脖子。

刘徽疼得咝的一声，怒道：“还没见着鬼呢！死丫头张嘴！”

左钧直犹不肯放，刘徽摸着了一根线猛然一扯，炫目的光线射了过来。左钧直猝然转头，只见面前出现了一个个小方格状的透明窗户，正对着的那个阁子里的销金帐象牙床上，一对男女合欢双修。

左钧直惊叫一声，赶紧扭头埋在刘徽肩上，不敢多看一眼，骂道：“你好龌龊！”

“笔下若无一分真，顶多能写写志怪搜神。你自认写得一手好风月，可惜纸上得来终觉浅，在爷看来味如嚼蜡。今儿爷让你看看真风月、真世情。”

原来这条暗道，所通的俱是红牌花娘的春闺。一路百十个阁子中，俱是郢京内外有名有姓的高官大贾，其中不乏朝中的清流文臣。左钧直曾随父亲入过翰林院，一些人也见过，却从未想过那些官吏道貌岸然的背后，亦有如此狎昵猥亵的一面。

第四章 黄钟初音

崇光二十年十一月，皇太子明严册靖海王之女沈慈为太子妃。嘉礼既成，百官朝贺，帝赐宴如正旦之仪。

今上即位之后，设上直十卫亲军，掌京师守卫巡警，分别是金吾前卫、金吾后卫、羽林左卫、羽林右卫、腾骧左卫、腾骧右卫、武骧左卫、武骧右卫、虎贲左卫、虎贲右卫。另又专设銮仪卫，掌金钲、鼓角、铙歌大乐等。

太子大婚之后，另设东宫翊卫，擢叶轻为指挥使。东宫翊卫直接扈从皇帝及太子，掌直驾侍卫。

京城中流言飞窜，纷纷说东宫翊卫的设置，乃是因为太子在大婚典礼前夕险些遇刺。皇帝勃然大怒，严令查办，礼部、詹事府、五城兵马司等一干官员皆遭惩戒，是日当值的亲军统领包括金吾前卫指挥使徐暖在内，俱下诏狱受审。

皇帝盛怒之下，仍然有所克制。三司会审，并未动刑。然而此案马不停蹄地查了一月，追出的可疑案犯却已成一具死尸。徐暖出狱之后，竟无端疯癫，坚称自己在狱中见到了无常使者，提着蓝烟的头来向他索命。

坊间私下猜测徐暖与水部郎中蓝烟之死有关，然而徐暖已经疯癫，此案终究无法在他身上继续追查下去。他既是着了心魔，也算是罪有应得。受过他欺压的人们无不拍手叫好，纷纷说淮安的勾魂无常已经来了郢京，要为在那场大水灾中丧生的三千生灵讨回公道。

青木棉帐伴着大索下莲花坠石轻轻摇晃，泻入的灯火星光映照出青地雕木上绚丽的五彩云纹，云海间行龙矫健，仿佛就要爪擘青天，腾踔太空。韦小钟一手抱着黄铜暖炉，一手轻轻摩挲座下红锦褥席——都是他沾过的地方，仿佛还带着他的温度和身上龙涎香的味道。

出了一会儿神，她忽然狠狠抬右手打了一下自己的左手。

韦小钟啊韦小钟，你何时成了这种拖泥带水的女人！不是说已经放下了？为何一和太子单独见面，就那么没骨气地被打回了原形？

看到太子妃端着消夜小食儿笑盈盈地出现在殿门口，她竟不顾礼数不理谕令一径自行告退了。

出了大殿被彻骨的夜风一吹，她才反应过来刚才自己的所为有多么僭越，麻麻地出了一身的冷汗，后悔不已。

旁边车帘掀起，两道锐利的眼神带着疑虑扎了进来。

韦小钟讷讷："……蚊子。"

叶轻轻哼了一声，甩下了帘子。

是的，太子还是赐了她乘坐他的步辇回家，因为已经是子牌时分，又特地命叶轻率几名翊卫护送。

"……叶寡言，元宵灯会，据说扎了三层楼高的大鳌灯，你去看了吗？"

去年冬月末她亦退出了武英殿侍读班。名义上是留待文华殿行走，实际上是入了翊卫中暗设的镇抚司，领侦缉之责。十二月，她奉皇帝之命，以回乡省亲的名义离开郢京，暗中调查太子被刺之案中所牵涉的江湖势力。一去两月有余，年节、元宵，她皆是在外地度过。昨夜回京，今日她便先后去向皇帝和太子述职。这时候也算是她在今年第一次见到叶轻。

“没。”

嗯，他应该不会去。往年若不是她拉着他一起去看，他是不会去的。虽说她拽了他去，实际上是想拽了太子一起去。

这人，甭说隔两个月，就算隔两年、二十年，也不会改了他这惜字如金、不爱凑热闹的毛病。

“我出去了这么久，你没什么话想对我说吗？”她言语带笑，试图活跃气氛。

外面沉默了许久。

忽而一道利刃破风之声，凌厉呼啸而来。

韦小钟手下丁啷一声，绣春刀遽然出鞘。却听见咣啷、啊呀两声，金辂门侧赫然落下一只握刀断手。韦小钟猝然心惊，不是因为那断手，而是为那刀——刀脊微曲，双面血槽，刀刃细而锐利，分明就是她在东南瀛海一带所见过的扶桑忍者刀。

扶桑盘踞于东海列岛之上，自大楚裂国，国力由盛转衰之后开始频频犯边。数十年前，云中君霸天姥城、称雄东吴时曾大败扶桑。扶桑元气大伤后龟缩数年，近来却又蠢蠢欲动。她赴边查案时觉察出谋害太子者与扶桑人有染，不料扶桑忍者来得竟是这般迅捷。

韦小钟毫不犹豫地斩落青棉厚帘，眼前几道人影交错飞梭，叶轻和四名翊卫已经和来人动起了手。

来者不下十人，黑衣如魅，身形飘忽。韦小钟持绣春刀横天画出一个掠字诀突入阵中，口中叫道：“扶桑忍术诡变多端，大家多加小心！”

黑衣忍者见金辂中扑出一个身着红衣官袍的少年，阵法稍星疏滞。叶轻长剑凝霜，身与剑合，一式“晓天画角”催起苍茫剑气，残星落时血光数道骤起。

韦小钟想到那些忍者的目标当是太子，发现所刺非人之后应该退却才对。然而只见为首之人桀桀数声，余下忍者变幻阵形狼扑又上，竟较方才更显狠辣。

叶轻陡喝："翼轸二分，击其双胁！韦小钟掠阵！"二指一错，一枚响箭伴着尖锐呼啸之声射入夜空，爆出五彩烟火。

叶轻连杀数人之后，双方人数已经相当，有何必要传唤助手？韦小钟只道他是觉得自己身为女子，技不如人，怒道："你小看我！"说着绣春刀一挥，猱身而上。叶轻眉冷面黑，剑气如虹，直夺为首那人。

韦小钟一手绣春刀法十分精湛，数十招逼得一名忍者连连后退。韦小钟奋起一刀自那人眉心劈下，大喝一声："着！"

明明看着是将那人一分为二，刀下却不觉有任何阻力，一缕黑烟随风而散。韦小钟大骇，脑后风声突兀而来，慌忙反身退避。尖利刀锋刺颈一痛而止，只见那人喉结处被钉上了一枚袖箭，箭尾叶形，正是叶轻的。

韦小钟鼻头沁汗，扭头看见叶轻剑芒暴涨，与那首领恶斗正酣。

擅长烟火术，临兵列阵，扶桑忍术两派中的甲贺流望月氏。那首领当是个上忍。难怪叶轻如此谨慎。

韦小钟手心发凉，眼见一名忍者又行将烟隐，抽身一刀斩落他的头颅，然而那忍者刀已然插透了对面翊卫的心脏。

杀气铺天盖地，刀光剑影一簇簇涌雪千堆，惊涛骇浪间无处闪避，唯有尔强我更强。

韦小钟侦案在外，搏杀格斗不是没有经历过，但似这般你死我活的血战还是头一回。忍者和翊卫的鲜血不断溅上她火红的衣袍，渗而不见，那浓烈的腥味却越发刺鼻。她手上的绣春刀招式愈狠，心中愈寒。那些人置太子于死地的决心是有多大，竟找上了酷烈至此的扶桑忍者。

转眼间四名翊卫三死一伤，韦小钟大腿被刺穿，委顿在地。

黑衣忍者只剩下首领一人，武艺奇高。叶轻几次险些被他的八方手里剑划破衣袍。韦小钟知那手里剑角上淬有剧毒，一颗心在嗓子眼里狂跳不止，担心叶轻受伤，竟不觉得自己创口疼痛。

空旷的街道上嗒嗒马蹄声由远至近，火光隐隐。那黑衣忍者知是亲军赶来，手上招式越发如疾风暴雨一般。

叶轻等的就是此刻。

欲速则不达，念动则神涣。

韦小钟见他目如止水，若秋叶静羌，身形如飞鸟掠空，手中长剑抹开秋水涟波。

叶家三十六式秋叶剑法名扬天下。相传总督京营戎政叶葵当年仗一柄秋叶剑，于万军之中取敌将首级。而如今天下太平，秋叶剑法便只闻其名，不见其形。

叶密鸟飞碍，风轻花落迟。

韦小钟暗觉惊艳。原来叶寡言的剑，除了刚悍峻猛之外，也可以使得这般潇洒。

黑衣忍者见叶轻身法陡变，剑走轻灵，姿态娴雅有似闲庭信步，便知他有心拖延时间，顿时幻化千影，杀招迭出。韦小钟只觉二人身形如乱花凌飞，一时竟分不出谁是忍者，谁是叶轻，直看得人恶心欲呕。

叶轻神凝于剑，忍者逼攻之势如黑云压城城欲摧，他只守正于心。他很清楚自己的修为不如对方，不过依赖秋叶剑法勉力支持。他赌的是秋叶剑用老的那一霎，亦正是忍者的躁意层层积砌、破绽最大的一刻。

忍者九字箴言，开首便是“临”字。不动不惑，不乱不破。照望月氏的规矩，忍者若不能毕其功于一役，便须切腹谢罪。此上忍固然不惧死，但若死是因为没有打败自己这个不如他之人而死，那才是他无法忍受的耻辱。

最后一式“九月寒砧催木叶”一出，忍者便觉出了叶轻强弩之末之意，目中精光大盛，长刀擎天，一斩鬼神惊！

然而那一击石破天惊，却只是削断了叶轻头上的幞头。下一霎便见洪波涌起，剑势滔滔，宛如无边落木萧萧而下！纵然他一再烟遁，也总逃不出那高树悲风。

秋叶剑法，何止三十六式？世人但见“袅袅兮秋风，洞庭波兮木叶下”

那草木摇落的萧瑟，却往往不知还有落木千山、海水扬波的磅礴浩瀚。

长剑自忍者肩窝刺入，没至剑柄。这一剑耗去叶轻毕生修为，成则逃出生天，败则必死无疑。他长发披散，筋疲力尽，目光却如天际孤星一般熠耀。他以剑支地缓缓站直了身子，一步步向韦小钟走去。

韦小钟这才发现腿伤疼得厉害。她看着叶轻蹲下来，撕下深青衣袂为她扎紧腿伤，依旧是眉眼森寒，她却忍不住流泪了。

陡然只见叶轻背后黑影一闪，白光疾落，那受伤翊卫惊惶叫道："小心！"韦小钟伸手猛推叶轻，却被他握住手臂，微微侧身反手一剑扎透身后那人胸膛。她眼睁睁看着细长锐利的剑锋透过叶轻的左肩胛而出，随即往下一勒——

滚烫的血沿着血槽至刀尖滴到她的胸前，透过层层冬衣和肌肤胸骨渗进了她的心口，仿佛化作比忍者刀还要利的薄刃，无情地凌迟着她的心房。

他一声未吭，连哼都没有哼一下。这人受了疼，仍是懒得叫一声吗？

他躲得开的。他对身后那刀的来势、方位、速度、力道都算得十分精准。可他就是算得太精准了。

他知道他躲得过。可他苦战之后力道已竭，却没有办法带着她一起躲过。那刀若是下来，她必死无疑。所以他宁可去接那一刀。他侧过身避过了要害，却未料那忍者重创濒死，竟还是拼尽气力往下拉了三寸。

韦小钟想她的表情一定非常狰狞扭曲。她看着叶轻的发落下来，血落下来，脸上竟现出一个从未见过的笑，像是冰棱上折射的阳光，夺目耀眼。

"莫哭……死不了……"

翊卫鸦青色的衣袂在她眼前密密飘过，融成一片。叶轻、她和那名翊卫都被抬上马车。她握着叶轻的手，木木然想着，叶寡言，你还欠我一个回答，你一定要回答我的。

崇光二十二年二月，上命礼部尚书祖宜尊、礼部右侍郎兼翰林院学士姜离为会试考试官，主持春闱。二月初九、十二、十五接连三场科考，合共九天。天下考生齐聚贡院，盛况空前。

明严负手站在御案之下，微挑着一双凤目。殿中祖宜尊、姜离二人正各执一词，为了一名举子是否能为贡士而针锋相对。他的母皇则恍若置身事外，慵懒地斜倚在龙座之上，手执一卷，葱管儿般的手指一张张翻过书页，一目十行。

前几日锁院阅卷，共选出优良试卷二百一十三张。拆卷之后，祖宜尊和几名同考官却执意要从贡士名单中裁除一名名叫寿佺的举子。以往贡举中这种事情并非没有发生过，然而裁除寿佺的理由却十分特殊，并遭到了姜离的反对。

其一，寿佺是北齐遗臣寿氏的嫡系子孙。

其二，寿佺之卷中引了两句经文之外的词句，许多考官不知其出处，但觉锦上添花，便一笑放行。后来才知出自时下风靡南北的世情小说《嘲哳曲·情僧逸史》。

“礼闱何等庄严之试！此子以狭邪亵言与孔孟经义并论，无所忌惮至此，实乃大逆大恶！”

“我朝圣上开明，先后废明经、墨义，改试经义、策论、经济，本就是为海纳百川，不拘一格用人才，祖公为何仍要拘泥于此呢？”

祖宜尊争得面红耳赤，姜离始终含笑相对。他对祖宜尊恭恭敬敬，言语上却丝毫不让。祖宜尊强调引经据典，言出有据，他就援引经典、条陈旧例与他相抗。祖宜尊也算是两朝老臣、文坛大儒，在朝中历来是强势做派，不料晚节不保，栽在了姜离这个后起之秀身上。姜离任礼部右侍郎后，凡意见与祖宜尊相左时从不像其他臣子一般妥协退让，而是据理力争。祖宜尊和姜离二人的角力，一向为朝中其他臣子所津津乐道，亦成新旧朝臣分庭抗礼的一个风向标。

姜离有胆量把祖宜尊气得吹胡子瞪眼，祖宜尊却又拿他无法，背后的原因亦是尽人皆知。

姜离是女帝的宠幸“佞臣”。

无人知晓姜离与女帝是如何相识的，只知女帝自北境流亡归国，身边便带着这样一个风神秀逸、言语辛辣却偏偏满腹经纶的少年。女帝以长公主之位听政时，姜离方十二三，为女帝掌制诰。“宠幸佞臣”之名，便自当时而起，直至女帝大婚之后，方无人敢再明提此名。

而姜离自低阶品步步升至礼部右侍郎之位，并未获殊恩越拔，全凭一己之能，故而朝政对他的争议亦渐渐平息。

但他常为他人所不敢为，言他人所不敢言，女帝从不曾有过非议，却可显见逾二十年宠幸仍在。

祖宜尊犹自不服，明严忽道：“祖公言语中对那《嘲晰曲》了如指掌，似是下过一番功夫研读过？”

祖宜尊一张老脸顿时有些挂不住，进退两难。那《嘲晰曲》颇多风月艳情，他向来提倡礼教伦常，号称要振三纲，明五常，正朝廷，励风俗，又怎好承认自己看过这书？然而他确实又是看过的，不但看过，还对其中犹抱琵琶半遮面的艳词心有戚戚焉。祖宜尊脸上红一阵白一阵，讷讷无语。

明严勾唇笑道：“然祖公所言甚是，清流之途怎可引淫秽之词？此风不可长。不知此前定了寿佺为几名？”

姜离道：“本是定了三甲之一。”

明严点头：“那便拿出头十名。此人最终如何处置，三月初二殿试之后再作定夺。”保了寿佺的贡士资格，却降了他的名次，算是遂了姜离之意，也顾全了祖宜尊的面子。

祖宜尊看向女帝道：“此人终究是北齐遗少，皇上真要铨选入朝？”

言下之意，是不服太子之议，非要女帝金口玉言，作最终论断。明严面上浮冰浅涌，目色深幽，不作言语。

女帝合上书本，拥了金绣厚重的云龙常服缓缓起身，雍容道：“朕一统天下凡十年，何来北齐？何来遗少？”那重威凤目未擦过玉阶下几人之身，却足以让听者脊背发凉。

祖宜尊虽自诩两朝耆宿，资格匪浅，听了这一语也不由得心中悚然，暗责自己说错了话，当下不敢多言，唯诺告退。

祖宜尊和姜离二人退下后，女帝忽而大笑起来，将袖中那卷书拍在御案之上，道："确实是本奇书。难怪姜离会偷偷拿与朕看。"

明严见那书卷里页的文字分明就是《嘲晰曲》，却被剥了封皮，贴了个《周易本类》的壳子，不由得暗笑姜离三十多岁的人了，还这么多精怪心思。

"前朝科考八股，不是曾出过一道题叫'以杖叩其胫阙党童子'吗？"

明严笑道："是，拼了《论语·宪问》中'原壤夷俟'章的末句与'阙党童子将命'章首句的前半句。这等八股题害人得紧，母皇废八股实在大快人心，便让祖宜尊耿耿于怀去吧。"

女帝道："是啊，这书中说：'那秦生一见此题，挥毫而成。后知贡举锁院评阅，怒而焚其卷。原来秦生文云："一杖而原壤痛，再杖而原壤哭，三杖而原壤死矣。三魂渺渺，七魄沉沉，一阵轻风，化为阙党童子。"。'可真真笑煞人也，也不知那'癫语生'如何想来！倘朕遇此文，必点为头名！"

明严道："不瞒母皇，此书儿臣亦读过。这癫语生以代圣人立言的笔法，代孤臣孽子、才子佳人立言，极尽虚构想象之能事，委实大胆，绝非市井中一般的小说家——想必是哪个不第考生的宣腑之作。"

女帝摇头笑道："朕不这么看。此人嬉笑怒骂，却丝毫不带怀才不遇的郁郁之气、羡鱼之情，又兼文笔细腻，辞藻警丽，哪是今世汲汲于名利的男儿写得出的？"

明严辩道："未尝没有不为功名利禄的……"

女帝摆手道："朕是说，这癫语生是个女子。"

明严惊讶不已："当今天下，女子皆束步闺阁，哪来这种博览群书、历阅八方的？看着书中所言，倒像是三教九流无所不猎，哪家的女儿敢养成这样？"

女帝斜了他一眼："朕若不坐这个位置，未尝写不出来。"

明严汗颜道："母皇您那是……"

女帝打断道：“叶轻怎样了？”

“已无大碍，只是得静养上三个月才能复原。”

“你确定要去？”

明严抿唇：“一定要去。”

女帝转身叹了口气道：“你父君曾被扶桑人伤过，朕还是……很担心你。”

“儿臣会小心。”

女帝前所未有地踌躇了片刻：“朕本来……不会生你。朕那时的身体，已经不适宜受孕，只是为了留住你父君，才一时气盛偷偷要了你。你父君知道后虽勉强同意与朕成婚，却气得三个月不同朕说话……他担心我们母子担心得都白了发。所以你若是……”

明严心口大震。这件事情母皇从未同他说过。他竟从不知自己未有弟妹，是因为母皇不能再生育，而母皇育他，竟是如此之难。他一直觉得是这身份让他不能像其他孩子一般享受父慈母爱，却未真正意识到，父君母皇对他的爱从不输其他父母半分。

他轻轻上前握住女帝微凉的手，笑道：“为韩奉和扶桑人牵线搭桥的要害，就在那个海帮二帮主沙荣身上。他们以为叶轻重伤，儿臣便不敢轻举妄动。儿臣若不趁他们疏于防范下手，岂不是让叶轻白白受伤了？儿臣的功夫是父君教的，母皇信不过儿臣，还信不过父君吗？”

女帝哂道：“有你姐姐那祸害在前，他哪还敢教你那些妖术！”

“那怎的又肯教括羽？”

“不是说他定性好吗？”女帝想了想，面露茫然，“朕一直觉得括羽是个温顺的孩子，你们说他是野狼，朕初时还不信。那日见你父君给他喂招，摔得他头破血流的，也不见他向你父君喊一声难，小眼神儿果然像头狼一般。那一下朕竟觉得和他似曾相识，好生奇怪。”

明严哄道：“定是父君陪太久，母皇竟多愁善感起来了。”

女帝笑着啐他，却被他推出勤政殿赶回熙宁宫去歇息了。

繁楼这夜格外热闹。放榜之日，苏杭来的富家公子曲衡沙一掷千金，邀请两百余名贡士在繁楼极尽欢愉，慷慨豪奢之名震动京华。

人潮熙攘，喧声闹语，左钧直身量纤小，被推来搡去，这让她颇是无奈。

她其实只是来给长生拿吃的。

长生食量极大，一顿饭抵她和爹爹十天半个月的食量，看得她屡屡咋舌，不得已之下，只得去求助刘徽。刘徽时常不在繁楼，便把这事儿托付给了翛翛。翛翛多了个机会去看左载言，自然欢喜不尽。但这几日繁楼生意红火更胜以往，她忙得抽不开身，长生食量又增，左钧直也只得愁兮兮地自己跑来繁楼。

推推撞撞，她被挤到了一面巨大的粉壁旁边。一个着蓝衫的青年左手执壶，右手挥毫，在那壁上奋笔疾书，每落一句，周围的年轻士子们便大声叫好。

左钧直扬眉一看，原来那青年已经接连写出了十首《忆秦娥》，墨色淋漓，词气清华，别有一番磊落风骨。左钧直心中暗暗也叫了声好，听见旁边人鼓掌叫道："寿公子真是才思敏捷啊！"

原来是寿佺，今日贡榜中名列三十九名的徽州才子寿佺。这个寿佺的事情被传得沸沸扬扬，说他本名入三甲，却因身为北齐重臣后代、在卷中引了《嘲哳曲》里的两句小词而被降了名次，险些落榜。

左钧直想《嘲哳曲》是她所写，寿佺敢在会试卷子中引用其中的词句，可谓是一大知音，心中对这个寿佺很有好感，便忍不住好奇地打量了一番。恰好寿佺墨汁用尽，一眼看到了穿白袍作少年打扮的左钧直，当她是繁楼中行走伺候的童子，便呼道："小兄弟，麻烦帮忙磨点墨。"寿佺是大族之后，身边常有书童伺候，不习惯自己研墨已成自然。他对繁楼下人这般客气，已是世家子弟中少有的。

左钧直心道，自己虽未害他，但他多少是因为自己的《嘲哳曲》惹了考官诟病，帮他磨个墨，也算是报答他的知遇之恩。于是果真上前给他研墨。

寿佺仰头灌了一大口酒，提笔又写，第十一首《忆秦娥》一气呵成，又引来一片赞叹。

左钧直见他第十二首落笔就是“芳菲歇”，第四字提笔就是一个小“十”字，心中顿时跳了一下，一砚墨泼到了他长衫的下摆上。

寿佺正要发作，却见左钧直慌慌张张过来用自己的白袖口给他擦拭，极小声对他道：“寿公子万不可提‘故园’二字，春尽、子规、啼血之类的黍离之语亦万不可用。”寿佺酒醒了一半，大惊，自己不过写了三个字，后面的词意竟全被这个不起眼的小少年给猜中了。他文思遽转，落下一个“南”字，将本来的萧瑟气息生生逆转过来。

十二首词写毕，寿佺正要拉白衣少年细问，却听左钧直飞快地说了句：“污了公子衣衫，这就找人给公子拿件新的。”钻入人群消失了。寿佺本还要追过去，却被曲衡沙拉住往阁子里带，说是许多士子仰慕他大才，定要邀他同席。寿佺推托不掉，只得随他就座。

席间吵吵嚷嚷，聊了许多考场放榜之事，话题竟又转去说京城哪家的女儿美貌。选来选去，自然还是亲王之女鸾郡主最是绝色，只可惜年纪太小，卿生君已老。

又说韦小钟，那是叶家公子看上的人物，自是没戏。最后还是左相的几个孙女儿、韩家的几个小女儿和其他一些京官家未出阁的姑娘入选。这些新晋贡士一个个向往着殿试之后金榜题名，便能如考上个状元般一步踏入豪门，从此青云直上光宗耀祖。

寿佺颇觉无趣，笑话道：“恨只恨今上没有生个女儿，不然如今正当年华，各位更有锦绣前程可奔啊！”

有贡士顺着他的话反讥：“自然，攀龙附凤，哪如家中本来世代簪缨！”

不少人亦附和道：“寿公子家世显赫，不知道什么样的绝代佳人才入得了寿公子的眼？”

寿佺浑不理睬众人的讽刺，摹了个梨园戏中的相公摩科，摆了个螃蟹手，捏着嗓子唱道：“我秦衾是那潦倒不通世务、愚顽怕读文章、富贵不知乐业、贫穷难耐凄凉的饭袋酒囊，怎配得上小姐剪月为魂、裁云为裳的国色天香？”众人哄笑不绝，原来这秦衾正是《嘲晰曲》中那个一生大起大落、大愚大痴、大彻大悟的情僧，这句话亦是书中原文。

言及这《嘲晰曲》，曲衡沙神秘道：“诸位可知这繁楼有个妙处，那《嘲晰曲》中的词儿，在此处俱被谱作了妙曲儿，在别处可是听不到的！”说着双掌一拍，两队乐伎抱着丝竹管弦鱼贯而入。众士子点了词牌，乐伎转轴拨弦，歌姬婉转开嗓，果然是绝妙难言。难得的是曲调与文意丝丝入扣，浑然天成。

有士子叹道：“那《嘲晰曲》名唤嘲晰，实则辞藻警丽，读来口齿噙香，配上这曲儿，简直妙绝！”

“岂止曲儿好，诸位难道不觉得那书中的画儿配得也是极好的吗？这书、画、曲，倒是三绝！”有士子是从外地来的，追着问那书中哪来的画儿，被他人好一阵嘲笑：“那三绝书局为了防止盗印，其实是出了两个版本：便宜的是没画儿的，人人都买得起；贵的有画儿，印刷极精良，一本一两银子，结果复印了数十版，每每都还是被一抢而空！不就一两银子吗？值啊！”

听者有的眼前一亮：“三绝莫不就是说书、画、曲三绝？听说三绝书局和这繁楼的东家都是刘徽，说不准那癫语生就是这繁楼中人！”

一语点醒，马上招来许多拥趸：“对对！那等风月笔法，一般人怎生写得出！”“说不定是哪个风流才子温柔乡里花光了银两，被那刘爷挟了写文哪！”“……”

寿佺突然想起刚才那个点拨自己的少年，心道这繁楼中果然藏龙卧虎，连个磨墨的侍童都这么聪慧绝伦。若说癫语生在这繁楼中，倒真有可能……

有人见寿佺兀自出神，问道：“偓仙，你不是最爱这书的吗？怎的不作评判？”

寿佺哈哈一笑，口出狂言：“若真在繁楼中，我寿佺定要收了那癫语生！”

“倘若是个老婆子呢？”

“左五连大他二十岁的女人都收了，我寿佺大四十岁的也收得！”

长生是一条狗。

一条浑身覆着银白长毛，脸却黑不溜秋的大狗。

一条和哪吒一样见风就长，眼看着就有她大半个人高而且还有不断疯长之势的巨狗！

左钧直发愁，真心发愁啊！

去年八月，《嘲哳曲》写了一半，刘徽看后十分高兴，让她去繁楼，说要介绍鬼手画师柳三生给她认识。

结果她兴冲冲地进了刘徽的屋子，还没见着柳三生，一团白毛球就滚了出来，四只肉爪子抱着她的腿不放，呜呜蹭爬。

哟，好可怜巴巴的小狗崽子。

刘徽随后抱着个一模一样的黑狗崽子走了出来。

“常胜回来！”

那黑脸儿的小白狗兀自抱着左钧直不放。

常胜？左钧直恍然大悟，原来是只斗犬。刘徽自诩江北第一轻薄浪子，斗鸡走狗那是一把好手。这只狗儿养大上了斗狗场，那便是叫“常胜大将军”。

“刘爷，那只黑的叫什么？”

“子龙。”

左钧直刚喝了口茶，险些喷了旁边的刘歆一身。常胜还算好了。子龙，子龙大将军，那古时的名将赵子龙赵大将军不气得在地下翻过身来才怪。

刘歆把常胜从左钧直腿上费力剥了下来，那狗儿的一双乌亮乌亮的眼睛盈满了泪水，回头对着她嗷嗷叫个不停。

左钧直顿时心就软了。她见过斗狗，其实十分残忍，轻则血肉模糊，重则一命呜呼。这狗儿似是有灵性，一见她就巴着她不放，她怎忍心让这么可怜又可爱的一只小狗儿去送死？

咬了咬牙，左钧直道："刘爷……这常胜……可不可以送给钧直？"

刘歆不可理喻地看着左钧直，刘徽目光闪了闪："这狗很贵的。"

左钧直狠心道："钧直觉得……这回的《嘲晰曲》肯定能大卖，那分成钧直就不要了，再附送一个小故事。"

"你觉得能卖多少？"

"刘爷说给我什一之数，钧直觉得卖个五百两银子应该可以。"

"唔，五十两换这常胜？"

左钧直豁出去了，闭眼点点头。五十两，五十两啊！够她和爹爹活几年的了！

"……成交。"

左钧直欢欣鼓舞，刘歆大叫了一声"爷"，刘徽白了他一眼。

左钧直抱起那狗儿，狗儿伸出舌头舔了舔她的手心，痒得她咯咯直笑。

"跟了我，就甭叫常胜啦，嗯，叫长生吧！"

刘徽的面皮抽了抽："你准备加写个什么故事？"

左钧直一门心思全在那狗儿身上，随口道："就写个寒门女子救了只狗儿，那狗儿后来化为人形回来报恩的故事吧。"

刘歆痛心疾首："姑娘，你的口味能别那么重吗？男主角能别是一只狗吗？"

左钧直想了想，道："好吧，那就写天上的一个神仙受了重伤，化作狗儿流落人间，被一个凡俗女子捡了回去。神仙喜欢上了那个凡人，历尽波折终成眷属的故事吧。"

刘歆无力妥协："这个勉强能忍。"

常胜，不，长生从此跟了她，让她每天跑得脸蛋儿红扑扑的，倒是比以前看起来健康润泽了许多。只是她常常觉得，不是她在遛长生，而是长生在遛她……

左钧直所不知道的是，她一出门，刘歆就暴跳起来："爷！这纯种罗刹犬价值千金，白毛犬更是可遇而不可求，无价之宝！”

刘徽无所谓地顺着怀中子龙的毛：“丫头喜欢，送就送了呗。”

刘歆无可奈何地垂下头，无限怅惘：“想常胜长大了是多威风凛凛的一只斗犬，居然要屈身去给一个小丫头做看门狗……”

刘徽道：“狗各有志。”

曲水，修竹，兰芷清芳。左钧直望见那片雅阁，长舒了口气。兜兜转转，几番碰壁，总算还是让她找到了翛翛的阁子。敲门无人答应，她只得在门口守着。守了会儿，天上飘起丝丝细雨来。左钧直无奈，往门口靠了靠，谁知一靠向后倒去，狼狈地跌进了阁子里——原来门是虚掩着的。

左钧直懵懵懂懂地爬起来四面环顾了一下，发现墙上父亲的那幅画没了。定睛再仔细瞧瞧，阁中陈设与翛翛房中大略相同，然而不似翛翛清净，鸳鸯屏侧有一只熏香小鸭，浓香馥郁，似有塞外的雪莲味道。榻上丹缣白绫被，散着干红四紧纱织的单衾，首饰盒子还在床边梳妆台上开着，各色金翠饰物精致琳琅，也不知是哪个红牌姑娘的住处。

左钧直心道，瓜田不纳履，李下不正冠，误闯了人家阁子，得赶紧离开才是。谁料刚迈了两步，就听见一男一女狎昵互语，正朝这阁子过来。左钧直脑子里嗡了一声，想着自己现在出去，定被逮个正着，到时候跳进黄河也洗不清，不如先躲上一时，免得招惹麻烦。她回头一望，见墙角有一个填漆彩戗牡丹蝴蝶纹的立柜，当下想也没想，拉开门便钻了进去。

很久之后，左钧直仍然为自己当时犯的蠢耿耿于怀。她后来特地看过，窗子可以推开，她努努力爬出去就得了。

可是她当时就是鬼使神差地钻了柜子。

左钧直拉开了半边柜门，里边黑黢黢的一片。她猫着腰，刚踏进去一只脚，只觉得天旋地转，惊叫声被一只手紧紧压回了喉咙里，随即眼前一黑，柜门被无声带上。

柜中放了不少被褥、冬衣之类的杂物，空间极狭。所幸左钧直身量纤细娇小，只觉被摆弄了几下之后，整个儿地窝在了身后那人的怀中，嘴被捂死，双手腕被牢牢钳制，两腿亦被那人长腿一伸，压在胫下。

左钧直欲哭无泪。

刘徽啊刘徽，我问候你祖宗十八辈！

长生啊长生，你这个吃货！害死我了！

……

左钧直悲了悲，觉得与其怨天尤人，不如自救。她屈起食指在那人虎口上写道：壮士饶命。手指触上去时，那人的身躯竟然紧绷了一下。见那人没有其他反应，又写道：小的什么都没看见。

还待再写，耳边响起一个缥缈微细的声音，仿若游丝软系，却是呵斥的语气："不想死就别动！"

虽是威胁，但好歹是个保证。左钧直大舒了口气，那声音又命道："别喘气！"

左钧直心中微恚，这人可真跋扈，不喘气，我不就死了吗？却听见脚步纷沓，那对鸳鸯打情骂俏地进了阁，随即撞得阁门砰然一声，二人笑语声遽然隐去，取而代之的是一阵急促的喘息和衣帛裂开的脆响。那女子半推半就地娇嗔道："沙官人好生猴急，妾身的衣服都被撕坏了！"男子狎笑道："葳蕤姑娘恁个尤物，哪个男人忍得！"

左钧直早已听得习惯，心如止水，只是万分惊讶那女子虽被唤作葳蕤，却不是她印象中葳蕤的声音。

如果这是葳蕤的阁子，那她会认错便是难怪。葳蕤钦慕脩脩，视脩脩如姊，凡事尽力摹而为之。

可是若这真的是葳蕤的阁子，冒充她的女人是谁？真的葳蕤又去了哪里？

她的心怦怦直跳，浑然未觉身后那人的呼吸渐渐沉重起来，直到那人忽然低头，贴上她的脖颈。

左钧直被放养着长大，随父母四海游历，并不似普通女子那般在意男女之防。然而这种肌肤之亲却是头一次，左钧直浑身僵硬，只觉得那人埋在自己颈窝间深吸了口气，然后极轻极缓地呼了出来，如是反复了好几次。暖热鼻息拂过她颈侧，隐约缠绵出一缕若有似无的异香。

龙涎香!

母亲身份特殊，她自幼对这种只有皇室才享用得起的名贵香料并不陌生。

这人，这人……她鼻尖都渗出凉津津的细汗来。

这人来自大内。左钧直虽不会武功，却听说过，但凡深谙其道的刺客，身上不会留下任何能够被识别的东西，包括气味。这人身上亦无任何香味，直到吐纳内息时才带出龙涎香的味道。龙涎香的味道其实最容易被除去，除非，这个人在其中浸淫的时间达到十数年、数十年之久。

能在宫中连续不断待这么久的人只有两种，而男人则只有两个。

左钧直多希望他就是个内侍，然而现在她一万分地确信他是个货真价实的男人，而且还是个中了迷药媚芸的男人。

看来之前嗅到的浓香，就是媚芸。

握着她手腕的手光滑温暖，是年轻男子的手。除了太子明严还能有谁？左钧直大惊之后反而大定。柳三生总同她唠叨，凡事要往好处看。比起大奸大恶之徒和采花贼之流，太子还是要强出许多的。更何况他没有一招结果了自己，中了媚芸还死撑了这么久的君子，挺不赖的。

唔，既然媚芸这么厉害，自己怎的没有半分不适之感？难道因为自己是女的？不对，刘徽说过，媚芸对女子也有效。

左钧直突然想起刘徽送过她一个辟香药囊，让她来繁楼中必须随身带着。

原来这药囊这般有用。

刚才明严在她颈间嗅了几下，大约是闻到了药囊之香，觉得有纾解之效。

此时此刻，显然度人即是度己呀！左钧直又屈指在明严手上写道：你中媚香啦？

她不知明严此时为了保存体力，不愿用传音入密这种大耗内力的功夫。担心外人听见，他便放了她的手，亦在她掌心写道：你有解药？

左钧直暗笑：英明神武的太子也有这种憋屈的时候！

他又写：还敢笑！

左钧直暗想，糟，刚才没忍住嘴角抽动了一下，竟忘了他还捂着她的嘴。她赶紧回手轻手轻脚地拉开衣领，将那药囊取出来放在他手心，又写道：能防不能解，解药在外面。

那对鸳鸯兀自忘情，喘息纠缠之声愈来愈烈，猛然只听那女子凄厉叫了半声，被捣了嘴，低沉地呻吟起来。

男人压着嗓子狠声道："倭贼，和沙某斗法，你嫩了点！"

女子似是忍受着极大的痛苦，一字一顿地诅咒，却是扶桑话。

明严在左钧直手上写道：译。

铁钩银划，笔笔带戾。左钧直腹诽道，到底是太子，写个字都带着颐指气使的范儿。

只是他为何如此笃信她会扶桑话？难不成太子竟识得自己？自己难道已经名噪京城了？不可能……左钧直百思不得其解，气鼓鼓地屈指写道：

王八蛋。

写完自己窃笑了一下，果然感觉到颈后呼吸一滞。

她可以用八种番语、十二大方言骂人——这个看起来金光闪闪的本事，她至今只在柳三生的强烈要求下"表演"过一次，观众只有柳三生、刘徽和刘歆三个人。

柳三生笑得打跌，刘歆捂着肚子直哼哼，刘徽摇着扇子挡着脸，伸手揉腮。

柳三生指着她：“你你你，哈哈，会这么多有什么用？哈哈，刘爷一句话就噎死你，哈哈……”

她有些脸红。不止柳三生一人说她这是屠龙之术，可她就是乐此不疲。父亲的中原官话、母亲的藏语和高昌语她自幼便会，云游时又学了暹罗、交趾、扶桑等四夷语言。至于为何要学，她略略羞于启齿。她能说学扶桑话，是因为对扶桑的古事记和妖鬼录近乎迷恋？她能说她学暹罗语、交趾语，是因为对北荒南渐的上座部佛教兴趣满满？

儒家，子不语怪力乱神；佛教，世以大乘为尊。

她置身于尊儒礼佛之世，受仁义之教、一苇慈航，却早已离经叛道，儒不儒、佛不佛了。

男人在折磨那女人。

森森凉意如百足之虫，一脚脚、一节节爬上左钧直的脊背。

然而左钧直害怕，却不是因为那男人狠辣的手段，而是她渐渐意识到，那被强灌入耳的声音，已经开始让她卷入一场朝中重臣党争夺权、勾结外国的巨大阴谋之中。

女人的咒骂和呻吟持续了约莫一刻方渐渐低沉至不闻，这一刻于左钧直来说如黑夜一般漫长。

死一般的岑寂之后，男人忽道：“听了这么久，还不出来受死？”

左钧直怀着最后一丝侥幸祈祷这房中还有其他偷听的人，男人的脚步却已经向立柜迈了过来。她只觉得身后一道大力袭来，整个人向外扑了出去。她一抬眼，面前正对着男人的一双黑靴，旁边一把腰刀刃尖点地。

没想到明严如此不男人地把她丢了出来，左钧直吓得魂不守舍，话都说不利索：“大爷，都……都是误会！”眼前白光一闪，左钧直心中大叫：我命休矣！绝望地闭了眼。

杀人不过头点地。左钧直的头并没点上地。

伴着几声窸窣细响和绳索捆缚的声音，左钧直小心翼翼地睁开一只眼睛，面前那双男人的脚竟然悬空而起了，在空中胡乱蹬踏，一脚将她踢得滚翻在一边。

“半面妆是你什么人？”

那男人仅着里衣，狼狈不堪地被缚住双腕悬挂在堂中，面容狰狞，气势汹汹。缚着他的不是普通绳索，而是一根细得几不可见的细丝，绕过房梁，另一端似是牵在明严手中。男人愈挣扎，那细丝勒得愈紧，鲜血沿着他的手臂蜿蜒流了下来。

左钧直这才看清了一身黑衣的明严。古人曾评男子风姿突出者：“为人也，岩岩若孤松之独立；其醉也，傀俄若玉山之将崩。”左钧直以为谬赞。然而明严覆了张人皮面具，左手指挽一丝，淡漠寂然地站在那里，她却觉得只能用“卓卓孤岩，肃肃松风”来形容了。

左钧直恍神片刻，猛然想起他虽然出手及时，险险救下了自己一条小命，但是把自己先推出去惑人眼目的做法，委实让人切齿。自己刚才竟会被他的形容迷惑！

明严冷冷地看着那男人挣扎踢踏了半晌，忽然伸手从他衣下摸了进去。

左钧直瞪大了眼睛。太子是药力发作了吗？这是什么恶癖！

“沙荣，谁指使你去联络倭人？”

左钧直暗道，太子问话还真是言简意赅，可从刚才来看，这沙荣何等穷凶极恶，岂会这么轻易就范？你还当他是你的顺民吗？

那沙荣果然低头狂笑，然而笑着笑着，面容骤然扭曲，眼球像鱼目一般鼓了出来。

“沙荣，谁指使你去联络倭人？”

同样的话，同样的语调，同样的速度，明严又问了一遍。

沙荣额上青筋暴出，豆大的汗珠渗了出来，双手捏拳，头拼命后仰，痛苦至极，方才还在暴踢的双腿也无力地垂下，在空中晃荡。

左钧直被这一突变惊得目瞪口呆，只听见沙荣突然嘶哑地吼道："我……说——啊！"

明严从沙荣衣下收回手，沙荣顿时如空麻袋一样委顿下来，虚弱不堪。左钧直哪里知道，刚刚古井无波的两句话间，沙荣已经经受了生不如死的痛苦。明严指上金指环抻作一根长针，一截截摸过沙荣的脊椎，从棘突处钻下去。脊髓乃痛觉神络之所束聚，那种痛楚几难想象。第二针扎下去，沙荣自腰以下便瘫了。沙荣也算个硬汉，却未撑过第三针。

海帮常年在东南沿海一带活动，与扶桑国暗中往来频繁。沙荣为朝中人与望月氏牵线搭桥，谋害太子。然而望月氏忍者心怀鬼胎，来到郢京执行任务后便同沙荣发生了火并。

左钧直习扶桑语，本就是为了看扶桑国的典籍，所以对扶桑的风土人情、历史源流可谓了如指掌。海帮一心逐利，目光短浅，对扶桑国国内的情势甚至不如左钧直洞明。

只能说，沙荣找甲贺流望月氏，十分失策。

扶桑国忍者流派众多，甲贺、伊贺双雄并立。忍者无论何派都为雇主效命，然而鲜有人知不同派系之间其实有着微妙的差异。

伊贺是更加单纯的拿钱办事的忍者，甲贺却与扶桑的雪斋将军有着千丝万缕的联系。织田政权江河日下，雪斋手握重权，虎视眈眈。那甲贺女忍引诱沙荣，背叛雇主，已经说明甲贺的行动另有目的。谁能保证雪斋的野心仅仅是扶桑大名？只怕连天朝疆域都在雪斋的大计之中。只要明严这天家独子一死，天朝政权必陷入动荡。乘虚而入，时机大好。

只可惜那女忍已死，无法盘问出扶桑人究竟是何计划。

唔，她操这份心作甚？礼部主客司、行人司、鸿胪寺……主持诸番国事务，智囊众多，更别说太子之父云中君了。云中君当年称雄东吴，垄断海上丝路，凭借与诸番贸易富可敌国。人说云中君通晓数国语言，常代皇帝垂帘面使，抚谕诸番，“凡四夷朝贡要务，上多咨之”。他对扶桑国的了解，恐怕无人能及。

这一趟浑水左钧直已经不想继续蹚下去。她不能再让爹爹因为她受到伤害。眼看沙荣要将朝中与此案相关的人士和盘托出，左钧直蹑手蹑脚一步步挪向门口。

“想走？”根本没看清明严是何动作，沙荣的腰刀唰的一声扎在了她面前的门板上，刺着她的小半截月白头带。“解药。”他吐出两个字，毫不掩饰“若不给我找出来我只能拿你将就”的戾气。

识时务者为俊杰。

左钧直足下一滑，灰溜溜转了个弯儿去柜子中翻找媚芸的解药。

天色擦黑，重楼叠宇瓦楞之间燃起莲灯，荧荧煌煌，通照碧云。左钧直回头看了一眼葳蕤的阁子，干净整洁，空无一人，只有淡淡的腥气提醒着方才发生过一些事情，在这夜风中也将很快飘散。

葳蕤已经死了，被女忍杀死，并用化尸水化去。

螳螂捕蝉，黄雀在后。沙荣杀了女忍，明严杀了沙荣。

长这么大，第一次亲眼看到活生生的人瞬间命赴黄泉。她更无法接受那个牙尖嘴利的葳蕤竟突然就不在了。她后悔她之前对葳蕤不好，对葳蕤刻薄。她之前觉得葳蕤千般可恶，然而葳蕤死了，她才发现葳蕤的“恶”其实都那么微不足道，而自己又曾是多么浅薄。

红颜薄命，人生无常。可是人命就该这么低贱吗？在权力和阴谋面前，一切都太卑微。

左钧直失魂落魄，繁楼繁华依旧，人声鼎沸，她脑子里却只有最后明严的那句话，来来去去地回荡。

“左钧直，希望以后还能见到你。”

这句轻描淡写的话让她整个人都炸了。他认识她！他怎么会认识她！

左钧直太聪明，聪明到这句话足以让她害怕到死。

你，左钧直，我认识你，我知道你的一切，知道你父亲左载言的所有罪与罚，你，逃无可逃。

你这么聪明，一定知道什么该说，什么不该说。希望你能明智地活着，我将来能见到的，可别是一具尸体。

……

“左钧直！”

左钧直唬得跳出三尺之外，刘徽怒道：“爷又不是鬼！你怕成这样作甚！”

左钧直呆了呆，顿时只觉得刘徽无比亲切，歪歪地扑过去抱着他的袖子哇地大哭起来。之前刘徽虽然总欺负她，但哪里有今天之事来得可怕？现在她活着出了那阁子，见到刘徽竟像见到了亲人一般。

刘徽被她出乎意料的举动惊了一下，直觉得有什么事情不对，半拖半拎地把她带进了旁边的空阁子，嫌恶道：“这鼻涕眼泪的，爷今儿刚换的新衣！”

左钧直哭了会儿，抽着鼻子道：“我是说，还是不说呢？我说了就要害死你了，刘爷……”

刘徽忙道：“那你还是甭说了。你这个闯祸精，说你把天捅了个洞爷都信。”

左钧直拿他的袖子抹脸，一抽一抽道：“可是我好害怕啊，葳蕤死了……我也差点死了……”

刘徽脸色大变，抚着她的肩膀道：“葳蕤死了？葳蕤不是被那海帮二帮主沙荣点了作陪吗？”

左钧直点头：“都死啦，都化成烟啦……刘爷，我不能说是谁，真不能说……”

刘徽见左钧直浑身发抖，心知此事不大简单。这丫头向来镇定得很，颇有自己的主见，若是小事不至于被吓成这样。也不知那人究竟是谁，令左钧直如此忌惮。而左钧直亲见了之后现在还能活着，那人对她若不是留情，便是别有用心。他轻轻拍了拍左钧直的后背，却一眼看到她月白袍子后面小小的一片殷红，惊道：“丫头你受伤了？”

左钧直楚楚可怜地昂起头来，巴掌大的小脸了无血色，两根清淡的小眉毛拧在一起，抽抽噎噎道：“刘爷，我肚子好疼……疼了好久了……”

刘徽一摸她的手，冰凉，脸色顿时黑了，拉开阁门吼道：“刘歆，去把翛翛叫来！”他从多宝阁里取了个罐子，拨出点黑乎乎的东西在杯子里，从暖水釜里倒了热水，拿着杯子噌地搁在左钧直身边的桌子上。

“喝！”

左钧直见他面色发沉，害怕道：“刘爷，我是中毒了吗？”

刘徽目露狞色，语调森森：“是啊，你中了江湖剧毒月见红，以后每个月都会血流不止，喝了爷这赤砂甘水才能好……”

左钧直的脸唰地红了，窘得不知如何是好。她自然知道是怎么回事，只是一场大惊吓后初潮突如其来，她只觉得腹痛如绞，完全没往月事上想。

丢脸啊……

第五章 四夷之策

韦小钟拎着个竹编红漆提食盒进了叶府，一路畅通无阻，待至叶轻房中，几个看守丫鬟知趣地退了出去。

静静地躺在床上的叶轻双目紧闭，本就瘦削刚峻的面庞越发清癯。

韦小钟把食盒搁在床头桌上，桌上还有一碗药汤。她探手试了试碗壁，还有些烫。

她坐到床沿，轻唤了声“叶轻”。

床上人一动不动，似乎连呼吸都极其微弱。

“叶寡言！”

韦小钟提高了声音，语中带着丝丝怒气。

“喂，我说你蹬鼻子上脸了是吧？每次我来你都装昏迷，看我担惊受怕哭哭啼啼的你觉得很好玩是不是？

“昨儿我是真害怕了，你再不醒，我只能把自己送进叶府来做牛做马，承欢叶大人和叶夫人膝下来解他们丧子之痛。你娘居然还陪着你来设计我！若不是你二嫂实在看不下去偷偷告诉我你早就醒了，我今儿可就真的换了丫鬟的衣服进府了！我好歹也是堂堂三公之后啊！

“喂，叶寡言！”

韦小钟见叶轻仍然半点反应没有，气得抬手要打，念及他重伤未复，又悻悻地垂下手。想了想，她作势起身，果然手指被握住，她被拉得重又坐下来。

叶轻睁了眼，目光灼灼地盯着她。她被看得有些不好意思，想把手从他手中抽出来，却被捏紧了不放。韦小钟微羞，道："我……我扶你起来……喝药。"叶轻方放了手。

韦小钟一手小心翼翼地环过叶轻的腰背，将他抱得半坐起来，一手拖过两个大靠枕塞在他身后。叶轻上身有伤，为方便换药仅着了单衣。韦小钟隔着薄薄的衣料触到他结实的背肌，竟然心中一荡，颊上飞红。

到底他在她心中还是不同了。

叶轻重伤不醒的时候她内疚得日日陪伴左右，想起那许许多多的过往，才意识到这个一直寡言少语的叶轻，已经成了她生命中再也无法抹去的一部分。

他教她骑马射箭，教她武功，给她喂招的时候被她弄伤，从来都是悄悄包扎。他是叶家众星捧月的幼子，叶夫人心疼问起，他只说是自己练功伤的。她在武英殿犯了错，常常故意栽赃给他，他也从不辩解，默默代她受罚。

她不似其他侍读生有家中双亲疼爱，逢年过节，他常有意无意地丢些应时的礼物给她，一脸鄙夷道："男儿家最不稀罕这些物事儿，赏你了。"她委屈了，难过了，也总是他像棵树一样默不作声地杵在她身边，任由她耍小姐脾气去折腾。时不时他故意触怒她，让她暴打一顿去发泄。

……

他从未说过他爱她，甚至一丝暧昧的表现都没有。对于他这样冷如冰山的一个人，说"情意"都觉得奇怪。她毕竟是个出身三公之家的少女，青春初绽，年华正好。她爱的可以是儒雅睿敏的虞少卿，可以是谈笑风生的陆挺之，甚至可以是穿花拂柳的莫飞飞，唯独不会是叶轻这样一个不会甜言蜜语、只会舞刀弄枪的武将。更何况，在明严这样一个几乎完美无缺的人面前，有谁不会黯然失色？

直到她蓦然回首，才发现她其实根本不了解叶轻。

……

韦小钟想着这些事情，心中起起伏伏。叶轻看着小钟颊上飞红，心中一荡，伸手把她抱过来亲了一口。

韦小钟吓得从床上跳起来：“叶寡言！你干吗！”

叶轻面不改色心不跳：“亲你啊。”

韦小钟气得手脚发抖：“你、你，男女授受不亲，你怎么能亲我！”

叶轻一副理所当然的模样：“都过门了，亲一下不行？”

韦小钟目瞪口呆：“你们娘儿俩合起来坑我，怎能作数！”

叶轻摊开双手靠上枕头，两眼一翻望着帐顶：“药凉了。”

“……”

她自以为重新认识了叶轻，其实，她还是不了解叶轻……

在自家府中，叶轻公子展示了纨绔本色：坚决不肯自己喝药。

秉着伤者为大的原则，想着自己未报的恩情，韦小钟忍辱负重，一勺勺喂叶轻公子喝了药，又开了食盒，取出热气腾腾的各色汤食来哄他吃。被他盯得浑身不自在，她便别开了眼，絮絮叨叨地讲起宫中朝中的趣事逸闻。

“挺之和段昶都入了朝，挺之任吏部考功员外郎，段昶任太常寺协律郎。陆家人高兴得不得了，陆老尚书每天还是绷着个脸，估计憋笑快要憋出内伤来了。段昶阶品虽然低了些，不过他向来豁达随意，据说颇得太常寺卿左大人的赏识。

“飞飞自然还是那副没心没肺的花花公子死样儿啦。左杭和林玖脱了玩性，现在都特用功。最有趣的事情你可能想不到，鸾郡主之前那么讨厌括羽，变着法儿地欺负他，现在却黏他黏得要命，你说这是不是欢喜冤家？只是可惜了我们的小林玖了，酸得像喝了好几坛老陈醋似的。括羽这小子还真挺懂事的，知道你受伤后就设法向南越通了信，让那边的驻军托人带了续断、赤灵芝还有南洋血燕过来，昨儿刚到，就寻着我让我带给你……”

“太子呢？”

韦小钟的语声戛然而止。

一直避而不谈的这个人，却被叶轻主动提及。

这些日子，她反反复复地想着那天晚上的事情。

金辂，为何是金辂？她小小一个行走晚上出宫回家，竟然要动用太子御用车辂，未免逾制。就算是担心她的安全，一架普通步辇，哪怕是一匹马，让叶轻护送也足够了。太子平日即便亲自出行，若非彰显天家威势，也甚少使用这高一丈二尺二寸余的华贵金辂。

她在受宠若惊的恍惚心思中，稀里糊涂地做了太子的替身。

想清这一层的时候，她怒极伤极。她觉得自己就像一只对主人死心塌地的狗，摇首摆尾地吃了主人投来的一根大骨头，心中感激涕零，却没想到这根骨头是淬了剧毒的。

也许太子并没想让她死，可他着实是想让叶轻受伤。云中君对扶桑忍者了如指掌，不可能不知道他们有多厉害。太子知道叶轻一定会拼死护她，知道叶轻没有十足把握从扶桑忍者的刀下生还，可他还是让叶轻去了，只带了四名翊卫。谁都知道叶轻实际上是太子身边最得力的护卫，没有他，太子几乎就不会出宫。

然而所有人似乎都淡忘了太子自己也是会武之人。

骑射之外，无人见过太子动武，更无人知晓太子修为有多深。她亦不知。若非太子亲口告诉她望月柊真和沙荣已死，她也不会想到太子会亲自出手。

太子终究还是不信任他们。最机要的信息，他宁可自己涉险去拿。那一夜，不过是掩护他亲自行动的一个障眼法而已。

她心中寒彻。她很想揪着太子的衣领质问他：为何要拿她、叶轻和四名翊卫的性命去冒险？为何要欺骗她？这么多年的相处，原来他们的命于他其实轻如蝼蚁吗？

可是见到他循着宫中礼仪牵起太子妃的四根指尖向她浅浅微笑时，

她猛然醒悟过来：他其实对所有人都是一样的无情。他是君，他们是臣，臣子如果还期待君上在礼仪纲常之外有额外的感情眷顾和恩惠，那便是做臣子的僭越，是做臣子的自作多情。

所以她根本没有任何理由质问他。这一出戏，一直都是她一个人在唱，唱了许多年。

韦小钟慢慢抬头，只见叶轻眼神清澈如天河净沙，心中忽然一松，眼眶微热。是了，他说话向来简简单单，不像太子每个字都别有深意。不是讽刺，更不是试探。

他执着地喜欢她，与她无关，更与他人无关。所以这么多年她一心爱着太子，他却从无芥蒂。

“太子得到消息之后，杀了沙荣。”

叶轻点点头：“那就好。”

韦小钟定定地看着叶轻，忽道：“你知道他在利用你我？”

叶轻淡淡道：“翊者翼也。”

韦小钟叹道：“你看得比我清楚。前日里四夷馆新译出一本书，我在文渊阁看到了。跋文中写道‘优胜劣汰，适者生存’，我觉得很有道理。我一直身在局中，却忘了自己本就是一枚普通棋子。”

叶轻侧目向她：“韦小钟，我觉得你总想这些东西，太累，不如多想想我。”

韦小钟大赧起身，怒道：“叶寡言，我看你还是别说话的好！”

韦小钟的身影刚消失在廊角，几个女人便扑进叶轻的房间，哗啦啦围到床边。

为首的是看似慈眉善目的叶夫人：“儿子哎，你终于开窍了！今天总算没给老娘丢脸！咱老叶家这么多年南征北战，什么城池攻不下？今儿你要是连个姑娘都上不了手，叫老娘怎么去向叶家的列祖列宗交代？”

接着是伶俐的小妹：“哼，瞧四哥这只锯了嘴的葫芦，要不是娘亲推上一把，这身伤还是白受了！”

杏眼桃腮的大嫂道：“可不是！小叔喜欢人家喜欢了这么多年，人家偏生心里只有别人，可急死我们喽！到底还是娘厉害，老将出马，马到功成，一天拿下！”

大腹便便的三嫂接道：“小叔，你可得趁热打铁。女人嘛，都心软，你得趁这时候把她给吃死喽！我这都要生第二个了，小叔你得努力呀！”

几个女人叽叽喳喳地应和，温柔可亲的二嫂道：“也别逼太紧，小钟妹子可不是普通人家的姑娘，离了男人就活不了的。”

大嫂笑道：“那就得靠二弟妹多活动活动了，现在你可是打入敌方的‘内奸’哪！”

众女一片嬉笑，叶轻翻了个身，非常淡定地睡着了。

韦小钟后来终于想明白了一个问题：叶轻这么话少，原来都是因为叶府的女人太聒噪……

大楚开国以来，以其国势泱泱，地大物博，与四夷诸国广泛交往，广开贸易。北齐、南楚二分，诸藩并立之际，与海外诸国贸易尚存，而朝贡停止。及至女帝一统江山，国力再度强盛，前来进金贡表的番使逐年增多。崇光七年，女帝命礼部会聚翻译表奏者重开四夷馆，专司四方番夷文字翻译，隶属于翰林院，并选拔国子监生入馆学习译书。

凌岱泯，这位学富五车、德高望重的翰林院大学士还是头一回来到南城。马车在春米胡同中的一扇破旧斑驳的木门前停下，凌岱泯阻住身边的小厮，亲自前去敲门。

“哪位？”门内响起一个低沉温厚的男子声音。

凌岱泯听出是左载言，道：“左贤侄，是我。”

门内静了一下，道：“凌大人请进，恕载言不能亲迎。”

凌岱泯推开大门，谁知眼前一花，一个庞然大物大吼一声迎面猛扑而来。

“长生！”

凌岱泯惊出一身冷汗，才见到刚才扑上来的是一只站起来约有一人高的黑面白毛大狗，千钧一发之际被一个穿着白色粗布衣裳的少年拽了回去，现在正摇着毛茸茸的大尾巴蹲在地上吃那个少年手中的食物，模样温驯乖巧，和它凶悍的体型全然不相称。少年的手掌白皙小巧，还不及那狗舌头的一半大。凌岱泯暗暗咋舌，总觉得那狗一口要连少年的手一起吞下去。

左载言端坐在院中一辆带轮子的椅子上，冬日稀薄的阳光自他背后洒下，阴翳中的面容温雅静漠，眼角浅浅细纹，似风霜磋磨后的瀚海古玉。

“钧直，去给凌大人倒水。”他歉然道，“凌大人，家贫无茶，还望海涵。”

凌岱泯见这小院中一棵繁茂的大桂树、几畦菜地、两间单房，要说家徒四壁也毫不为过。想他左相之子，竟沦落到如今地步，不由得慨叹万千。凌岱泯和左载言寒暄了两句，见他身边石桌上笔墨纸砚俱全，纸上字迹虽乏力道，却已有飘逸风骨。凌岱泯眼神落在笔墨边的腕带上，吃惊道：“贤侄莫非在练字？”

左载言浅笑道：“终日无事，随便写写。”

凌岱泯轻叹：“贤侄心智坚忍，确非常人所能及，可惜受了这等无妄之灾……”

左载言笑笑，却道：“不知大人今日纡尊前来，所为何事？”

凌岱泯知他不愿言及旧事，只得单刀直入道：“我今日前来，乃是有个不情之请。暹罗国国王隆勃剌略遣使臣携金叶表文入贡谢恩，恰逢执掌暹罗文的译臣年迈卧病不起，新进的馆师又译业不精，入贡表文至今未能译作汉文，诰敕亦无法下发。此事已经触怒了皇上，皇上责令我们翰林院三日内完成译文，否则重罚。事情紧急，去南越调人已经来不及，京中暹罗人虽不少，却不能为我所用。虽兹事体小，然干系重大。倘若随意找人翻译，非惟于夷情有失，且于国体有损。我等思前想后，想到贤侄你似乎游历过南洋之地，说不定懂得这暹罗文。”

凌岱泯身居高位，亲自拜访被黜官施刑的左载言本是与其身份不符。然而他对左载言一直心怀疚意。左载言遭难之后，人人明哲保身，竟没有一个朝臣敢于施以援手。他虽然十分赏识左载言的才干，但为了保持中立地位，避免卷入朝廷党争，也只得远远退避。这次翰林院和四夷馆有了难处，四处寻访合适的译师不得，最后得人指点说左载言或许能够帮上忙。他思来想去，还是决定亲自前来。

左载言双手交叠在两膝毛毯上，坐禅般纹丝不动，淡淡道：“载言不懂暹罗文。”

凌岱泯面色微沉：“贤侄，我可是听说你不仅通南洋文字，还会扶桑、西域番文。”

左载言语调平平：“内子是通晓西域语言，四年前已经过世了。”

凌岱泯命小厮取来金册呈给左载言，道：“贤侄，表文我已经带来。今日已经是三日之期的最后一日，倘若你亦不能译，皇上降罪事小，让蕞尔夷国看了笑话，我天朝子民颜面何存？”见左载言双眉紧锁，问道，“贤侄有何顾忌？难道是担心我凌岱泯……”

左载言摇头苦笑道：“凌大人待载言恩重，载言怎会有疑？”默然思量片刻，方唤道，“钧直过来，把这暹罗表文译了。”

凌岱泯吃惊地转过头去，只见方才给他端水的少年揉了揉大狗的颈毛，从墙角站起来，一脸的警疑。左载言点点头，少年方过来接了表文，扫了一眼之后在石桌上展开白纸，也不打草稿，竟是一挥而就。

凌岱泯见少年字迹俊秀端丽，文法恢宏大气，端的不输翰林院中拟表老手，不由得大奇道：“贤侄，你这童仆不仅会番语，还写得一手好文章啊！”

那少年忽地抬头，双眸清湛：“凌大人，这是我爹爹。”

凌岱泯顿时尴尬不已，依稀想起左载言确乎有一个儿子，当时陷罪，便与此子有关。凌岱泯见这少年衣着粗简、模样平凡，浑然没在意，只道是左载言残疾后找来照顾他的仆人，这时细细打量，才觉得这少年清淡无华的眉眼中确实蕴着一股灵秀之气。

“贤侄，难道说通晓多国文字的，乃是令郎？”

左载言不愿左钧直多招事端，却不料凌岱淝竟起了兴趣，刨根问底地细究。凌岱淝是他在朝中少有的敬服且尊重的大儒，他不愿欺骗，只得勉强一一应答。凌岱淝惜才如命，听左载言说左钧直未入科举，便起了揽才之心：“贤侄，令郎天资如此俊秀，不若入四夷馆习字译书，凡考试优秀者可授予官衔，或任译官，或留馆任教，或入翰林院。朝廷眼下正是用人之际，以令郎之才，青云直上指日可待。四夷馆薪俸不低，令郎去了，你们父子俩的日子也会好过些……”

左载言十分干脆地打断道：“多谢凌大人关心，钧直不去。”

“贤侄昔日在翰林院，对四夷馆多少是晓得的。四夷馆历来虽不受重视，然而天下一统，云中君多次出访海外之后，如今俨然已有万国来朝之势，四夷馆的地位更是今非昔比。眼下四夷馆仅辖鞑靼、西番、女直等八馆，精通翻译的馆师大多是重新起用的前朝旧员，年深齿迈，景逼桑榆，难当重任。贤侄孙年纪轻轻便通晓数国语言，正好大展身手，未来前途无量。”

凌岱淝从令郎改口称贤侄孙，显然是又亲近一步。但他苦口婆心相劝，左载言只是摇头。凌岱淝只以为左载言是一朝被蛇咬，十年怕井绳，又开解道：“四夷馆是讲究术业专攻的地方，极少牵涉朝中党争。”

左载言叹了口气，终于下定决心道：“凌大人，钧直是个女孩。”

凌岱淝顿时哑口无言，瞪大了眼睛望向左钧直。左钧直不习惯被人这般打量，瞅着红日行将西斜，垂首收拾了笔墨纸砚回房去了。凌岱淝心中暗暗称奇：这孩子竟是越往细了看，越觉得别有洞天。一看平平无奇，二看灵秀内蕴，三看竟觉得眉目细致生动，别有一段风流态度。

凌岱淝正自吃惊失言，左载言轻咳了声，道：“凌大人，我左载言是无德无能之辈，此生已无进身之志，唯愿钧直一生平顺。舐犊之私，望大人体谅。”

凌岱泯遗憾不已，点头叹道：“也只有你能教出这般孩子来。贤侄不能为朝廷所用，实乃国之大憾，国之大憾哪！”

转眼又是年关，京中处处张灯结彩，挂起锦绣龙旗。太子将在元旦登基为新帝，正取一元复始、万象更新之意。

除夕这日复又天降瑞雪，入暮时分，街道上一个个大红灯笼都明艳艳地亮了起来，将漫天飞雪都照出一派红彤彤的喜庆色彩。

左钧直背着一个褡裢，左手大葱、猪肉，右手一袋白面，匆匆进了院子，抖落一身雪片，高声道：“爹爹，我回来啦！”

长生兴冲冲地摇着大尾巴虎扑了过来，两只肉爪子搭着左钧直的肩，亲热地舔了下她的脸。左钧直叫道：“长生！说过多少次了，不许舔脸！”长生做人不成，委屈得四脚落地，做回了狗。左钧直嘻嘻笑着把白面搁在它背上，拍拍它的头道：“乖长生，好长生，等会儿有好吃的给你！”长生兴奋地低吼一声，驮着白面两个狼蹿进了厨房。

左载言摇着轮椅出了房间，脸色有些冷：“今天又去了四夷馆？”

“爹爹你别出来呀，雪大着呢。”左钧直忙将肉、葱和褡裢放在石桌上，推着父亲进屋，“太子登基之典和正旦大朝会合并，无旧例可循，礼部、鸿胪寺、太常寺、光禄寺这些个官署都忙坏了，诸国使人入贺仪礼都要重新拟过。今日演练时又出了些差池，凌大人便又着人让我过去了。”左钧直又是揉肩又是捶背地讨好着父亲，赖娇道，“爹爹不要生气嘛，钧直有分寸，凌大人也有分寸。钧直就是给四夷馆帮帮忙，连个译字生都算不上。再说了，译字生不过就是庠生，并无出身，就算有人深究女子身份，大不了赶出去，定不了什么罪行。”

那日凌岱泯走后，反复看左钧直翻译过来的暹罗表文，越看越是喜欢，想着左钧直反正是被当作男儿来养，脑子里冒出了个大胆的想法。后来为了筹备登基大典和正旦大朝会，夷文堆积如山，他不得已又去找左钧直。他得知左钧直嗜书如命，便索性绕过了左载言，与左钧直直陈利弊。左钧直思虑良久，果然同意以编外译字生的身份暂时入馆译文。

左载言道：“我知道你就是眼馋翰林院和四夷馆收藏的那些典籍。”

左钧直蹲在左载言腿前，恳切道：“爹爹，钧直已经不是小孩子了，不会像以前那样好出风头，不知收敛。”

左载言轻轻一叹：“钧直，你想做什么，喜欢做什么，爹爹从来不会拦着。但在朝中，你一定要万分小心，三思而后行。”

左钧直见父亲终于应允了她去四夷馆译字，欢喜得扑进父亲怀中好一阵撒娇亲昵。左载言笑着将她推开，责道：“你明年就及笄了，别家这么大的女子都要嫁人生子，你怎的还像个孩子一样不像话？”

左钧直噘着嘴，橡皮糖似的又黏过来抱着父亲的胳膊摇，任性道：“钧直不嫁人，钧直一直陪着爹爹。”

左载言道：“胡说！”

左钧直瘪瘪嘴，妥协道：“那就找个入赘的，反正钧直不和爹爹分开。”

左载言笑道：“真是傻孩子，入赘了孩子都得随你的姓，如今哪有正经人家的男子愿意入赘？”

左钧直抱怨道：“爹你今天很啰唆啊。我包饺子去了，你看长生都可怜巴巴地守在那儿好久啦。”

年底第二本《呻吟赋》印出后再度大卖，算下来的分红竟有千余两白银，左钧直瞬间觉得自己成了小富婆，不但养得起爹爹，连长生都养得起了。白天他去了趟四夷馆，因是除夕，还得了不少银钱赏赐。左钧直喜滋滋地买了不少年货和新衣被回来，包了百十个饺子，又炒了几盘小菜，打定主意要和爹爹吃顿丰盛的年夜饭。

左钧直自己换了件荼白小袄，烧了两大盆炭火把屋子里烤得暖融融的，又连哄带劝地给左载言换了件崭新的月白色厚棉袍。换完后她左看右看，笑嘻嘻道：“难怪大家都说我长得比爹爹差远了，再怎么学爹爹穿，也不如爹爹三分好看。还是翛翛说得对，爹爹穿白色总让人觉得难以接近，还是月白色更亲切些。”

左载言道：“你何时开始在乎这些外表的东西了？”

左钧直涎着脸道：“爹爹还这么年轻，不如再给钧直找个娘亲吧。”

左载言沉下脸：“你也跟着别人瞎胡闹。”

左钧直麻利地上了菜，给左载言系了腕带，套上勺子，道：“娘亲爱热闹，她一定也不想看到爹爹每日孤孤单单的。”说着拍拍长生的头，“长生，你也觉得是这样吧？”长生放下口中啃得正欢的肉兔，呜呜两声，大约是表示赞同。

左载言摇头道：“莫再提。我这个样子，对谁都是累赘。”

左钧直嘻嘻一笑：“爹爹也胡说。爹爹要是多出去逛逛，不知被多少女子当宝贝呢！”说着，盛了一大碗水饺给父亲，看着他的面色识趣地换了话题，“我今天认识了一个太常寺协律郎，竟然就是‘八英’之一的段昶！一丁点儿的官架子也没有。”

“段昶之父是钦天监监正，为人也是十分和气，在朝中口碑很好。”

左钧直捂嘴笑道：“小段大人说和我一见如故，见我喜欢书，说可以帮我光明正大地进文渊阁看书呢。”

左载言皱皱眉：“文渊阁是太子和朝中重臣常去阅书之处，你去那里，万一遇上……”

左钧直吐吐舌头，她哪敢告诉父亲自己早就混进文渊阁好多次了？“反正太子成婚后就搬出文华殿入主东宫了，待登基为帝，那便更忙，哪里会常去文渊阁？”她突然想起上次与太子噩梦般的相遇，小心脏还是不由得抖了一下。那事儿过去了七八个月没有后话，希望太子国务缠身，已然淡忘。但当时沙荣供出来的那些人，至今也未听说遭到惩处，她不免觉得蹊跷，有时候会怀疑那日究竟是不是自己的幻觉。

父女二人外加长生这顿年夜饭吃得十分圆满，左钧直收拾了桌子，突然听到大门咚咚咚地响了起来。

这么晚了，又是大年夜，谁会来敲门？

左钧直牵着长生，大声问道：“谁？”

门外女子带着气喘的声音响起：“我，翛翛。”

左钧直满腹疑惑地拉开门，但见翛翛一袭黑色大衣，风帽裹得严严实实，只露出一张美艳脸庞，微微泛着潮红。身后拖着三个硕大的箱奁，看起来颇有分量，她拖得十分吃力。左钧直惊奇道：“你这是……”

翛翛不语，将三个箱奁抱进了门槛，挽了个包袱径直走向灯火通明的房间。左钧直闩了门，赶紧跟了过去。

翛翛在左载言面前站定，盯着他的眼睛道：“刘爷把我赶出来了，我无家可归。”

左载言避开她亮如秋水的双目，平淡道：“既是如此，你且在钧直那里宿上几夜吧，待开过年，让钧直陪你去物色合适的住处。”

翛翛追着他的眼睛，斩钉截铁道：“左载言，我也三十岁了，你且给我一句话，娶我不娶？只要你说不娶，我立马就走，从此以后，再不出现在你眼前。”

屋中气氛顿时凝结成冰。大风卷着雪片从敞开的大门刮进来，扑在临门的翛翛身上，黑色披风猎猎扬起，露出里面一抹耀眼的红。翛翛站在左载言身前，挡去了大半的风，站得笔直，不颤。

左钧直拉着长生过去掩了门，便要从门缝钻出去。翛翛盯着左载言没有回头，却似乎脑后长了眼睛，冷声道：“钧直留下来，作个见证。你愿不愿意你爹娶我，也说句话吧。”

左钧直掩了另一半门，慢吞吞地走到边侧的椅子旁坐下，长生蹲在她脚边。“反正我不会分床给她，爹爹你看着办吧。”她语调中带着赌气，眉眼却有笑意。翛翛感激地看了她一眼。

左载言面色如水，一言不发，忽然转了椅子背过身去，正对着墙上的一幅画像。画像上女子肤色如雪，丰美容色中隐约透着热情无忌，身着藏式璎珞五色彩衣，手拈雪白夜莲花，茎蔓沿腕臂至耳，绿叶繁盛。画面右下方有两行蝇头小字，却是藏文。

这画像翛翛不知道看过多少遍，笔触和她那幅《寒江孤囊图》截然不同，她却能认出来是左载言的手笔。那笔法没有了昔日的孤傲清高，有的都是深沉情意。只是此画已成绝响。终其一生，左载言再也不可能为其他的女子画像了。

倏倏的一颗心渐渐沉了下去，越沉越深，直至冰谷最底。她忽然觉得胸口窒闷得难受，在这屋中无法呼吸。她猛然转身，冲了出去。

她并不是没有设想过他会拒绝她，却没想过是以这样一种无声而残酷的方式。苦水灌满胸腔，从未这样羞耻难堪过。她打开大门，雪片打着旋儿飞腾漫天，茫茫然看不清方向，一如她的心境。她麻木失神，伸手去拎那箱奁，虎口在箱角突出的木茬上拉了道口子，鲜血直流，她也浑然不觉得疼。

“倏倏，我娶。”

她的身子猛然抖了一下，缓缓转身，踩着厚雪一步一步向亮光处走去。她走得很慢，仿佛是在极力稳住自己摇晃的步履。

她像是在笑，又像是要哭，喉中干涩哽咽。

“你说什么？我没有听见。”

左载言这次没有避开她，目光扫过她尚在滴血的手，似是极轻地叹了口气，温声道：“倏倏，我左载言，想要娶你为妻。”

倏倏掩口哭了一声。他没有说“愿意”，他说了“想”。

一个“想”字，是他对她的体谅，他作为男人揽了这一场嫁娶的责任。

虽然他手足俱残，虽然他两袖清风，但她从来没有比此时更确信无疑过：眼前这个温和寡淡的男人，从此刻开始，会护她一辈子。

十六年相思，她何曾爱错？十六年苦守，她何曾等错？

倏倏大喜又大悲，千情万绪在胸中激涌成潮，跪坐在地，伏在左载言膝上哭得一塌糊涂。她感觉到左载言笨拙地试图帮她把被泪水粘在脸上的发丝拨开却屡屡不成。左载言低笑道：“你是欺负我手脚不便吗？墀真说过，不许我娶比她难看的女子，你可不能再哭了。”倏倏这才意识到自己的失态，忙拉着袖子擦了两把脸站起来。她头一次见到左载言露出笑意，清俊无双，痴痴地看着说不出话来。忽听旁边左钧直笑道：“我爹爹是很俊，你以后慢慢儿看也不迟啊！”

翛翛大窘，作势要打左钧直。左钧直躲在长生后面，哧哧笑道：“喜服都穿过来了，你不求我做个主婚人，难道还指望长生吗？”

翛翛赧然脱了披风，底下果然是一袭大红喜服。她解了包袱，拿出一对红烛和一套男子喜服，在左载言面前跪下，举服齐眉，局促不安道：“翛翛绣了这衣服十年了，本只想做个念想，没想到今夜竟然成真……衣服是比着你十八岁时的身量裁的，可能……有些短了。”

左载言换了喜服，果然除了手足略短之外，处处合身。花纹繁复精致，针脚细细密密。他轻抚飘逸衣带和连理丝络，笑道：“真好，可惜我不能站着娶你了。”

高楼之上，衣带飘举，有匪君子，丰神如玉。

翛翛抑着泪水使劲摇头：“只要是你，其他的我都不在乎。”

左钧直主持了父亲和翛翛的婚礼，大约女儿为父亲主婚，这也是开天辟地头一遭。这夜她抱着长生爬上院墙看了许久的雪，父亲房中烛影摇红，她心中有些失落，却也为父亲和翛翛喜悦。与刘徽相识的这两年，繁楼变得没有那么可恶，她也重新认识了翛翛，对这个痴心执着的女子由讨厌逐渐变成了喜欢。左钧直想翛翛是值得爹爹拥有的，别说她十六年的痴情守望、爹爹伤残后的不离不弃，更重要的是她懂得爹爹，甚至比娘亲还懂得爹爹。她可以和爹爹诗歌唱和，可以琴剑相随，这些，作为西域人的娘亲是做不到的。

然而说到底，还是刘徽说得对，只要是爹爹爱的人，是谁又有什么关系？

她现在渐渐开始懂得所谓“爱”是怎么一回事。刘徽曾说她写风月，不懂风月。其实她写了这么多的风月，又何曾真正明白过呢？

元月初一，女帝诏告天下，退位为太上皇；太子明严登基为帝，年号弘启，立太子妃沈慈为皇后。

段昶言出必行，登基大典诸事尘埃落定后，果然为左钧直讨来了一个自由进出文渊阁的令牌。左钧直欢喜若狂，严密准备了一番之后，挑了个黄道吉日，洗手焚香，穿了件蓼蓝色皂缘襕衫，用蓝丝绦束了腰，黑色儒巾在头上戴得妥帖，两条软带从脑后垂下，扮作个乖巧干净的小文生，便直奔宫城东南的文华殿而去。

文华殿是明严践祚之前摄事之地，与西边的武英殿相对。殿后文渊阁，为女帝亲自下诏兴建，作为皇家藏书楼。阁中按照经史子集四部，集藏有历朝历代数万卷珍本秘籍，包括许多孤本和手稿。当时为了编纂《太平渊鉴》，凌岱泯和左载言等编纂官不得不时常出入文渊阁查阅典籍，左钧直便是借着这个便利，几番混入阁中阅书。

穿过文华门，绕过文华殿和主敬殿，便到了文渊阁。两边山墙青砖朴净，绿水绕阁，松柏列植。绿琉璃瓦歇山顶，三交六椀菱花隔扇门窗，三冷色琉璃浮波游龙，阁顶和梁柱上青绿二色的水锦纹和水云带流畅如风，简洁素雅却处处彰显天家庄重肃穆的气势。

一切都与她两年前最后一次见到时一模一样。左钧直心中翻涌如潮，用指甲掐着掌心，强迫自己不要喜形于色，示过令牌便径直进了文渊阁。

“高亢明爽，清严邃密。”《御制文渊阁铭序》所言的这八个字形容文渊阁，真是再恰切不过。取“天一生水，地六成之”的寓意，文渊阁分上下两层，上层为一大通间，下层隔断为六大开间。其中一层主要放置儒家经典，为皇帝讲经筵之处。左钧直看到《太平渊鉴》已经小有所成，提纲挈领用青赤白黑四色绢面包被，已经足足放了三四十架。听爹爹说《太平渊鉴》卷帙浩繁，待大功告成，大约得有三万六千册，得放一百多架。但她知道其中已经佚失许多。爹爹当时竭力保全的一些北齐史籍、诗文词曲，已经被刮掠一空。

时间如巨流浩浩汤汤，许多前人智慧本该万世流传，却如风中之烛，荧荧一现则灭。爹爹和她，都是挽留光亮、点亮新灯的人，点灯之人，不怕会被烧了手。

“文之时义大矣哉！以经世，以载道，以立言，以牖民，自开辟以至于今，所谓天之未丧斯文也。”

左钧直站在这浩如烟海的千万书秩之前，身似琉璃，心如菩提，内外明澈，净无瑕秽。

躲进小楼成一统。左钧直在文渊阁中最喜欢的地方是暗层。原来这文渊阁用的是“明二暗三”这种俗称“偷工造”的建造方法，重檐二层之间的腰部还有一个夹层。这夹层光线极弱，仅用来藏书。许多冷僻书籍、独一无二的旧拓本、手稿等便收藏于此。左钧直要看的，恰恰就是这些。

她没有直接去取书，而是去墙角数了几块青砖，轻轻抽出一块，取出袖中夜明珠向其中照去。

里面空无一物。

左钧直浅笑了下。那个又倔又硬的小孩，后来肯定还是来过了，取走了她放在里面的伤药。也不知道他现在怎样了，还有没有被人欺负，还在不在宫里面。

那个小孩虽然一开始对她满怀敌意，甚至伸手掐了她的脖子，但她总觉得他是个聪明的好孩子，让她愿意去亲近——爱惜书的人，不会有坏心。

左钧直是惜书之人，知道藏书之处最忌灯火，所以随身会带一颗夜明珠。当年娘亲的遗物中，那些人只许她取一样留作纪念。她没有拿那些价值连城的宝物，只拿了那颗珠子。那个晚上，小孩提着小油灯在夹层中找书，她把书架推向他，满架的书砸下去，在他脸上划了好几道血口子。左钧直后来才想起那油灯会把书烧起来，后心冒了冷汗，才发现那灯早在书掉下来时就被那孩子摁灭了，小小的手指上却烫出了燎泡。她那时满心愧疚，却不知该如何说，强拉着那孩子的手学着娘亲的样子轻轻吹了两下，同他说她会带烫伤药和金创膏来给他，就放在墙角那个只有她才知道的小洞里。

一晃两年多过去，也许那孩子早就不记得她了吧。

左钧直窝在墙角，一本《淳化阁鸿雁录》看到入迷，隐隐约约觉得有什么不对，书墨清香被一种并不陌生的雍雅香味冲淡……目光一斜，身侧一尺开外一双金线云头皂靴映入眼帘，云龙海水纹膝襕令她脑中轰地一片空白。她慌忙反身扑倒在地，额头擦上冰凉地板，叫了声："皇上！"

她心中惶恐至极，也不知明严在她身边站了多久。

"你是何人？"

左钧直一愣，他认识她，他也应当很清楚即便当时她没有认出他，现在他一开口，她怎么也能听出声音来，不知这年轻天子葫芦里卖的什么药。左钧直硬着头皮答道："禀陛下，小人名叫左钧直……"

"哪两个字？"

左钧直忐忑不安，这皇帝明明对她了如指掌，为何还要明知故问？左钧直略一思量，答道："大钧播物的钧，君明臣直的直。"

明严哈哈大笑："好一个大钧播物，君明臣直！你以为扣上这一顶帽子，朕就不会治你擅闯文渊阁之罪？"

左钧直道："小人乃是四夷馆的译字生，翻译遇到难处，前来查阅史料。小人斗胆以为，小人并无擅闯之罪。"

明严俯身抽出她手中的《淳化阁鸿雁录》，道："朕还真看不出，这本书和你的译务有何干系。"

左钧直道："崇光十年冬月，高丽臣子崔溥渡海返家奔丧，遭遇风暴，漂流十数日至我国东吴临海县界，此后一路随运河北上，取道东北，历时半年有余返回故国。崔溥回国后著《漂海录》一书，叙写这段经历供高丽王参考。臣奉命翻译此书，然崔溥论及当时北方政制、地志、民俗时，多处语焉不详，臣不得已，从时人记录中寻找参考。《淳化阁鸿雁录》为当时东北山海关守臣、淳化阁主人刘毓的书信集，恰有多处可为《漂海录》之印证。"

左钧直娓娓而言，有理有据。明严想要鸡蛋里挑骨头，却也难以下手。静了半晌，明严命道：“起来。”

左钧直不敢不从，站起身来盯着自己的脚尖，等候他发落。

“抬头。”

左钧直把头埋得更低：“小人不敢。”她名不正言不顺，连臣子都不敢自称，小心翼翼，只怕被明严抓住把柄。若说有什么硬伤，那只有她的女子身份。但既然明严装作不认识她，这一关大约也是可以糊弄过去的。

她满心里都在琢磨如何尽快脱身，冷不丁靛蓝封面的书被卷作一筒抵上她的下巴，硬生生将她的头扳了起来。

她下意识地涣散了目光。人说明严容色惑人，她当时光看他的背影便恍了神，哪里还敢直视他？然而惊鸿一瞥中仍是看到了那张脸，着实是好看得过分。她幼时在外游历，见过许多出色男子，她自觉还是爹爹最好。后来认识了刘徽，看到过“八英”，都是难得的好皮囊。然而单就容貌，不可否认还是明严胜出。想来前有女帝，后有明严，那些朝臣每日上朝，都会别有赏心悦目之感。想想自己，左钧直多少有些叹惋。不过此时被明严这样盯着，她倒是庆幸自己模样一般了。

“小小年纪，倒是能辩。你既身在四夷馆，倒是说说，朕这四夷之策，当如何来定？”

左钧直倏然瞪大了眼。四夷之策，四夷之策！这是她小小一个左钧直所能妄言的吗？那书顶得她咽喉生疼，明严根本就没给她回避的余地。

左钧直闭了眼，想起那《太平渊鉴》，女帝挥毫题曰“开万世之太平”。太平，太平，绕着这个总纲，终究是不会错的。她咬咬牙：“与远迩相安于无事，以共享太平之道。”

“哦？你且说朕该如何共享太平？”明严凤眸轻挑，语锋逼人。左钧直如何听不出他话语中的讥讽之意？

那日从繁楼回来后，她拐弯抹角地问父亲：“太子在朝中口碑如何？”

父亲告诉她，人皆言太子虽不苟言笑，但为人较女帝仁厚和顺，沉敛稳重。

可是她见明严两次，两次都和“仁厚和顺”万万沾不上边，反而感觉他手段隐忍，心机深沉。

左钧直心头一动，女帝纵横捭阖，圣功煊赫，如中天之日，辉盖一切，反衬得明严的光芒黯淡了。但这样一个人，岂会甘于做一个守成之君？

绝无可能。

她不会看错，他眼中有风云之色，他胸中，莫非是有……开疆之志？

左钧直狠心道：“海外蛮夷之国，有为患于中国者，不可不讨；不为中国患者，不可辄自兴兵。”

“怎讲？”

“古人有言，地广非久安之计，民劳乃易乱之源。前朝炀帝妄兴师旅，征讨琉球，俘虏男女数千人。得其地不足以供给，得其民不足以使令，徒慕虚名，自弊中土，载诸史册，为后世所讥。”

下巴上的书卷一松。明严凤目幽眇似海，深不可测，若有所思地将“左钧直”三个字轻念了一遍。左钧直心中茫然，见他净洁如瓷的右手抬起来，五指修长漂亮，竟缓缓向她伸出。无名指上有一枚金色指环，缠绕着皎洁透明的细丝，宛如日月交辉。那日的血腥记忆猛然蹿入脑海，左钧直浑身一哆嗦，向后退了两步，后背撞上青砖墙。

外面大约是天黑了，夹层中本来光线就不好，现在更是幽暗，仿佛空气中弥漫着浓浓雾氛。明严周身的莫测气息令左钧直觉得透不过气来。他的手指将要触上她的那一霎，一个清澈的声音打破了这诡异的宁静：“原来陛下在这里，让奴才好找！”

循声望去，一个青衣白靴的小太监擎着明亮的莲华灯快步走了进来。

像是抓到了一根救命稻草，左钧直心中一松，软软地靠上了砖墙。

好俊的小太监。天朝传续数百年，贵族大多容貌不凡，只是，连内侍也要找这么好看的吗？

这小太监秀眉如墨，双目晶莹，稚气未脱的笑意暖如春阳。莲华灯已是熠熠，亦有明严珠玉在侧，竟都没掩了他的朗秀净澈。他带着外面清新湿润的水泽气息进来，倒仿佛一下子天开云霁。

小太监含笑捭袖向明严施礼，明严却蹙眉冷哼道："常胜，你怎的这样一副鬼样子？又被鸾儿带出去胡混了？"

这小太监竟然叫常胜……

叫常胜……

常胜……

左钧直想起长生，若非明严还在，她差点就要笑出声来，赶紧低垂了头恭立一边。

被唤作常胜的小太监笑嘻嘻道："哪敢！奴才有要事禀报，只是……"目光投向左钧直。明严会意，看了左钧直一眼后便命她退下。

左钧直如释重负，谢恩施礼后飞一般地逃出了文渊阁。

第六章 凤仪刘氏

左钧直出了文渊阁，外面天色已经大黑，本来就已经残缺的月亮被绉纱似的云雾遮得一片朦胧，星子也都藏起来了。左钧直忽想起离上回见到明严，正好整整一年，这可真不是什么黄道吉日。

孤身一人走在路上，琢磨着方才的事情，左钧直百思不得其解。

明严登基不到两月，政务缠身，为何会在近夜时分孤身赴文渊阁？他若是来看经文也便罢了，为何又上了藏着冷僻书籍的夹层？

北齐残余逃往关外，投靠了女真人。女帝忙于休养生息，没有挥师北上斩尽杀绝。北齐复国之心不可能没有，只怕国中还难免一战。扶桑雪斋的野心、交趾安南王室的祸乱……明严所忧并非空穴来风……

左钧直忽而脑中灵光一闪，攘外必先安内。女帝不过四十有余，早早传位给刚过弱冠之龄的明严，与云中君偕隐，难道真如退位诏书中所言是龙体欠安？难道就不担心年纪轻轻的明严镇不住朝政？

事实上，朝中确有不安迹象。左钧直入了四夷馆，对朝政之事日益熟悉，耳闻目睹的俱是关于新帝旧臣之间博弈之事。许多老臣对新帝倚老卖老，左相一直中规中矩也便罢了，右相韩奉却越发嚣张，甚至对新帝的诏令当堂驳斥，拒不执行。而新帝竟然妥协了。朝臣多言新帝仁懦，韩奉的风头一时无两。

左钧直忽然觉得想明白了明严为何手握韩奉罪证而一直按兵不动。

潜龙在渊，他不过是在等待一个合适的时机。

要动韩奉，确实不是一件容易的事情。韩奉朋党的势力遍及朝野，盘根错节，明严便是以这种方式来保护自己。

要动我？牵一发而动全身，你敢全盘推倒吗？

左钧直仰头深吸了一口淡漠清冷的空气，胸中隐隐有一线潮水遥遥而来，她竟然不想退却。

“姐姐！”

街道岑寂，这一声清亮的呼唤突然响起，左钧直遽然而惊，捂住了心口，一抬头，前边街角矮墙上坐着一个青色人影。见她望了过来，那人噌地跳下地，笑盈盈道：“姐姐，你不记得我啦？”

竟然是之前那个小太监，衣服都没换，朱红穗子的牙牌茄袋、玉箸刀儿在青玉石绦环上颤悠悠地晃着。

“你是……”左钧直竭力想着自己何时多了这样一个弟弟。小太监微噘了嘴，失落道：“姐姐给我带过药，便把我忘了。”

竟然是那个小孩！左钧直惊喜不已，那夜他鼻青脸肿的，都看不出来长什么样子。如今他个头高了些，但还是矮她大半个头。左钧直忍着笑问道：“你叫常胜？”

小太监笑得眉眼儿弯弯，点头道：“是呀！”

“别人还欺负你吗？”

常胜摇头：“不了。上次姐姐说如果别人再打我，我就打回去。我听了姐姐的话，后来他们真就不欺负我啦。”

“你那时刚刚进宫吗？为什么要进宫呢？”

常胜长长的睫毛垂下来，秀气的脸上现出伤感的神色：“爹爹去世了……”

左钧直忙道：“对不起！”她伸手过去握住他的手，小声道，“我不知道……你别难过。”她想他小小年纪失去了亲人，定是不得已净身入宫，这对一个孩子来说是多大的创伤！他当时举目无亲，被人欺负，敏感而警惕，不敢说话也是自然。他现在能快活起来，她也为他高兴。他叫她姐姐的时候，语调糯软，满是依恋之意，她觉得心里软绵绵的，仿佛这孩子和她相熟了许久，乖巧柔弱的模样让她疼爱不已。

常胜半仰起头：“姐姐要回家吗？我陪姐姐走吧。”

“你住在宫外？”

常胜摇头道：“不是，我住在武英殿。”

左钧直诧异地问道：“那你怎么能随便出宫呢？”

常胜拉着她的手往前走，十分自然地说：“因为皇上喜欢我啊。”仿佛这是一件再平常不过的事。左钧直想起方才明严虽然责备了他，语气中却带着宠溺，确实是超出了一般的皇帝和内侍的关系。转念一想，他这样聪明讨喜，想让人不喜欢都难。左钧直轻声道：“方才谢谢你帮我解围。”

常胜问道：“姐姐很怕皇上？”

左钧直苦笑：“我的身家性命都捏在他手里，能不怕吗？”

常胜安慰似的握紧了她的手指：“姐姐，皇上其实很好的。”

左钧直心中叹道，你年纪小，没有经历过那些事情，自然是不明白。不过你什么都不知道，就这样开开心心的，才是最好呢。

常胜又问：“那姐姐以后还会来文渊阁吗？”

左钧直遗憾地小声说：“我是混进去的，今天已经被皇上发现了，以后哪还敢去？”

常胜想了想，道：“那要不这样，以后姐姐想看什么书就告诉我，我带出来给姐姐看。”

左钧直疑惑地“啊”了一声：“文渊阁的书，是不许外借的呀！”要不然编写《太平渊鉴》时，凌岱泯和爹爹他们也不用常住在文渊阁了。

常胜认真道：“我能借，姐姐放心吧。”左钧直看他的模样不像是在说假话，想到他刚入宫时就在文渊阁侍奉，又这么得皇帝的宠爱，想必有这个特权，比如皇帝在宫中要看什么书了，遣他去文渊阁拿取。没想到能另辟蹊径,左钧直快活地摇摇他的胳膊:“看来我真是捡到宝了！”

常胜嘻嘻笑着，又缠着她说些别的话。左钧直怕勾起他过去不快乐的回忆，便半句不提旧事。常胜似乎也心照不宣地不问她这两年去哪里了，更不问她姓甚名谁，家中有些什么人。二人天南海北地聊些稀奇古怪的事情，常胜竟对她最熟悉的四海风物、传奇故事十分感兴趣，左钧直得了这样一个知音，更是讲得眉飞色舞，不知不觉便到了家门口，浑然不觉路程遥远。

常胜抬头看看她家的大门，恋恋不舍道：“那，姐姐，我回去啦，以后我会来找你的。”

左钧直笑道：“好呀！”

常胜执意让左钧直进了门他再走。左钧直关了大门，忽想问问他什么时候来。她时常要在四夷馆当值，怕他找不到她，家中又有大狗，伤了他就不好了。然而再开门时，街上已经没了常胜的踪影。左钧直心叹这小孩真是神出鬼没的，自己也忘了问怎么去找他，只能等他来了。

自从翛翛搬了进来照顾左载言的起居，左钧直便有更多的时间待在四夷馆。她有时在馆中当值或者看书晚归，左载言和翛翛也习以为常。左钧直在四夷馆名义上是学习番语的译字生，实际上做的是专司翻译和番文起草的通事职务。她入馆后低调小心，向来埋首行路，低头做事，不多说一句话。除了上头几个得过凌岱泯嘱咐的管事的官员，几乎没有几个中土通事认识她。

天朝以中土大国自居,自恃国力强盛、文化繁荣,将四方外国呼为“四夷”，视为附属之国，“夷”乃野蛮落后之意，带着蔑视的味道。左钧直因为娘亲是西域人，不似其他人有着根深蒂固的华夷观念，来了四夷馆两三个月，倒和里面担任教职的十多个番国使者打成了一片。在几个番使的介绍下，她结识了西洋传教士马西泰，大感相见恨晚，拜了马西泰为师，学习西洋文字喇提诺语和天文地理。

一日夜晚回家，左钧直发现门缝底下塞了一个油纸包，里面放的正是她上次没看完的《淳化阁鸿雁录》，才知道常胜来过又走了，心中喜悦，又觉得歉疚。

入了四夷馆后事务繁杂，又花了许多时间在新学西语和读书上，写文的时间就少了许多。从去年年底《呻吟赋》结文后开始写第三本至今已经有小半年时间，才将将写了三分之一。刘徽一直没有催文，左钧直干脆由了自己性子，文思大发的时候写上一段，其余时间便束之高阁。

春日又至，翛翛在院中播下的花种次第发芽抽枝，满墙绿意盎然，红黄白紫繁花累累。左钧直休沐之日懒睡后披着一头乱发去院中洗漱，看见灿烂阳光洒落庭中，父亲揽着翛翛低语，翛翛细细聆听，含笑提笔落纸，高大威猛的长生半闭着眼嗅上墙边鹅黄的迎春……胸中忽然灌满幸福和欢欣，是自娘亲去世之后再未体会过的感觉。她忽然觉得人间至美，纯然就是情感的牵绊，与外物完全无关。如今土阶茅茨，匪雕匪饰，她却从不曾怀念过去曾经居住过的瑶台琼榭、华美宫殿。她甚至觉得，现在的日子，比过去华服美食的时候还要让人满足和快乐。她小时候挑剔衣裳、饮食，不是软的床不睡，不是尊贵的人不愿意接近。为此爹爹头一次也是唯一一次打了她的手心，教训她不可囿于浮华外物，须得观照内心。现在她才渐渐真正领会了爹爹的意思。

只可惜，娘亲一直没有懂爹爹啊……

这日因又有南洋番使携贡物来觐，左钧直忙完已是戌时过半。想着还有些马西泰布置的天文功课没做完，她便随便吃了点干粮，匆匆出馆准备去翰林院查书。谁知一出门，她便被一个小厮叫住，说是刘爷让她去繁楼相见。左钧直识得那小厮是繁楼常随刘歆左右的人，答应刘徽的第三本书拖了这么久，心中也过意不去，只得随那小厮上了马车。

车中放着一套簇新的浅菊蓝色白领细布袍子，头带、鞋袜都是恰好相配的颜色。小厮似乎知道她心中所惑，在车外说道：“刘爷不喜小先生穿官家的衣服，让小先生换了衣服再过去。”刘徽并未向其他人说过她的女子身份，便是时常与她接触的刘歆、柳三生知道她是女子，在外也都是以“小先生”称呼，这让她觉得自在。左钧直心想，看来刘徽已经知晓她入了四夷馆，但似乎并不太高兴。她觉得今天大约正好可以和他讲一讲自己的想法。

到了繁楼，却找不着刘徽。那小厮在四夷馆外等了左钧直一两个时辰，亦不知刘徽去了哪里。问了几个座主，方知刘徽在天玑楼。这天玑楼是繁楼七座中最幽谧的一个，左钧直也从未问津过。她只想快些见过了刘徽回去，便直奔天玑楼。

天玑楼中装饰精美，不是富丽堂皇的招摇，却都是上好的材质。其中几乎见不到人，比起另外几座的热闹来，完全是另一幅景象。左钧直正好奇时，见到彩廊中走出几个着侍女服饰的女子，不由得大喜，近前一看，竟都是极美貌的姑娘，较另几座的花魁犹过之。左钧直暗自惊奇，这般美貌，在这天玑楼中竟也不过是侍女。左钧直唱了一喏，礼貌道：“几位姐姐，请问刘爷身在何处？”

一个年长些的绿衣女子迟疑道：“在翡阁，只是现在……”却不再说了。

那翡阁就在前面几步之外。左钧直看了一眼紧闭的阁门，道：“刘爷这么早便就寝了？”当然这就寝，并非入睡的意思。

绿衣女子摇头道：“不是，刘爷说若非他有命，谁也不得入阁。”

左钧直笑道：“我正是奉他命而来。”

翡阁隔音甚好，左钧直在阁门口听了下，也没听出什么声儿来，索性伸手一推——

门开了。身后刘歆飞奔而来，喊道：“小先生，别进……”

只是为时已晚。

左钧直僵立门口，刘徽手中的筷子猛掷了出来，落到她的脚边。

“滚出去！”

左钧直慌忙抽身，忽听见一声命令：“慢着！”

左钧直这才注意到阁中刘徽对面还坐着两个男子，一个中年，一个青年，让她如被大槌猛击，头中嗡嗡作响。

是韩奉父子。这两个人固然不认识她，她却见到过他们多次。

刘徽给韩奉斟了一杯酒，漫不经心道：“一个不知事的雏儿，误闯了阁子，惊扰了大人，我自会重罚他。”

刘徽向左钧直冷喝道：“还傻站在这里作甚？碍着大人的眼了，没听到吗？”

韩奉伸手拦住，饶有深意地看了刘徽一眼，柔声向左钧直道：“过来，来爷身边。”

左钧直无助地看了刘徽一眼，慢慢向韩奉走去。刘徽垂着眼，仿佛没看见，握着酒杯的手上却骨节棱起。

他忽然抬头，面无表情道：“大人既开了金口让刘某作陪，刘某作陪便是。”

刘歆将左钧直带了出去，见她面如死水，歉道：“这事要怪都怪我，韩相突然点名让刘爷作陪，刘爷去后知道事情不妙，匆忙让我去阻你找他。是我不小心，竟和你错过……”他恨得直扇自己耳光。左钧直忙拦了他道：“反正也没发生什么，你不必自责。麻烦你告诉刘爷，我回家了。”刘歆留她不得，要用马车送她回去她亦拒绝，只说想独自走走，从繁楼回家的路她已经走得熟了，不会有事儿。刘歆拗不过她，只得随了她意。

这个世界，远比她想象的要黑暗和龌龊。

她在翰林院四夷馆的这几个月，渐渐对两年多前她和爹爹受害一事有了个清晰的认知。与其说是她和爹爹的“逆反”之行招致了灾祸，不如说是“左”这个姓给他们带来了灾难。韩奉想要打压左家，总要寻一个软肋。她和爹爹再循规蹈矩，也会被加诸罪名。

韩奉本是个极有魄力的官员，女帝拿下江山，离不开他的汗马功劳。韩家并非江北左家那样的世家，韩奉能够平步青云坐上右相之位，全靠他青壮年时的开拓功绩。只是人心不足蛇吞象，他逐渐开始野心膨胀，不甘于与左相平分秋色，甚至不甘于屈居一人之下。

倘不是这一件件事情经历过来，她不敢相信朝廷上那个果断威严的右相，竟欺上瞒下、滥用职权、里通外国、有谋反之心。

还是她太善良了。人世间真实的恶，比她所能够领悟的要深刻千百倍。她以为她窥见了全豹，其实不过一斑。

太幼稚啊……

而想到刘徽，她更是心乱如麻。她不知道该怎样去面对刘徽，也许刘徽也不愿意再见到她。

左钧直觉得自己像只缩头乌龟一样……她难过于自己的怯懦，更痛恨自己的无力。

越往南走，灯火越稀。左钧直茫然地望望漆黑的天空，才想起今夜初一无月。几条巷子里阒寂无人，伸手不见五指，左钧直袖着夜明珠，像个灯笼一样向前移动。

一团带着烟火气味的什么东西顺着风飘了过来，糊在左钧直脸上。左钧直伸手一摸，手指上黑漆漆的一片，原来是灰烬。拐过街角，遥遥望见前面十字路口火光隐隐，一个女子跪坐在地上，面前生起一小堆火，她将一张张黄表纸钱投入火中，黑色的灰烬如蝴蝶一般，漫天飞舞。

这场景如此诡异，左钧直一时不敢再走，屏住气息躲在墙边。女子低微的声音随风飘入耳中：

“……玉郎，整整三年了，我虽日思夜想，你却渐渐不入我梦。到底是生死茫茫，渺然缘尽了吗？

“……玉郎，最后头的人，我动不了。但是你放心，自会有人代我动手。

“……玉郎，害你的人，天理国法难容，可是我等不及。今夜是最后一颗人头，我拿他的血来祭奠你的魂灵。

“……玉郎，我在你坟前发过的誓言已经完成。我浪迹尘世十数年，遇到你方觉得是归宿。可是你就这样抛下我走了，我又失了方向。你若听得见我的声音，便告诉我……”

女子的声音哀婉凄切，听得左钧直心中伤恻。东吴传说阴间有邮差来往阳世，夜中在十字路口焚烧纸钱可以达至亡灵。这女子必是死了爱侣，思念难忘，才会在夜深人静时来此。然而听到她说到“人头”“血祭”，左钧直觉得毛骨悚然。女子不说话了，一阵窸窣轻响后，夜风中飘来浓浓的血腥味。左钧直吓得魂不守舍，这女子说的拿人头祭奠魂灵，莫非是真的？！左钧直心如擂鼓，呼吸顿时粗重起来，想要拔腿就跑，双腿却如灌了重铅。她哆嗦着探头向那女子望了一眼，只见火光映照之下，那女子低垂的侧脸轮廓优美如画，远山黛眉之下是细长妩媚的狐狸眼，鼻若悬胆，唇形动人。左钧直顿时有些失神，倒也没那么怕了。这样的绝色女子，从来没有见过。看她模样清瘦柔美，手无寸铁，怎么会杀人呢？

那女子慢慢向左钧直转过头来。看到她的另半张脸，左钧直失控地惊叫了半声，紧紧捂住了嘴。

那是怎样的一张脸啊……半张脸倾国倾城，半张脸却狰狞如鬼。她站起身来。阵阵阴风从背后吹起她惨白的素服，灰烬飞舞……

左钧直魂飞魄散，软着腿转身就要逃，却觉得背后像被什么东西拽住，半步也前进不得！

“好不容易挑了个僻静的地方，还是被打扰……

“你听了多久了？你都看到了？……”

女子的声音越来越近，脚下却没有半点声音，仿佛是飘了过来。

“……我是杀了你呢，还是让你全部都忘记呢？……”

左钧直哭叫道：“我什么都不知道！求求你放了我吧！”为什么她总碰到这种事情？今天这日子阴气太重吗？才出狼穴又入虎口！

“咦，你袖子里是什么东西？”

身后一松，左钧直随着惯性重重地扑倒在地，袖中的夜明珠却哧溜飞出去了。

这是她纪念娘亲的唯一一件东西！左钧直再也顾不上那么多，爬起来去抢。那女子倏然后退三尺，形同鬼魅。她擎着夜明珠细细察看，忽然咯咯大笑起来：“踏破铁鞋无觅处，得来全不费工夫！这沧海月明珠，总算让我给找到了！”

左钧直恳求道：“这是我娘亲留给我的唯一念想，求你还给我！”

女子闻言看向她：“你娘亲留给你的？你娘亲是白度母夫人？”

左钧直仿佛看到一线生机，喜道：“是啊，你认识我娘亲？”

女子道：“不认识！这沧海月明珠乃是乌斯藏的至宝。相传乌斯藏原为沧海，后来化作高原。这珠子吸取千万年日月精华，能无光自明。乌斯藏赞善王之妹墀真公主降生之日，此珠现于世间。乌斯藏教众相信此珠为观音之泪，墀真公主为白度母转世。后来墀真公主嫁与高昌国国王为后，民间仍呼之白度母夫人。我寻了她十多年，就为了这颗珠子，没想到已经到了你的手里。”

左钧直心道，我从小玩这珠子，除了夜晚照明十分好用，也没觉得它有多“至宝”，你费这么大力气找这珠子，难道只是放家里做灯吗？左钧直这般想着，问了出来。

女子横了她一眼，道：“我爹的眼睛盲了，需要这珠子做药引。”

左钧直忖着这女子是好人还是坏人，观她言语气度，绝非凡俗之辈，对逝去夫君情深意重，对父亲一片孝心。然而她行事又如此妖诡，正如她的模样一般，亦正亦邪。倘她是好人，自己自然愿意把珠子给她，去给她父亲治眼疾，只是她若是坏人，那岂不就是助纣为虐了吗？

女子扬扬手中的珠子，光华炫目：“既然你是白度母夫人和左载言的孩子，我留你性命。我从不觊觎他人之物，若非父亲有疾，我绝不会强拿你的珠子。日后我定当送等价宝物到你家中致谢。但你今天看到的东西，我还是希望你忘掉，就当是做了一场梦。”说着自怀中掏出一个玉瓶，倒出一粒丸药给左钧直。

“忘忧，忘了今日之事吧。”

左钧直大骇。她听说过忘忧这种药，乃是天下大乱时江湖邪教所用的一种迷药，会令人失去记忆。后来武林豪杰群起而攻之，邪教和这药都已经销声匿迹数十年，这女子怎么会有！

左钧直哪里肯吃这东西。纵然这日的记忆再痛苦，她也绝不愿意忘记。这毕竟是她的小世界中的一重山河，更何况……她不想忘记刘徽对她的好。

被逼到这个节骨眼儿上，之前刘徽待她的种种忽然浮上心头。

从第一次见到刘徽，刘徽就在吓唬她、恐吓她、欺负她，可又何尝不是在帮助她、点拨她、保护她？

他让她以为他要逼良为娼。

他说写一本书只给二两银子，然后马上给了她一百两银子，让她给他写一辈子书。

他对她从来是恶言恶语，可无形中帮她解了好多围，还打开了她对翛翛的心结。

他逼她看繁楼风月，教她写世情、摹众生百态。

他送她长生。

他送过她很多衣服。

她受了惊吓，他也会“恶狠狠”地关心她。她初次来月事，竟是他最先知道，还冲了红糖水给她喝……

原来刘徽对她，真的是很好。可她讨厌了他那么久。

如果她忘了今日之事，她还是会继续疏远刘徽吧……

药被那女子捏着她的下巴喂到嘴里，苦涩的味道顿时弥漫口腔。左钧直的泪水扑簌簌地落下来。“刘爷——”她虚弱地喊了一声。

面前寒光乍现，女子狰狞的面目退却，左钧直慌忙把嘴里的药吐出来，只见一个熟悉的身影挡在了她面前。

竟然真的是刘徽！他手执一柄寒光凛凛的长剑，卓然屹立。

“刘爷！”左钧直惊喜不已地迎上前去，却被他长袖带风甩出的一道劲力推得连连后退了几步。

“到马旁边去！”刘徽没有回头，明珠光辉之下，左钧直看见他的头发用一根纯白的带子随意系了起来，想来是匆匆赶来的，“你就不能让爷省点心？”

左钧直弯起嘴角笑了。他越凶她，她越开心。只是他竟然会武，这个大大出乎她的意料。刘徽平日间总是一副放浪形骸的模样，左钧直从未见他好好站着或者坐着过。她自幼受的是“站如松，坐如钟”的严谨家教，自然在一开始十分看不惯刘徽这种轻浮模样。然而此时，他面色冷然，身躯刚直挺拔，周身竟隐有威仪。左钧直心中忽然生出一种感觉，刘徽惯常的轻薄仪态之下，似乎藏着许多秘密。这种感觉让她莫名有些惶然，却又更生好奇。

女子冷嗤道：“刘爷？哼，原来你就是刘徽。来得正好，淮河多少清白女子被卖进了你的繁楼，遭了你的蹂躏！今日我便为她们除你这一害！”

刘徽昂首道：“近几年江湖上大名鼎鼎的半面妆想必就是阁下吧？原来也不过是个戴着假面欺负弱小的无能之辈！”

左钧直见刘徽不但不辩解，反而还激怒那女子，不由得急道：“这位姐姐，那些女子是被刘爷好心收留的，她们大多自愿留下来做了清倌儿，并没有被逼卖身！”左钧直听说过半面妆，知道她疾恶如仇，武艺极高，能够隔空取人首级，而见过她真面目之人，鲜有能活下来的。刘徽本与此事无关，她若知道他是好人，当不会杀他。

那女子哼了一声：“开青楼便是开青楼，说得倒像是做善事一样！”她以白帕包了明珠放到一侧，双袖一振，左钧直只听到哧哧的细碎破风之声。刘徽长剑寒芒似满天星尘，铛铛铛——一片细微金属相撞的声音。

那女子始终在刘徽三尺之外，足下步伐诡谲多变。左钧直心道不妙，不知道那半面妆用的是什么旁门左道的兵器，竟然看都看不见，这样刘徽也未免太吃亏了。

然而渐渐她发现自己的担心有些多余。连她这个不懂武的人都能看出，刘徽的剑法不是一般的精妙。他剑挽繁花，将周身护得密不透风。半面妆攻势连连，金石之音密集如雨，却沾不上刘徽半片衣角。

半面妆赞道：“好剑法！”

刘徽道：“彼此彼此。”长剑陡然激起一道潋滟剑气，如虹贯日。他合身欺上，疾如惊鸿。半面妆清叱一声，纤细腰肢生生向后折下，长袖如水向外飞出。这一瞬，明明是极厉害的两个招式，左钧直却觉得比那昆曲《牡丹亭》中柳梦梅和杜丽娘两个角儿对戏还要惊艳。同一时间只听到嚓、哧两道金石布帛破裂之声，刘徽背后顿时出现一道自左肩上到右腰下的又细又长的血口子，鲜血瞬间就染透了白锦衣背，也不知被划了多深。而半面妆的半张面具也被剑气划破掉落在地，现出面具下那半张脸的真面目来。左钧直见到，还是倒抽了一口冷气。

那眉目倒是极好，只是由眼至额角有一大片朱砂色，夺目嚣张，宛似赤焰红莲！一时说不清是绝美还是奇丑，只令人觉得妖诡无比。

半面妆怔了一下，厉声怒叱道：“恶贼！今日定要取你性命！”说着双手疾挥，飞出数道透着暗蓝色的银芒。

左钧直暗叫不好。刚才刘徽分明是手下留情，不然那剑锋向下几寸，划断的就不只是她的面具了。半面妆想必是个惜容之人，脸上天生朱砂记，便用面具相遮。刘徽犯了她这个大忌，便惹得她恼羞成怒，要下狠手。那银芒的蓝色如此瑰丽，莫不是淬了毒的！

刘徽不知为何，竟有一霎的迟滞，举剑相格，铮铮清音不绝。左钧直还是隐约听见了利器穿透皮肉的声音。刘徽闷哼一声后退两步，用长剑支住了身躯，手指在胸前疾点数下，咬牙凝眉。左钧直慌慌地跑过去扶住刘徽，但见他嘴唇绀紫，额角沁汗，是中毒无疑，气得对着半面妆大声道："你这人忒不讲道理！刘爷好心让你，你却对他下毒！"

半面妆拾了明珠，悠然踱步过来，手中仍然拿着那个玉瓶。

左钧直忽道："若我吃忘忧，你可不可以给刘爷解药？"觉得刘徽扶在她臂上的手指一紧，侧头道，"我刚刚看到了不该看的东西，她不过想让我忘记今日之事罢了。既然刘爷来了，我吃忘忧，也没什么了。"

半面妆逼近，冷笑道："你本就该吃，反倒与我讨价还价来了。"

刘徽将左钧直拽到身后，想说话，一张嘴却一口黑血哇地吐了出来，身子猝然痉挛。

半面妆嗤道："中了牵机毒还死撑着保人，你倒是条汉子。"

牵机毒，中毒后腹中剧痛如绞，以致头足相就，如牵机之状。

左钧直眼看着刘徽疼得大汗淋漓，浑身抽搐，牙齿咬得咯咯作响，半面妆分明就是要眼睁睁看着他死，自己却丁点儿办法都没有，不由得失声大哭起来。左钧直越哭越伤心，想起当年在刑部大牢前看到受刑后的父亲，也是如此绝望。她跪坐在地拉着刘徽的手，恨自己无法分担他的痛楚，哭着喃喃说："我果然就是一个灾星，谁对我好，谁就会遭难……刘爷，我还是害了你了……"

左钧直哭得眼前一片模糊，忽见到天边一道白影掠了过来，似一只大鹤，又如流云。半面妆骤然起身，竟是要逃的样子。然而那白影极快，刹那间便至眼前。左钧直慌忙揉了把眼睛，见那白影是个男子，面上却缚了五指宽的白绫，看不清模样，分明是个瞎子。然而他方位拿捏得分毫不差，哪里像是个看不见的人？他姿态飘然若仙，左钧直恍然间竟觉得是"霓为衣兮风为马，云之君兮纷纷而来下"。半面妆方蹿了几步，手足忽然似被缚住一般，整个人被拎了起来。那男子挟了半面妆，眨眼间就消失无踪，仿佛根本就没有出现过。左钧直看着怀中的月明珠和一个青瓷小瓶，倏然明白过来，忙将那瓷瓶中的药浆喂与刘徽服下。

刘徽服药之后，僵硬的脖颈和手足渐渐松软下来，但仍然紧闭双眼。左钧直抱着他的头，心惊肉跳道：“刘爷你醒醒啊，你不要吓我！”说了许多声，见他还是状似昏迷，手足发凉，之前止住的眼泪又开始流，抽抽噎噎地骂自己，央求他别死……

约莫过了一盏茶工夫，刘徽动了动，勉力抬手解开衣衫，从肩上拔出一根两寸来长的如毛细针来。这一下耗尽了他全身气力，又喘了许久，他对左钧直说：“马上……有金创药……拿过来。”

左钧直赶紧去牵过马来取了药，帮着刘徽褪了上衣，用药囊中的白棉拭去伤口周围的血迹。伤口很细，然而很深。刘徽伤后仍用了劲力，致使皮肉外翻，血流不止，看起来十分狰狞。借着明珠的光辉，左钧直看到他背上有一片颜色不同，待擦净了血仔细看，竟是一片朱红胎记，宛似一只展翅欲飞的丹凤。

左钧直心中咯噔一声，强抑心中的惊慌，倒出金创药涂上伤口。刘徽闭目调息，忽然哑声道：“左钧直，你手在抖。”

刘徽送左钧直的衣服料子很好，她脱了外衣，撕了几次也撕不动，去拿那剑，单手竟十分吃力。她只得就着剑刃将那衣衫划了几个小口子，撕成布条给刘徽缠上。

她咬着唇：“刘爷中了毒，又受了伤，我心中害怕。”

刘徽猛然睁开眼：“你骗我。”

左钧直打着结，打了好几次才打上。“刘爷，只是止了血，回去，还得重新清洗伤口包扎。”

刘徽勉力起身上马，向左钧直伸手道：“上来。”

左钧直瑟缩了一下，还是把手放进了他手中，顺着他的手劲上了马，坐到他身前。

“刘爷要去哪里？”

刘徽贴在她耳边道：“去看郎中。”

“不可！”左钧直惊道，腰上大力一紧，被刘徽紧掐在怀中。

“说！”

“你——你是——”勒在肩腰之上的手臂铁箍一般又收紧了一圈，左钧直几乎喘不过气来，“你是北齐的小国舅！”

刘氏乃天下一大姓。北齐凤仪的一支刘姓，女子多殊容，前后三朝出了三名皇后。人言得刘氏女子为妻，便可握天下权柄。只是此一支系人丁不旺，女帝杀北齐帝之后，凤仪刘氏凋零殆尽。人们纷纷慨叹，倘诛杀北齐的帝君是男子，凤仪刘氏或许能俘获其心，再登后位。只可惜大楚国主乃是女子啊……

左钧直奉命翻译高丽崔溥的《漂海录》，意外发现其中零星记录有不少北齐皇室秘闻。这些事情在国内早已被湮入尘埃，鲜为人知。“……北齐、大楚战事已起，余时至凤仪，不得已淹留十余日。间野闻凤仪有刘氏宗祖，梦中闻天谶，凡子孙背有丹凤朱砂记者，必为天家人。三代果验……”

北齐皇后及其二子一女死去，世人都以为凤仪刘氏血脉已然断绝。倘不是这丹凤朱砂记，左钧直断不会将刘徽与凤仪刘氏联系起来。然而一旦联系起来，她就会发现处处恰巧吻合。

他姓刘，单名一个“徽”字，徽州的“徽”。徽州，正是北齐诸如寿氏等世家贵族所居之地，毗邻凤仪。

他说话是地地道道的北齐口音。

在繁楼中，左钧直曾听几名和刘徽亲熟的红倌儿无意间玩笑说，刘徽素有怪癖，与女子欢好时必吹灯，不除上衣。

他刚出道时年纪甚轻，然而家底丰厚，已是各种场面上的老手。他身怀武艺，藏而不露。若非见过大世面，以他这般年纪，哪能在郢京这风波险恶地混得出人头地？

……

窗外，天际现出一抹鱼肚白。刘徽辗转醒来，一睁眼，一张清淡小脸近在咫尺。

左钧直靠坐在他榻边，趴在他枕头边睡着了。柔软发丝散乱在脸颊上，在熹微晨光中散发着浅浅的墨蓝光泽。眉毛很淡，皮肤很白很细，珍珠般柔润，让刘徽想起秋末冬初的清晨，深林树杪的白雾。

她一只手枕在脸下，另一只手揪着他的被角。手亦很小，骨节玲珑，色泽宛如上好的开化纸。时下风气，女子均好蓄长甲，染豆蔻。她的指甲却修得短而整齐，温和又有书卷气。她自己说，指甲长了写字不方便，会划破那些酥脆的古籍。只是他还记得，当时在三绝书局中，她就是用这短短的指甲抓破了他的脸。

在他这二十六七年的光阴里，他未尝没有爱过人。他天性里本来就带着几分轻薄，又存了心做出个浪荡子的样子来迷惑人眼，自然是花间流连，如鱼得水。他一向喜欢美艳的、野性的女子，自认是万花丛中过，片叶不沾身，可这个胆小怯懦、痴愚又爱哭的左钧直，怎么竟让他不忍释手了？

刘徽看着左钧直出神，房门无声而开，一个须发花白的驼背老仆端着碗汤药走了进来，步履如踩绵。见到床边的左钧直，他目光如刀，向刘徽做了个割喉的手势。

刘徽冷眉，屈指翻掌，以手语道："不可。我自有分寸。"

老仆深深地看了刘徽一眼，目有精光，微微点头，又恢复了此前的龙钟老态，蹒跚退下。

她还这么小，如院中雪白的栀子花苞般纯净芬芳，不沾红尘半点污垢。

可他又算什么？

泥淖里滚过，沟渠里爬过，死人堆里埋过。身上扑满风尘，手上沾满鲜血，心中藏满仇恨——他的人生，早已经被染得看不出本身的颜色了。这样的一个他，这样的一个左钧直，哪堪采撷？

看到左钧直的眼皮颤了下，刘徽收回目光，望向床顶。

左钧直见他睁着眼，欢喜道："刘爷你醒啦！"又不好意思道，"我不知道什么时候睡着了。——刘爷你醒了怎么不叫我呢？"

她想起身，才发现四肢都麻了，不由得"哎哟"了一声。刘徽伸手将她提上床，帮她揉着僵直的关节，淡着脸子道："你上来睡，我也不在意。"

左钧直唰地脸红了，结巴道："我、我……"扯开话题说，"刘爷府上居然这么清静，我以为会有很多姬妾……"

"你一开始就以为爷是个淫贼。"

左钧直被抢白得更惭愧了："我……听信人言……是我错了，刘爷是个好人……"

"你又错了，爷其实就是个淫贼。"

左钧直急道："刘爷，你不是……"

刘徽叹了口气，道："左钧直，你看上爷了？"

左钧直小心脏惊得停了一拍，慌张滚下床去，心虚道："没有！"

刘徽看着她红如火烧的小脸，眯着眼道："这么说，你是看不上爷咯？"

左钧直几乎都要哭了："刘爷……"

刘徽见她眼泪说来就要来，哄道："好了好了，爷算怕了你了。还嫌昨夜哭得不够吗？爷又没死，哭丧似的。——去把药端过来。"

左钧直端过药来试了温度，递给刘徽，嗫嚅道："对不起刘爷，害你中毒又受伤了……"

刘徽恹然道："你唠叨了这么多遍，我耳朵都起茧了。这也是好事，省得韩奉那老贼又来烦我。"

左钧直默然了一会儿，问道："刘爷打算怎么办？"

"不用你操心。以后繁楼，你不要去了。"

左钧直脱口问道："那我去哪里见刘爷？"

刘徽盯着左钧直："你就这么想见我？"

左钧直垂下头绞着手指，好一会儿才道：“我答应刘爷要做的事情，还没做完。”

刘徽喝了口药，道：“你既是入了四夷馆，书不写也罢了。一百两银子还了，你也不欠我什么。”

左钧直怔然抬头：“刘爷要赶我走了？”神情竟像被遗弃的孩子。

刘徽惊觉于她如此敏锐，有些不忍心，缓了语气：“爷的书肆、茶馆什么的又不曾关门，你想去，随时都可以去。”

左钧直脸上有些落寞，盯着帐帘钩子，茫然踌躇道：“不过是借口……我想，我是喜欢上刘爷了……”

素知她不会藏话，却未料到她如此直白坦然。她心中光风霁月，并不觉得说喜欢一个男子是多么丢脸的事情。刘徽心口一搐。

有多少女子说过爱他，情浓意炽，却不如左钧直这青青涩涩的一句触人心弦。

一口气将碗底残余的药汁连渣喝完，苦到心底。他“哈”地干笑了一声：“你才多大，知道什么叫喜欢？女儿家，讲究一个含蓄，你知道什么叫含蓄？”

左钧直咬唇道：“我娘亲说喜欢别人就应该说出来。”

刘徽挑衅似的看着左钧直：“你喜欢我，那你想怎样呢？嫁给我？让我叫儵儵一声娘亲？”

左钧直呆愣住，她只是觉得喜欢，喜欢就是喜欢，未曾想过更多的东西。

“左钧直，我大你十二岁，你现在还小，等你长大了，我就是老头子了。”

他看到左钧直单薄的身躯一震，脸色苍白，喃喃道：“不会……我不会在意……”他知道白度母夫人年长左载言二十岁，纵然她驻容有术，也终有朱颜辞镜的一日，这必是白度母的心结。他刚才的话，定是戳到了左钧直的痛处。

“你看我这宅子空空荡荡，不过一个哑仆。你说是为什么呢？因为我护不住。你定想不到，我曾有过妻子，也有过孩子。只是那孩子还未看这世间一眼，就同他娘亲一起走了。世事仿若汪洋，人如草芥，飘摇于风口浪尖，握不住自己的方向，只能随波逐流。”

左钧直面色更是惨白，强言道：“可是刘爷，你握得住的，舵在你手里，风浪再大，也有止息的时候……”

刘徽看看窗外天空：“快大亮了，左钧直，你该去四夷馆应卯了。”

左钧直失神起身，良久方低语道：“那我走了，刘爷保重。那书，我还会继续写下去。”说罢施了一礼，飞也似的出了房门。

刘徽一扬手，那药碗在门框上砸得粉碎。

第七章 逆风而行

左钧直换了衣裳，出了刘徽的宅子，回首望去，那宅子门脸极小，是最不起眼的灰砖灰瓦。探出院墙的槐花大把大把盛开，风吹起时簌簌落地，积起寸厚。天高云净，日光灿烂，满地碎金。

明明是郢京最通透的天气，左钧直却感受到了满目青翠绚烂背后一抹挥之不去的苍凉。

她想起今天是她十五岁的生日，正是绽放的年华。她初初萌发的情意，不到一夜便遭了霜打雪封，摧折凋零，仿佛她尚未年轻过，便直接迈入了苍老的境地。

倏然意识到这一点，左钧直忙掐了自己一把，自言自语道："说什么老！左钧直，你不可再多想了，这不就是你平日最不喜欢的孤芳自赏顾影自怜吗？！

"管他什么北齐国舅、凤仪刘氏，刘爷照样是刘爷。枉你平日以恒心为傲，刘爷不过是推托几句，你岂能就这样胆怯后退？比起倫倫，你真是差远了。"

想起倫倫，左钧直心中又燃起希望，之前的愁绪和自卑一扫而空，眉目又舒展开来。

一入四夷馆，左钧直惊觉气氛有些不对，平日里那些对她视而不见的馆正、通事、译字生，甚至是馆中杂役都向她看了过来，眼神中透着异样。

左钧直低头看了看自己，又摸了摸脸，除了衣服有些褶皱，并无异处。她迟疑着向前走了几步，一个绿衣内侍同凌岱泯等几个翰林院掌四夷馆官员走了出来。

左钧直一见那内侍衣服上的斗牛补子便知他级别甚高，忙退到路边躬身施礼。谁知那内侍竟迎着她走了过来，倨傲地问道："你就是左钧直？来得也忒晚了！咱家等候你多时了！"

左钧直慌忙低头认错，眼角余光见到凌岱泯目光闪烁，似乎是心神不宁、欲言又止的模样。她正疑惑不解，那内侍十分熟练地展开手中黄表诏书，朗声喝道："四夷馆诸官员听旨！"

四夷馆中哗啦啦跪下一大片。

内侍宣完圣旨，一片"吾皇万岁、万岁、万万岁"声中，左钧直低伏地面，心跳如鼓。

皇上谕旨，四夷馆增设东洋和南洋二馆。东洋馆，掌扶桑、高丽文字；南洋馆，掌暹罗、交趾等南洋夷国文字。

译字生左钧直，精通夷文，才华出众，特擢为东洋馆、南洋馆掌馆通事，协助二馆馆正总领两馆译务。

下月，扶桑使臣入京进贡，命左钧直协同礼部主客司、行人司、鸿胪寺官员例行接待，审译表文，不得有误。

内侍尖声催促道："左钧直，他人皆已接旨谢恩，你为何踌躇不起？难道你敢抗旨不遵？"

接旨，是欺君；不接旨，是大不敬。

左右都是砍头的罪名。

她是女子，明严难道会不知道吗？繁楼中他离她那么近，他又不是傻子！

这圣旨中固然主要宣告的是东洋、南洋两新馆的设立，可她左钧直，竟然在其中被专门提到名字，独自占了两句，比新任两馆馆正还多！而圣旨岂是一般人能接到的？她不过是个无阶无品的译字生，完全没有资格在圣旨中占到一席之地。明严这么做，根本就是为了让她别无退路。

君心难测啊……

内侍又逼近一步，更加严厉地催了一遍。左钧直听到了周围众人的抽气声。

她猛然磕下头去，一字一句清清楚楚地回道：“臣，左钧直，领旨谢恩！吾皇万岁、万岁、万万岁！”

内侍离去，人们纷纷去恭喜新任馆正和独得殊恩的左钧直。左钧直低垂着头，含糊着声儿连连致谢。凌岱泯微哼了声，众人识趣，各自回馆。

“钧直，事到如今，也只能将错就错了……”凌岱泯长叹一声，面露忧色，“是我考虑不周，早该想到你如此明秀之才，迟早会惹来关注……”

左钧直此时反而淡然，礼道：“钧直年纪太轻，恐怕不能服众，为人处世，皆稚嫩欠历。往后还望大人多多包涵和指点。”

凌岱泯点头道：“你这样态度，我倒是放心。此事因我而起，我自不能袖手旁观，日后会尽力护你周全。”

左钧直深深施礼道谢，道：“钧直亦会小心行事。”

左钧直此前虽是译字生的身份，但半年下来做的全是通事的活儿，升为东洋、南洋两馆掌馆通事，不过是职位上发生了变化，能够出馆参与外事接待，所以左钧直并不觉得有多大压力。只是她资历如此之浅、年纪如此之轻，便被御笔钦点担此重任，自然招来不少指指点点。

须知四夷馆中译字生升任通事、通事升任掌馆通事，考核极严，任何一级升迁都需三五年之久。左钧直渐渐有些理解姜离当年十二三岁入宫掌诰敕的不易了。好在四夷馆恰如凌岱泯所言，是术业专攻的地方，左钧直地地道道的几国番语出口，非议之人便大多软了声气。两名馆正是识时务明事理的人，早就明眼看出凌岱泯对左钧直有庇佑之心，再加上左钧直是圣上所定之人，他们唯恐左钧直背景不凡，便对她十分客气。

左钧直虽然知道明严既然给了她品阶，便是暗示不在意她以女子之身担任官职，但是此事倘被当作把柄抓住，以她对明严的了解，明严定然是不会保她的。所以她唯恐被识出女儿身，说话、走路、行事越发谨慎小心。

她生辰那日早早回家，翛翛和爹爹准备了一桌丰盛菜肴为她庆生。翛翛自入了她家之后，烧菜手艺日渐精湛。左钧直戏言自己烧的菜快要在爹爹面前失宠了。

然而令左钧直惊奇的是常胜居然也在座，穿着毫不打眼的灰色粗布衣服，就像个普通人家的孩子一样。翛翛十分喜爱常胜，常胜一口一个“翛翛姨”甜甜地喊着，直喊得翛翛捂着心口叫道：“心都要化了！”一问之下，才知他来她家门口等她，被翛翛发现，问了名姓，又看了他出入宫禁的牙牌，便让他进院子来一起吃饭。左钧直心中担忧翛翛未免太不警惕，翛翛却似看出了她的想法，笑着告诉她，若不是常胜来报了平安，说在四夷馆见到了她，他们就要急得出去找了，说着又夸常胜乖巧。

左钧直看着翛翛对常胜的关爱，敏锐觉察出翛翛特别想要一个孩子。她过去虽向爹爹撒娇，但自从入了四夷馆后便从未有过了。对翛翛，她虽然尊重、亲密，却不可能像孩子对母亲那般……只是翛翛，已经不能生育了……她虽从未表露过，但想必心底是十分难过的。倘若常胜能令翛翛有做娘亲的感觉……左钧直看着埋头吃饭的常胜，眉目间那稚气未泯的模样着实令人喜爱得紧——或许有这样一个弟弟真的很不错……她忽然想起韩奉来。若是韩奉见过了常胜，恐怕……左钧直不由得心生忧虑，但转念一想，常胜是皇帝身边的人，韩奉定是不敢动他的，又心宽了几分。

左钧直在四夷馆半年多下来，已然意识到这四夷馆虽然地位不高，却涉及天朝外事机务，实际上是个顶顶要害的部门。自任掌馆通事后，她更是接触到许多夷务机密。她身为翻译，所有番国表文、贡物，都需先经过她审译查验，之后方上报礼部主客司作进一步的审验。而上面人与番使、番国国主的沟通，亦需要通过她来完成。即便番使通晓汉文，抑或由其他通事负责翻译，也需她监察在侧。由于文字不通，只要她对一两句话稍作表述上的修改，就能给番国番使招来赏赐或者灾祸……

而番国与中土文化迥异，许多文献资料言论在中土都被视作违禁。曾有译字生初升通事，行事不知变通，将翻译后未经修饰的原文直接上报，被礼部官员严责。左钧直则因曾游历四方、父亲曾任翰林院职官的背景，深谙个中玄机，文字上圆融机巧而不失本真，甚得礼部和鸿胪寺的欣赏。东洋、南洋两馆的馆正乐见其成，将左钧直奉为至宝，甚至请她去给学习番文的译字生讲学。

在最终成书的译本《漂海录》中，左钧直删去了有涉北齐皇室和凤仪刘氏的段落。复勘的通事询问，左钧直答曰："此类书籍、言论俱已被禁毁，译书之中自然也不可包含。"复勘通事以为有理，大赞左钧直明晓时务。

一日正午，左钧直正要去吃中饭，忽被人唤住，回头一看，来人蓝衫磊落，竟是寿佺。

寿佺殿试出色，龙颜大悦，点为榜眼，任翰林院编修。满朝上下对这一结果大为惊诧，也纷纷嗅到了朝堂上渐趋松缓的气息。北齐对于天朝朝廷来说，已经不再那么敏感。

左钧直不好装作不认识，只得施礼道："寿大人，久违了。"

寿佺还礼，含笑打量了左钧直几眼："左通事，果然是你！我找得好苦啊！那日在繁楼，真是多亏左通事点醒。"

左钧直不动声色地后退了一步，微笑道："小事一桩，寿大人勿要上心。"

寿佺却很执着地要报这个恩，问出左钧直要去用餐，便邀她去酒楼。左钧直推拒不成，只得随他去。

“左通事尚无表字吧？”

男子二十冠而字，女子十五笄而字。左钧直其实已经有了字，自然是不敢说，摇头道：“寿大人便叫我钧直无妨。”

寿佺笑道：“好，钧直，我表字偓仙。”

左钧直笑了下：“偓仙兄。”多说是错，说多是过，左钧直如今可称得上是惜字如金。

好在寿佺是个热络性子，交定了左钧直这个朋友，对左钧直的谨慎全不在意。

“钧直当时为何会在繁楼？我当时对钧直多有无礼，还望不要介意。”

左钧直讪笑了下：“偓仙兄太见外了。我有个朋友在繁楼。”

寿佺倒未深究是个什么“朋友”，只是若有所思地说道：“听说繁楼最近的日子不好过。”

左钧直心中一跳，忙问道：“为何？”

“听说繁楼被禁了售酒权。也不知那刘徽得罪了什么人。”

左钧直大吃一惊。她虽然不懂商，但也大略听刘徽私下里同刘歆说话时提到，售酒是繁楼一半的利润来源。繁楼的姑娘们较一般的青楼要舒服许多，一晚上接客，至多一次，楼中专门有郎中坐堂。这些少挣的银两和额外开销，俱是靠卖酒来贴补。禁止繁楼卖酒，繁楼定然也会少许多客人，这让刘徽如何维持？……这事情，恐怕是韩奉给刘徽的一个下马威吧。

左钧直心头沉凉，状似无意地向寿佺打听更多，寿佺却摇头说不知了。忽地又似想起什么，他笑嘻嘻地问道：“钧直，你既是有朋友在繁楼，不妨问问，那《猖狂语》的下半本何时能出？那两个主角儿耶律昭觉和忍冬，究竟都是什么结局？”

原来左钧直写了半本《猖狂语》给刘徽，刘徽果真就出了半本，当真是吊足了世人的胃口。

左钧直的目光遥遥落向朝天门的方向，呓语般道：“也许那癫语生，自己都不知道结局吧……”

扶桑使者入京进贡的日子逼近，左钧直越发忙碌起来。初次与礼部、鸿胪寺官员打交道，少不得要补习礼仪、制度、人员等各方面知识。这日左钧直了结了馆中事务，已是日暮时分，匆匆叫了一辆马车赶回家去。

家中无人，僱僱留了张字条，说是和父亲出去了。父亲自身残后两三年未出过院子，如今僱僱会隔三岔五地带着他出去走一走，长生自然担任了保镖的职责。左钧直觉得父亲多出去散散心，是莫大的好事。

左钧直刚脱下官服，便听见窗下轻轻敲打的声音，常胜唤道：“姐姐！”

左钧直又好气又好笑，明明锁了院门，这小子爬墙头倒是一把好手，真是把这儿当自个儿家了。

“在院子里等我，我换好衣服就出来。”

今年她发现自己的身材已经明显发生变化。好在她这两年来渐渐长得高了，骨架比较细瘦，胸前稍微长一长，罩着宽松官服，暂且还看不出来。但想想娘亲那标准的美人身段，自己虽然发育得迟了些，但恐怕将来也不好遮掩……还有声音……她想着便觉得烦恼。

常胜在窗外可怜巴巴地说：“姐姐……我饿死了……”

“你真是比长生还能吃！宫里怎么会喂不饱你呢？”

“僱僱姨说了，我正在长身体呀……而且姐姐做的饭比宫里的好吃！”

“……”

左钧直看了看天色，披散着头发就开门出去了。她长发及腰，一直未舍得铰。常胜正蹲在菜畦旁边，听见她出门回头看她，眼睛顿时亮了亮。

他指着几株低矮植物上的黄红果实，问道：“姐姐，这是什么？”

左钧直道：“番国的六月柿……哈，有了。我等会儿要出门，没法给你做饭了，面条吃吗？”

常胜乖乖点头：“吃！”

“那你挑两个好看的摘下来洗了。”

左钧直入了厨房，利落地点火、烧水、下面、入料，找了两个新鲜鸡蛋打成漂亮的荷包蛋。常胜递上两个水灵灵的六月柿，左钧直沿着柄处的凹沟切了六瓣儿，里边儿沙瓤饱满，盈盈诱人，却一丝儿汁水也没有溢出来。搁进锅里同面一起煮，顿时酸香扑鼻。

常胜看看锅里，又看看左钧直，一脸艳羡道：“若是能天天吃姐姐做的饭就好啦……”

左钧直一边挑面出锅，一边随口说道：“之前西洋传教士马西泰送了我六月柿的种子，现在也是刚刚长成呢，可是让你尝到鲜了。”说着又诡秘地向他眨了下眼睛，“是长生每天施的肥哟！”

常胜抱着面碗吃面，看左钧直梳头。左钧直因常胜是个小太监，年纪又比她小，这些虽是女儿家私密的事儿，却也并不避着他。她注意到常胜吃饭十分文雅好看，嚼的时候闭嘴不露齿。一般人吃面难免有哧溜哧溜的声音，他把面吃得干干净净，把面汤喝得干干净净，却一点声儿都没有，看来宫中的规矩确实比外面严格。

“姐姐要去哪里？”

左钧直已经打扮成一个少年公子的模样：“繁楼。”

“我也要去……”

常胜一脸恳求的神色，左钧直却摇头道：“你还小，不能去那种地方。”

常胜微噘了嘴：“姐姐也不大啊，而且姐姐还是女的呢！”

“不行。你回宫去吧。”左钧直拿过他手中的碗筷，径直去了厨房。常胜亦步亦趋跟过去，仍不死心地求她。

左钧直微恼，板着脸责备道：“常胜，你再这样就别来找我了！”

常胜俊秀的眉眼顿时黯淡了下来，低了头，垂首站在厨房门口不动了。左钧直走了几步，回头看见他委屈可怜的模样，又于心不忍，回头拉他，哄劝道：“走吧，我们一起出门。”

左钧直拉了两下，常胜竟纹丝不动，不抬头也不说话。左钧直笑道："你倒是赌气吧，我难道还拉不走你了？"说着用力一拽，常胜竟向后仰去，索性坐倒在地。左钧直使劲拖着他往前走了几步，地上被他生生擦出两道醒目的印子来。

左钧直扶额，无奈至极，跺脚哀哀道："你这孩子怎么这么倔啊！"对着常胜，她竟没法生气。

常胜站起来，小心拉拉她的袖子："姐姐——"

左钧直转过身去，赌气不理他，感觉他把脸埋在她背上蹭了蹭，像长生撒娇似的，小声道："姐姐，别生气……"

左钧直想笑，却还是憋了气冷着脸不说话。

常胜又从她身后抱了她的腰，轻轻摇她，央求道："姐姐，理我啊……理我啊……"

眼看着他要没完没了地说下去，左钧直终于服软，转身狠狠打了他一下，恨道："你这个无赖！"

常胜挨了打，笑得灿如春阳，又蹭过去撒娇："姐姐对常胜最好了……"

左钧直推开他："你看你一身的土！怎么去？"

常胜想了想："我可以穿姐姐的衣服。"

"我的衣服比较窄瘦……"左钧直忽然眼前一亮，"有了！"

她初去繁楼的时候，刘歆事先给她买过几件男子衣服，结果刘歆高估了她的体型，一件件都肩宽身长，她至今放在衣柜里没穿过。

常胜洗过脸，左钧直挑了件水蓝色的秋罗袍子给他换上，大带之外又束上杂彩丝绦，捋直了雪白的领子，刚好合身。左钧直把他摁在椅子上给他梳头，见他一头乌黑如墨、光滑如缎的好头发，起了玩心，握了一把到常胜面前，道："你看！"

梳子插进那把头发，一松手，便自己滑了下来。

常胜的脸都绿了。左钧直大笑三声，给他梳了个和自己同样的发髻，又用深蓝色的绢带束了，左看右看，端的是俊秀绝伦的翩翩小公子一个。她啧啧赞了两声道："待会儿去繁楼，你得低着头走，不许招惹别人！"

繁楼中仍然是灯火通明，客人如织，仿佛一切如旧。左钧直奇怪，见到一个认识的酒保，便拉住问是怎么回事。

原来繁楼中确实已经不能销售自家之酒。然而禁酒令只针对繁楼一家，所以其他各家的酒仍然在卖。

银子是赚得大不如前，然而客流并未减少。

左钧直心中叹道，在自己花楼中卖其他家的酒，在此前看似是抢了自家的生意，现在却反过来救了自己。世事就是这么难以捉摸，好事可以变成坏事，坏事也可以化作好事。

"刘爷的点子多。"酒保赞赏地叹道，"这几天所有姑娘都出来走动，各自抱着一把有自己名字的花儿，喜欢谁便往谁身上插。刘爷说了，凡收到三十枝以上不重样的花儿的，当夜花银全免，三十个姑娘中想要哪个就要哪个。这招儿一出，引来了好多客人！你想啊，哪个男子不想借此机会证明下自己在姑娘们中间到底有多大吸引力啊，是不是？许多人还以此下赌哪！刘爷趁机在楼中设下了赌桌，估计能抽出不少银子来。"

左钧直心定了些。刘爷到底还是刘爷，问了刘徽的所在，便直奔了过去。

左钧直看到刘徽的时候，他正和柳三生、刘歆倚在摇光楼最高层的栏杆处喝酒，俯瞰楼下偌大莲花池中花魁姑娘季芃的惊鸿舞。左钧直和常胜避过汹涌人潮，自一角楼梯上了楼。

"恭喜刘爷痊愈，寿比松龄，海屋添筹。"

她向刘徽施了一礼，刘徽却看也不看她一眼，兀自喝酒赏舞，道："我好像没邀你来。"

左钧直笑道："刘爷寿辰重返繁楼，我怎能不来道贺？"

刘徽不冷不热道："有劳左通事大驾了。"

柳三生瞅着气氛不对，打圆场道："来来来，小先生，刘爷今儿气不大顺，你甭理他，柳爷给你倒杯酒。——哎，你怎么还带了个小尾巴儿过来？哎哟喂，这么多花儿，刘爷你今儿亏大发了。"

刘徽这才侧了头，目光越过左钧直，落在她身后的常胜身上，眉头一紧。

左钧直刚才走得匆忙，也没注意身后的常胜，回头一看，果见常胜抱了一怀的各色鲜花，有五六十枝，不由得蹙眉道："不是让你不要招惹别人的吗？"

常胜委屈道："我没有啊……姐姐们硬塞的，我又不好意思扔。"

左钧直怫然道："你还乱叫姐姐！"

刘徽半倚栏杆，慵然伸手道："给我数数。"

常胜迟疑了下，将花枝并作一束双手递了过去，正要放手之时，花束底下，刘徽的右手突然后缩。

常胜不动声色，似乎早料到刘徽有此一招，将放而未放，却将花束轻轻前送，恰入刘徽臂弯中，落在别人眼里，是个小心周全的姿态。

刘徽桃花眼微微眯起，饶有深意地看着常胜，接了花，长指拈着一朵紫薇，笑道："有趣！"指尖轻弹，一簇娇艳的紫红花瓣纷飞而出，煞是好看。

电光石火之间，常胜错身半步，紫薇花瓣紧贴背后擦过。他轻拉左钧直衣角，小声认错道："我以后不敢了！"

左钧直盯了他一眼，仍去看刘徽，全未注意到常胜脑后的发带被削去了一截。她哪知常胜刚从鬼门关绕了一圈儿回来，那簇紫薇花瓣缤纷柔美，却瓣瓣夺命伤人，是江湖上顶顶厉害的飞花摘叶的功夫。

刘徽看着常胜紧靠左钧直，忽冷笑道："左钧直，你行啊！带这小子来砸爷的场子吗？"

左钧直慌忙道："刘爷，你误会了！他叫常胜，是我在宫中认识的一个……"

"哈，宫中的人？宫中的人来我这里作甚？监视？"

左钧直听他话里夹枪带棒，心中酸苦，倘不是有柳三生等几人在侧，泪水早下来了。她低头平复了一下心境，道："我过来也没有别的意思，就是问候一句。既然刘爷一切都好，那我就走了。"

刘歆大略知道些内情，在一旁没有言语。柳三生却一头雾水，隐约觉得一些日子不见，这二人之间似乎发生了些什么，见左钧直要走，忙挽留道：“哎呀，小先生，你难道就只来看看刘爷，不看我柳爷吗？别走别走，柳爷请你喝酒！——喂，你那下半本何时写啊？爷还等着给你画呢！”

左钧直拉了常胜，头也不回道：“刘爷说不用写了！”

“慢着。”刘徽道，“听说上回那天是你十五岁生日。倏倏那女人粗心，爷补你一个及笄礼。”

左钧直蓦然滞了脚步。刘徽吩咐刘歆道：“去叫三娘把衣服和妆奁、冠笄拿过来，就说要前天我挑的那套。”

刘歆应了声去了。左钧直转身呆呆地看着刘徽，刘徽又对柳三生道：“三生，替我好好招待招待这位宫里来的贵客，我同这不知死活的丫头有几句话说。”也不管几人是什么反应，拎着左钧直进了旁边的空阁子。常胜眸光微烁，没有跟上去。

刘徽掩了房门，毫不怜香惜玉地将左钧直往地上一掼。

左钧直跌坐在地，却咬唇抿笑：“刘爷还是很关心我的，不然怎会这么生气？”

刘徽居高临下，冷冷地看着她，眼仁漆黑如夜。左钧直低低笑道：“刘爷还是不够了解我，我是个惜命的人，若不是打听清楚韩奉这段日子脱不开身，怎会明目张胆往这里来？”

她眸光低垂，伸出手去，凉薄衣袖轻轻滑下，露出一截皓腕，细骨玲珑，仿若剔透琉璃。

刘徽不动不言。

左钧直未收手，低语道：“刘爷恼我去做了通事？抑或是担心我女扮男装犯下欺君之罪？我固然不知女帝为何有那样安排，下了圣旨令我不得不从，但——”她深吸了口气，“我是心甘情愿的。”

感觉到有锐利的目光射了下来，左钧直看着侧旁地面，继续道：“我知道韩奉与扶桑人有勾结，只要证据确凿，韩奉必倒。”

“你——”刘徽气怒交加，忍无可忍，握住她的手一把将她拽了起来。左钧直的额头撞上他的胸膛，一抬首对上他盛怒的面容。

“就凭你？”他狠捏她的细腕，看着她紧蹙的淡眉切齿道，“我看你是读书读坏脑子了！”

“刘爷，你一直小看我。”左钧直被他掐得眼中有泪，却笑着说，“韩奉害了我爹爹，又对你……我虽然没力气也不会武，却不甘心任人摆布。刘爷，你说世事譬如汪洋，浊浪滔天，人如草芥飘摇无力，我却觉得未必没有希望。”

刘徽定定地看着她，忽地狠狠把她压在身前，咬牙道：“左钧直，爷说过，爷的事情用不着你操心！”

左钧直固执地推着他：“也是我的事情！”

刘徽道：“放屁！你以为这是儿戏吗？你以为你是那些侠客小说里的英雄，除暴安良，解救苍生？”

左钧直摇头。她自然不是。然而倘若英雄有用，半面妆为何不杀韩奉？刘徽为何不杀韩奉？侠士一怒，血溅五步而已。以暴制暴，难堵天下悠悠之口。她不会向刘徽说的是，最想除掉韩奉的是皇帝。

女帝和云中君离了郢京，朝中断断续续传着明严越发庸懦无为的各种流言蜚语。原本还以为“八英”在明严即位之后会大有作为，结果一个个先后入了朝政做了些不轻不重的官儿，却仿佛“散入芦花都不见”了。最后那个括羽，更是如同泥牛入海，半点消息也无。人们纷纷猜测，说他早已被逐出了武英殿。时间一久，便彻底被淡忘。唯一的一件喜事是年轻的皇后娘娘终于有了身孕，明严视若珍宝，一下朝便回宫窝着，韩奉于是越发专横独断。

倘若那道圣旨不下，或许左钧直会渐渐真的信了明严如众人口中所形容的那样，是个无甚志向、溺于安逸的无能之君。

然而那道圣旨波澜不惊地被送到了她的面前。在朝中大臣看来，四夷馆不过是个无足轻重、可有可无的地方，甚至都没有什么庠生愿意去四夷馆学习番语。那一道诏令或许在四夷馆中激起了一点涟漪，在两制大臣中却如鸡毛蒜皮一般不值得提起。

唯有左钧直读得懂其中的讯息，看得清其中的惊涛骇浪——这仿佛已经成了她和女帝之间一个天知地知你知我知的秘密。

天子一怒，伏尸百万。明严隐忍不发，却是为了除恶务尽，只待其衅稔恶盈之时一举击之，从牵乱党连根拔起。

她早已意识到，从她在繁楼落入明严手中的时候开始，她便成了他的一颗棋子。回头来看，入四夷馆、文渊阁再遇，恐怕都是明严早已设下的圈套。凌岱泯、段昶等与她有关人等，都在知情或者不知情的情况下被明严利用来诱她入彀。

只是就算是颗棋子，她也愿意做，为了爹爹，为了刘徽，也为她自己。

她想，只要除掉韩奉，便无人再危及刘徽、繁楼和她自己，她亦为爹爹报了仇。那时候她对皇帝再无用处，悄悄退出四夷馆，她便可以光明正大地同刘徽在一起了。这会是一段漆黑坎坷的路，然而终点光明而美好。她忽然觉得自己的生命第一次有了一个明确方向，这种豁然开朗的感觉令她觉得无所畏惧、心怀激涌。

"刘爷信我也好，不信我也好，不出一年，韩奉必亡。刘爷的繁楼，只要撑过这一年，一切就都会大好起来。"她眼神笃定，坚定不移，"朝廷一年之内，必有风云巨变。左右二相、六部尚书，都无甚可倚恃的。倘若……倘若要说有谁一定能屹立不倒，也许只有姜离姜大人吧。所以，刘爷，就算繁楼日子过得再艰难，也勿去接近那些人。"

这些话，哪里像是从一个十五岁的女孩子口中说出来的！刘徽抚着左钧直的肩，眼睛中有抹难以探寻的神光，风中之烛一般闪了闪，又黯淡下来。长长一叹，他道："钧直，我刘徽无行浪子一个，你何苦如此？"

左钧直心似比干七窍玲珑，他从不疑她的敏锐聪慧。翛翛虽然搬进了左家，但仍在做繁楼乐司。她的诗词曲赋得了左载言的指点，更是大有进益。从翛翛写与他的书简中，他得知左钧直自任通事以来的月余时间，日日早出晚归，夙夜不懈，原来竟都是在琢磨这些事儿。她竟是铁了心要走这朝堂之路了吗？！这一条路何等风波险恶，更何况她还是个女子！

怀中少女身躯单薄柔软，目光却热烈大胆，明朗有决断，一如当年她决定给他写书谋生时一闪而过的神情。

他固然不相信她能动得了韩奉，韩奉淫威之下，她能保全自己已是不错。不过她一个小小通事，大约也没有什么机会去接近韩奉。他宁可如此。

然而她的心意……她竟是为了他，不惜飞蛾扑火……这样小的身子，这样小的年纪，怎会有这样大的胆子？不，他早该想到的。左载言和白度母夫人，哪一个不是胆大包天？只是一个内敛，一个张扬。白度母夫人，在高昌国国王死后，照习俗要嫁给她非亲生的三十多岁的大儿子，续任王后，然而她竟不从，从高昌一路逃亡至中土，嫁给小她二十岁的左载言，这是何等惊世骇俗！

他早该知道，左钧直一旦爱上他，便会不惜一切。以他的身份，他的……他不该招惹她。可她竟如一点朱砂，染上心头便再也抹不去。

左钧直，我望你爱上，却又望你永不爱上。

我多希望，我不曾背生丹凤；亦多希望，过去的那些血与火、仇恨与耻辱不曾烙印在我心中。

左钧直目不转瞬地看着刘徽的眼睛，捕捉他的每一丝郁怒、犹豫、迟疑、担忧、留恋、压抑和痛苦。有许多情绪她无法理解，但她觉得已经够了。她努力踮起脚尖，伸臂抱住他的脖颈让他俯下身来，贴在他耳边，悄声道：“刘爷，是你在怕呢，我一点都不怕。”

刘徽身子一震，手臂从她的肩头滑下去，缓缓收紧了她不盈一握的腰肢。

敲门声突然响起，刘歆在门外道：“刘爷，三娘来了。”

三娘是个四五十岁的慈蔼妇人，端庄富态，是刘徽的奶娘。左钧直见着她，便觉得亲切。三娘将左钧直带去阁子东厢更衣梳头，细腻温柔，又勾起左钧直对娘亲的想念。她看着身上的浅红褙子和素色襦裙，觉得像在做梦一般。展眼间娘亲离开她已经五年有余，这五年来她没有再穿过女子衣衫，几乎已经不记得怎么穿了。去见外公的时候，娘亲曾为她梳过极为繁复精巧的藏人发式，当中珠瓔顶髻，戴着只有王族才能佩戴的雪山巴珠，四周发丝编作细长小辫，缀着连串的宝石和珊瑚，双耳垂绿松石串——当初那扎的时候疼得她流眼泪的耳洞，早已经愈合了。五色锦缎袍上绣着吉祥孔雀纹，衣带上瑰玉琳琅，丝穗婆娑……那么多的人向她参拜，唤她娘亲和她“卓玛噶波”，却吓得她紧紧躲在娘亲怀里……仿佛已经是很遥远很遥远的事情，如梦似幻。

三娘为左钧直细细描了远山淡烟眉，点了绛唇，牵出厢房时，左钧直连走路都不会了，埋着头，几乎不敢见人。

三娘笑呵呵道：“这丫头，真没看出来……”

刘徽皱眉道：“左钧直，你是嫌爷挑的衣服不好看还是怎的？”

左钧直飞快地翘首辩解道：“没有！”又浑身不自在地低下头去，“没脸见人了……”说着就要用双手去捂脸。三娘眼疾手快地挡了下来，笑啐道：“小祖宗，摸花了怎么办？”

刘徽道：“那就加笄吧。钧直，我没法把你爹和翛翛叫来，这仪礼只能从简，委屈你了。劳烦三生做赞礼，三娘为正宾。我为乐者，刘歆和常胜充作有司。”

柳三生嘴上功夫最好，做赞礼自然没的说。刘歆和常胜年纪轻些，辅助赞礼和正宾也是自然。可是刘徽竟然做乐者？左钧直不确信地一眼扫过去，但见柳三生笑意满满，三娘慈爱温和，刘歆盯着她若有所思，常胜低头看着面前托盘上的冠笄、酒具、盥盆等，安安静静。刘徽已经端坐在松风古琴之前，手挥五弦，起奏的是一曲《猗兰》。

左钧直心中沁上甜意，这应该算是他为自己又破的一例吧？

从未听过刘徽抚琴，琴技竟不输父亲以往。正如那夜，也是从未见过他用剑，剑法却出神入化。他身上究竟还藏着多少秘密呢？

不过她不急。只要韩奉的事情尘埃落定，她就还有很长很长的时间去慢慢发现刘爷。

第八章　扶桑来朝

郢京八月，秋高气爽。偶有一鹤排云而上，碧霄万里，引得人们胸襟都开阔旷达了起来。

左钧直遥遥见到自家墙头上面对面蹲坐的一人一犬，笑意浮上脸庞。

常胜黑衣白面，长生白毛黑面，身量齐高，倒是相得益彰。

“你带过来的这个常胜，翛翛在书信里同我说起过。”那日笄礼后，刘徽私下里同她说，“习武之人，从呼吸、步伐、神态上都能看出来。常胜会武。可我试了他几次，竟摸不出他的深浅。”

左钧直不以为意：“女帝重文而不轻武，皇帝身边的人，会些功夫自然常见。‘八英’中的虞少卿、陆挺之、段昶几个，虽是文官，却也都习练了功夫。”

刘徽同情地看了她一眼：“那你也太小看爷了。爷自认除了云中君这个妖孽之外，也算得上无敌了。那小子从爷手底下逃了几回，爷觉得甚丢脸。”

左钧直扑哧一笑。这样的刘爷，才是她印象中的刘爷。正如后来柳三生把刘歆灌醉了，趁刘徽出去，刘歆结结巴巴地说：“你……你们知道刘爷自己说的三绝是哪……哪三绝吗？武功好是一绝，模样好是一绝……”他故意顿了一下，柳三生和左钧直忙问第三绝是什么，刘歆大笑，指天画地地说，“当然是脸皮厚！”相处这么久，左钧直终于能分出刘徽何时是正经，何时是不正经。但凡自称“我”的，那必然是认真的；若是自称“爷”，大多是在逗她玩笑。

刘徽看左钧直望着他痴痴然笑，在她额上弹了个栗暴，无奈道：“这小子看起来虽然没什么坏心，到底是皇帝身边的人，你别和他走太近。”

左钧直撇撇嘴，应了。

然而后面，常胜仍是隔三岔五地在日暮之后过来。有时候左钧直不在家，他便帮着翛翛打理一下菜畦，遛遛长生，给长生洗澡。左钧直觉得，常胜不过是偶尔来她家做个小工，顺便蹭顿饭，这大约也不叫“走太近”。

须知长生是一条罗刹国巨型犬。罗刹国位于极北之地，常年苦寒，所以长生生得一身浓密威武的长毛。这身长毛，在冰天雪地里固然横着滚竖着滚，想怎么滚就怎么滚。可到了夏天，长生就蔫儿了，白天完全不敢出门，趴在柴房的青石地面上呼哧呼哧。

据翛翛说，常胜彻底俘虏长生一颗骄傲的狗心，是在一个奇热无比的傍晚。那天，虽然已经日薄西山，地面上还腾腾地蒸着暑气。常胜用一块五斤重的牛肉把长生诱了出来，带出了门。一个时辰后回来，长生浑身湿答答地滴着水，可是精神无比，摇着大尾巴绕着常胜撒欢儿。常胜的头发也是湿漉漉的，带着水汽，眉黑眼明，像个玉琢的娃娃。而那晚在郢京浮翠河边玩耍的孩子说，他们看到一个少年脱了衣衫用防水的油纸包了，拎着一大块肉跳下了浮翠河，后面紧跟上一只站起来有人高的白毛黑面大狗，轰地也跳进了河里。这一人一狗，估计将十里浮翠河游了一个来回。

自那之后，长生视常胜如再生父母，常胜也不负“狗”望，各种牛肉、猪肉、兔子肉都没少带，甚至还有宫里猎来的鹿肉。长生这么大一只，翛翛和左钧直早已按不住，于是洗澡这事儿，便由常胜大包大揽了。

院中的大桂树一大半的树冠高出院墙，万点金蕊密密匝匝、团团簇簇地点缀在墨绿的树叶中，馥郁浓香缭绕在口鼻之间，若饮醇酿。常胜坐在桂枝旁的青砖墙头上，低头对着左钧直灿然而笑，笑意如同杲杲秋阳。

“姐姐——”

他每次这样叫她，语调末梢都带着一个糯软转侧的尾音，像箭支射在靶心后尾羽的悠颤，带得人心头温柔，仿佛喝了一口暖暖小酒。

左钧直在砖墙之下驻足抬首，招手示意他下来，含笑道：“今天又带了什么书来？”

常胜就着她的手从墙头跃下，长生也跟着纵身落地，欢快地在二人之间穿来穿去。

他摇摇头：“今天没带。我以后，不能常来看姐姐了。”言语间收敛了笑意，神情有几分落落寡欢。

左钧直奇道：“为何？”

常胜勉强笑了一下：“皇上说，如今京城里不太平，不准我随意出宫了。”

左钧直忽然也觉得不舍。但她明白女帝的意思，看来明严确实挺宠爱这个小太监。

多事之秋，随着前几日扶桑使团入京，已经不言而喻。

这一次，扶桑来朝的使团有一千二百余人，分乘九艘贡船，自宁波四明驿溯甬江、钱塘江至杭州，再经大运河北达郢京，规模空前。而如高丽、琉球等的朝贡规模，一般也不过一两百人。正是因为这庞大的使团规模，原本定于七月的入朝日子，被推迟到了八月。

兵部车驾司迎接贡使抵达会同馆，礼部主客司员外郎、主事等官员早已候在馆中，校对勘合，清验贡物，严禁贡使随意出入会同馆。贡物山积，盔、铠、刀、枪、硫黄、玛瑙、水晶、苏木、牛皮、涂金装彩屏风、洒金橱子、描金粉匣、抹金木铫角盥、贴金扇子……礼部主客司忙得兵荒马乱，又临时调了许多人员过来清点审验、制作贡物清单。中土早年唐刀风靡一时，传至扶桑。后来天朝多使剑，以彰礼仪。而扶桑把唐刀发扬光大，扶桑武士刀成为天下一绝。这次使团过来，仅腰刀便有九千四百二十七把、衮刀八百三十一把，真真令人咋舌。

左钧直这边，则仍是翻译扶桑国主所上表文，提交礼部审验，另外担任口译之职。

“扶桑国王臣织田表：臣闻太阳升天，无幽不烛；时雨沾地，无物不滋。矧大圣人明并曜英，恩均天泽，万方响化，四海归仁。钦闻天朝皇帝陛下，绍尧圣神，迈汤智勇，戡定弊乱，甚于建瓴，整顿乾坤，易于反掌。启中兴之洪业，当太平之昌期。虽垂旒深居北阙至尊，而皇威远畅东滨之外。是以谨使僧海空、圭密、玄策，通事麻吕，仰观清光，复献方物。”

“左钧直，你怎么看织田这表文？”

左钧直前往礼部投疏，主客司中不见员外郎和主事，却见一名红衣常服束金钑花带的官员站在书案之前，拿着一支羊毫，饱蘸浓墨，在一封数尺来长的案卷上勾点圈画。这人三十来岁，听见左钧直进来，抬头向她一笑，丰神秀彻。

左钧直悄眼见他身前孔雀补子绣金灿灿，更是确定了此人的身份。

朝中文武官员，补子御定皆为彩绣纹样。御赐金绣的，除了公、侯、伯、驸马之外，便只有一个人了。

那便是礼部侍郎姜离，官居三品，传闻中的女帝裙下宠臣。

听说此前女帝同云中君退隐，姜离奉命离京陪送。也不知他是何时不声不响地回了郢京。朝贡之事，一向由礼部主客清吏司郎中主持，此时姜离出现在这里，倒是让左钧直颇觉诧异。

左钧直方要施礼，便听见他半点虚礼寒暄也无地问了这一句。

听姜离这一问，左钧直心中反而有了底，老实答道：“下官斗胆以为，扶桑人有意做小伏低，实则心有不甘。”

姜离撩袍坐下，笑意温煦："不必拘礼，详细说来听听。"

这个姜离姜大人的行事风格和诸多政绩，她向来十分欣赏，只是不知他为人如何。在她心中，姜离既然是女帝的佞幸宠臣，若不跋扈嚣张，未免也太对不起这个名头了。然而今日亲见，又和她想象的多不一样。

她一个四夷馆通事，位卑职低，常受其他六部官员颐指气使，没想到反而是这佞幸之臣平易近人。可见人言不可尽信。

更何况，姜离和左家，据说还有些宿仇。外人固不知晓，左钧直却听爹爹说过。

左家世代簪缨，多铁笔史官、清贵文臣、文坛泰斗，书藏之富，堪比皇家。大楚裂国之后，左家亦一分为二，北支留守江北郢城，南支随大楚皇室南迁。后来逆臣篡位，屠杀明氏皇族，左氏南支宗长因拒不草诏，痛骂篡贼，被磔裂于市，南支全宗被诛，一命不存。女帝即位之后，感念左氏忠烈，遂起用江北左家，拜为左相。

彼时，女帝流亡北境，左相之父左老爷子尚健在，为北齐翰林院大学士。姜离不过八九岁，名唤阿黍，是左家老二左载道的书童。

据爹爹说，那一晚，左老爷子做六十大寿，宾客云集，后院藏书阁却失了火。左家藏书阁世代相传，左老爷子看得比命还重，当时便勃然大怒，要以家规处置当时正在藏书阁中看书的姜离和书阁护卫，每人重责五十鞭。姜离年纪尚小，五十鞭下去不死也残。时人皆知左老爷子的倔脾气，竟无人敢为姜离说半句情。爹爹比姜离小一两岁，和他相处甚好，本要上去阻拦，却被他父亲，如今的左相硬拽了回来。姜离是个孤儿，无依无靠，眼看就要受那鞭刑，宾客中却意外出现了一名豪士，问清了那批被毁书籍的价值，出价千金相抵，并买下了姜离和几名护卫。

左相入朝，一眼便认出那位天子近臣姜离，正是当年的书童阿黍。左相那时便知，他这个相位，更多的是对右相韩奉的一种权力平衡。只要姜离一日得宠，皇帝不会疏远他，却也不会亲近他。

左姓不算大姓。然而认识左钧直的人，鲜有把她与江北左家联系起来的。人皆觉得，左家人皆是含着金汤匙出生的，谁会似左钧直这般卑微简朴？

不过即便姜离知道她的底细，左钧直心中光风霁月，也不觉得有何可忌惮之处。她道：“下官读过织田政权早些年递交的国书，骄傲简慢，一则书‘日出处天子致书日没处天子’，二则书‘东天皇敬海西皇帝’，欲与我朝分庭抗礼之心彰显无遗。”

姜离点头道：“不错，太上皇见之大怒，却其贡献。然吾皇气度广弘，念及海上子民生计之艰，仍允其所请，重开两国间贸易。”

关于这段历史，左钧直已经做过许多功课。正史的版本，确如姜离所言，然而据稗官野史记载，其间还有许多曲折。

女帝大婚之前，云中君尚为东吴海瀛天姥城领主。天姥城沟通内陆东西大江、南北运河，乃是东海之上第一大海港，吞吐四海之货，贸易八方之珍。云中君名为一城领主，实有逐鹿中原之雄资。彼时扶桑屡屡犯边，侵夺海商之利，残害渔民。云中君忍无可忍，率军剿寇，历时半年而大败之，东海自此方得太平。

后来扶桑国主呈递国书，言辞轻慢，女帝本欲厉行海禁以示惩戒，群臣亦认为“市舶乃海贼之渊薮”，拥护女帝之策。然而当时，与女帝大婚数年，从不干政，亦从未在朝臣面前出现过的云中君，突然现身于金銮殿珠帘之后，条陈禁海闭市之弊，历数前朝“禁海令”“迁海令”之危害，以一人之力辩得群臣哑口无言，终于劝得女帝改变主意。然而不知为何，这场震慑朝堂上下的论战，在正史中未曾提及半句。

是以由彼时至今，两国虽已有十余年不曾相互遣使往来，海上贸易却甚为繁盛。天朝国库充盈，与海贸兴旺关系极大。而海上民商得以自由贸易，海寇犯乱竟大为减少，恰应了云中君“堵不如疏”的论断。

左钧直道：“如今织田政权江河日下，雪斋势力日益崛起。据说雪斋已将高丽、琉球等纳入扶桑的臣属之国，强迫其年年朝贡。狼子野心，昭然若揭。此次进表，扶桑竟一反常态，谦恭卑顺，令人起疑。那一千二百余人的使团，虽然号称由僧人、扶桑朝廷外事通事、学生、贸易商人等组成，然而据下官所见，其中有数百人起止整饬，言行谨慎，不似其他人嬉闹喧哗，口多秽语。下官怀疑这些人是军士所扮。”

左钧直自入了四夷馆，才发现自己此前混迹于涌金口的那段日子全非白费。来自市井番人的消息，比如雪斋的动向，有时竟比官方文书还要真实灵通。她学扶桑话，大多是在与各色扶桑人的海侃中熟练起来的，这也让她对扶桑国的三教九流有着不浅的了解。

姜离微微一笑，毫不意外：“左钧直，皇上说你大胆，还果真如此啊。”他放下手中的羊毫，食指和中指轻叩书案，“倘若他们真是军士，你以为他们的目的为何？”

左钧直不喜作无妄之言，坦白答道：“时日尚短，下官不敢妄断。”

姜离略微沉思，道：“此事尚无定论，你知我知皇上知，勿说与其他人。”

左钧直点头称是，正要告退，姜离却一抖面前的案卷，招手道：“这是鸿胪寺呈上来的朝仪，你且先看看。十日之后的朝觐你也参加，这些仪礼须得学的。”

左钧直看了一眼，顿时头都大了。

何其缜密烦琐的一套朝贡礼仪！

前三日礼部迎劳番使，后七日番使具服，于鸿胪寺学习朝觐仪礼，准备朝见皇帝。朝觐仪礼要习练七日，鸿胪寺列举出来的当日礼乐曲目便有数十支之多，便可想见届时场面之盛大、仪式之复杂了！左钧直心道，若论古制，似乎只有藩王来朝时才会用上如此繁复的礼制，莫非这皇帝是对往昔扶桑之不敬耿耿于怀，要趁此机会好好玩他们一把？可朝觐这一日走下来，皇帝自己估计也折腾得够呛，岂不是杀敌一千自损八百吗？左钧直看着朝仪上所写的天子礼服加上各种礼饰，个中细部不下数百，再加上皇帝自己需要熟记的辞节、礼仪……当真是烦不胜烦，不由得暗暗对明严生出几分同情来。

扶桑使团的迎送馆伴、习仪演礼，左钧直都不得不寸步不离地陪同，十日来忙得几乎连回家的时间都没有，索性在四夷馆官署中专辟了一个小间洗浴歇息。

其间，她却得了刘歆命人带来的一个口信：刘徽回了北境。

未能当面与刘徽道别，左钧直心中有些怅惘。

刘徽的根基本来就在北地，每年都会有几个月离开郢京，回北地察看其他地方的产业，洽谈生意。所以他走，左钧直并不觉得诧异。只是从未有过的思念，绵绵密密地生发开来，如树生根，如藤蔓枝，包裹起她小小的心房，既陌生，又痛楚，却甜蜜。

所幸她有念想，刘徽或如北飞之雁，迁徙之季过后，还会回来。那时扶桑和韩奉的事情也将告一段落，她觉得如此甚好。

论起来，刘徽送过她许多衣服、冠笄，还送过长生，却未送过什么小物事。若要真的说有，也就是身上那个能辟媚药的香包了。原来那个被明严拿走，刘徽后来虎着脸又补给她一个。

每夜，她会摸着那香包入睡，偶尔会有刘徽入梦，摇着那把坠着蜜结迦南的素色芳风沉香三十二骨扇，牵唇一笑，桃花眼危危挑起，挑出万千风情。

无论多疲惫，她每日都会将那《猖狂语》写上数百字，只因及笄礼之后，刘徽同她说："书还是写下去吧，我喜欢看。"她不知道这些文字有没有及时通过刘歆抵达他手中，不过他说了让她写，她就一定会继续写。书言情，文言意，固然每日只能写数百字，字字句句却都经她精心斟酌，不曾有一字敷衍。等他回来，这本书说不定就能结文，他一定会很开心吧。

九月的夜风带了些许秋凉，明严一袭玄色常服衣袂舒展，快步如风地进了文华殿。两侧当值内侍叩拜了一路，待要掌灯，却被悄无声息地出现的叶轻和韦小钟分别止住。

"皇上要去文渊阁阅书，尔等好生把守，勿再令外人入阁。外使来朝，京中杂流人等难禁，若有疏忽，尔等罪无可恕！”

韦小钟语声含威，面色冷然，内侍哪敢迟疑？连连称是。

文华殿乃当今明严为太子时视事之所，其中侍奉之人皆为明严心腹，皆知明严阅书时不喜他人打扰，连皇后亦不得违例，便不敢多言，躬身退下。

明严直上夹层。

十三排书架之后，月明之光皎洁莹莹，白衣乌绫的少年跪拜于地。

“平身。”

韦小钟上下打量了少年一番，打趣道：“这孩子长得挺快。”

明严缓缓道：“左钧直，朝觐上，做得很好。”

左钧直恭谨回道：“谢皇上。臣承蒙皇上青眼有加，破格提拔，一直诚惶诚恐，如履薄冰，唯恐辜负皇恩。所幸天德昭彰，臣终得以不辱使命，不堕国威。”

韦小钟扑哧笑了一声：“陛下，您果然调教有方。”

明严冷哼。

左钧直想了想，小心道：“臣谢皇上赐食，不然臣就饿晕了。”什么天德昭彰？当然赐食才是天德昭彰。她从寅时起便开始准备，一直到申时水米未进，反而一直在译语，口干舌燥，头脑发昏。天晓得明严为何能一直仪度完美，从头到尾挑不出半点瑕疵。大概这也算是做皇帝的一项特长。

明严道：“听说韩右相宴请扶桑国使，特意点了你随行。”

左钧直面色有些发白，低首道：“扶桑国使的出行馆伴，臣身为东洋馆掌馆通事，自当领职。”

明严负手于背，冷着脸来回踱了几步：“那日韩奉同你说了什么，让你魂不守舍的？”

左钧直心中一惊——皇帝居然看到了。朝觐那日，她亲眼看到了韩奉见到她时的难以置信和目中一闪而过的“惊喜”。她早知朝觐大礼上会与韩奉碰面，被他识出是迟早的事情，她本就要逆风而上，所以无意躲避。仪罢人散，韩奉状似无意地同她擦身而过。没有看她一眼，低低一语却字字入耳。

她咬咬牙，直言不讳道：“不瞒皇上，臣的继母，乃是繁楼中人。臣曾在繁楼，险些落入韩大人手中。韩大人朝觐那日知道了臣的名姓，知道臣是左家人，便想让臣……侍奉。”“侍奉”二字，她说得十分小声含混，然而明严、韦小钟和叶轻谁不知韩奉之恶癖？都不由得面色一凛。

韦小钟道：“陛下，臣以为韩奉家宴，左钧直还是别去为好。扶桑语通事并非他一人……”

明严漠然打断道：“非左钧直不可！”

他看向左钧直，眸中晦明难测：“韩奉宴请扶桑国使，议论两国之交是假，与雪斋暗通款曲才是真。左钧直，你须得给朕盯紧了。扶桑人私底下说的话，也必须一字不漏听得清清楚楚。叶轻、韦小钟会潜入韩府，监视韩奉，护你周全。”

方才叶轻、韦小钟二人一入阁，左钧直便识了出来，却没想到明严会安排这二人去保护自己。叶轻武艺绝高，向来寸步不离明严左右。朝觐之上，他一身斗牛华服，凛不可侵，不知震慑了多少人。一场盛大朝仪下来，无人能靠近明严三尺以内，皆是叶轻之功。

韦小钟却忧虑道：“韩奉府中豢养江湖人士无数，扶桑人亦阴险狠辣，我二人恐怕力有不逮，不若让……”

“括羽不能去。”明严一双凤眸冷若冰刃雪锋，“韦小钟，怎的嫁了人，就变得如此不济了？”

韦小钟自上次叶轻险些丧命于扶桑忍者之手，便始终对与扶桑人打交道心有余悸。她既嫁了叶轻，自然更患得患失。明严这般一讽刺，激起她的脾气来，她辩道：“非是不济，而是量力而为！陛下这是要把括羽雪藏到什么时候？”

明严挥手，王气毕露：“此事朕自有分寸，勿要多言。你要其他的翊卫可以，括羽断断不行。”

韦小钟气郁不已，却无法再犯皇威，拉着叶轻狠声道：“叶寡言，你能行吗？”

叶轻不善地盯了她一眼：“你说我行不行？！”

扶桑此次来朝，贡船所携货物极丰。礼部、兵部、户部等朝议之后，决定特许扶桑在会同馆开市十日，集中贸易。朝廷差官监视，令其公平交易。左钧直一日日察看下来，但见所易之货无非扶桑特产：珍珠、屏风、漆器、折扇、灯笼、七宝烧、木版画、人形……并无违禁物品。商人亦遵纪守法，不曾有强买强卖、缺斤短两之行。此前注意到的那些疑为军士的人物，一直未曾出馆。左钧直总觉得有些不对，却又说不清不对在哪里。

扶桑人的手工活儿极好，亦保留了许多天朝已然消亡的前朝古风，不少精细物事左钧直也爱不释手。她给爹爹买了一套日本和歌集子和上等笔墨，给翛翛买了一套西阵织的衣裙，给常胜买了一个签盒，给刘徽买了一把桧扇，柳三生、刘歆等也俱有礼物。

给刘徽的那桧扇五重花骨，墨色鲜丽，上面写着一句俳谐：“狐狸变作公子身，灯夜乐游春。”并非没有咏叹花鸟、情爱、时光的诗篇，但左钧直素来不喜伤春悲秋的缠绵悱恻，总觉得矫情，无意中看到这一句，不由得眼前一亮——此句真是再适合刘徽不过了。买这些东西，将左钧直手头的银钱花了个精光。她到底幼年时锦衣玉食惯了，虽然前几年过得窘迫，一个铜板掰作两半儿花，却还是没改她不甚重财的习性，只觉得大家开心，这钱就没什么花得不值的。

韩奉的夜宴定在会同馆互市之后。前去赴宴的扶桑国使除了正副贡使海空、圭密、玄策、麻吕等十数人之外，还有几名侍卫。天朝这边，主客司、鸿胪寺各有一名官员陪伴，四夷馆随行通事则是左钧直。

这一场夜宴远比左钧直想象的要盛大奢靡。

老人言郢京城中，东富西贵、南贫北贱。盖因早些年，城西多官宦宅邸，城东多商贾仓肆，城南乃三教九流聚集之地，城北则有不少宫娥、内侍居住。韩奉府邸在皇城西隅，左相则在东城，似乎这韩府的地位就比左府要高出几分，大小规模上，也足足占据了整条街道，全郢京除了皇宫之外，一家独大。曾有御史上书弹劾，女帝念及韩奉复国拓疆劳苦功高，只是一笑了之。

饶是左钧直见过大场面，进了韩府，仍是觉得眼界大开。重楼叠宇，飞檐列栋，丹垩粉黛，莫不具焉。待穿过重重回廊入得夜宴大堂，更是引来扶桑使者一阵惊呼。

巨大厅堂堪比皇宫正殿，成千上万支红烛煊照其中，亮如白昼。艳妆丽服的舞姬乐伎穿梭其间，巧笑倩兮，无比迷人。

原来这夜宴不仅邀请了扶桑国使，还有许多京城名流、贵游世胄。一番里里外外的寒暄之后，百余位宾客各自就座。虽已入秋，但厅中烛火融融，气氛如火如荼，温度也升了起来。韩奉半解衣衫，半倚于坐榻之上的两名姬妾身上，朱红金花帷帐重重叠叠地委堕在侧。

厅中，韩奉之子韩禅陪坐在扶桑国使之侧，左钧直细细听来，所谈果然是两国间贸易细节之安排、遣使互通之计划，并无他言。韩禅聊过一番，起身亲自执壶，向扶桑国使并陪伴官员殷勤敬酒，待至左钧直面前，眼神颇多玩味。

左钧直推辞不过，见那壶酒一一倒来，众人喝了，并无异样，只得喝下。谁知韩禅不依不饶，又强灌了她几杯，方哈哈大笑着走去堂中为众宾客击鼓为乐。全场气氛一时达至高潮，欢声雷动。左钧直瞄到堂中乔装成清客的韦小钟游戏其间，如鱼得水。一个艳姬仿佛柔弱不胜酒意，妖妖娆娆地歪过去，被她松松地搂了，在腰臀上掐了一把，哈哈大笑，倒有万种风流。左钧直不由得莞尔，这种风流情状，她也只能羡慕，自己是断断没胆做出来的。

宾客畅饮欢呼，全无拘束。千种乐声、人语模糊在一处，嗡嗡然分不清楚。左钧直竟觉得有些醉意——

这醉意，实在有些不应该。

她的酒量……说好也好，说不好也不好。藏人豪爽，青稞酒味烈劲大，都是大碗大碗地喝，白度母夫人更是千杯不醉。左钧直小时候曾偷偷喝过一坛六十年陈酿，爹爹娘亲发现空坛子之后吓得不得了，却发现她好好地在一边儿玩耍。她平日里有些痴劲儿，喝过酒后反而灵台澄澈，脑子变得极其敏捷。只是这状态十分短暂，一两个时辰后她便倒头呼呼大睡，任谁也叫不醒。所以爹爹娘亲此后仍是不许她喝酒。

不过是喝了几杯，不该这么快醉的啊……

云袂花衫之后的韩奉有一口没一口地吃着身边姬妾喂到嘴边的高昌葡萄，一双手并不得闲。他却没有看过自己……左钧直脑子发沉，托腮乜眼强打精神去数扶桑人的数目。

果然少了一个，遍寻堂中宾客也无。

难怪要邀请这么多人啊，都是为了惑人耳目！

左钧直摇摇晃晃地站起身来便往外走，差点带翻了面前的小桌。她走了没两步，突然被韩禅一把攥住胳膊带入怀中，不怀好意地笑问道："左通事要去哪里？"

左钧直由着醉意控制了神思，饧着眼儿道："人……人有三急……"

韩禅哈哈一笑，放开手将她向前推去，道："是忍不得。——宾奴儿，陪左通事去净手！"

左钧直走得左歪右倒，直直撞进韦小钟怀中，又连连作揖致歉。那宾奴见左钧直实在醉得不行，只得扶了她往净房去。左钧直入了净房，用冷水抹了把脸，将厕纸一股脑揉入马桶中，却向房外唤道："奴儿，想必是宾客太多，厕纸竟没了，可否再帮我取些？"那奴儿无奈应诺。左钧直哪敢再耽搁，至门口见奴儿已经离开，闪身便出了净房，循着此前记的路快步走去。

面上沾着水，外面冷风一吹，左钧直整个人激灵了一下，顿时清醒许多。

堂中那个韩奉只怕是个替身。

会同馆中兵部车马司看守严密，扶桑人没有什么机会与韩奉来往，要会面，应该就是这一次。

之前韩奉手下的沙荣、雪斋手下的女忍同时失了踪迹，恐怕两边都觉得莫名。韩奉和扶桑人的关系，敌对又勾结，委实很微妙。不知他们这次密谈，又会谈些什么。

她袖中有炭笔和纸片，方才那一撞，消息已经传给了韦小钟。接下来找到真正的韩奉和消失的扶桑使者，只能靠叶轻了。而她，此时不逃，更待何时？

左钧直一路疾走，哪知半炷香时间过去，竟还没有看到来时的大门。人声和灯火远远地淡漠在浓浓夜色中，四面黑影幢幢，奇形怪状的假山湖石宛如狰狞怪兽。左钧直知道自己路痴，却没想到如此路痴，之前死死记住的路线，酒意一盛，竟还是弄错了。繁楼那一次迷路就险些丢了性命，这一次难道要重蹈覆辙吗？她一紧张，满头满身仿佛有无数火星爆裂，汗湿衣背。

她死死掐着掌心想让自己镇定下来，却无论如何都无法冷静。这分明就是韩府的腹地。她没头苍蝇似的乱闯，和叶轻、韦小钟失去了联系，现在真的是自投罗网了！

秋蛩凄鸣，水声幽咽。左钧直又怕又恨，遥遥见到几星火烛飘过来，闻见人声隐约像是韩奉，腿足顿时发软，险些站不起身。她趺趺撞撞闯入假山群中，寻着一个半人多高的洞口便钻了进去。孰料足下竟是青泥，滑腻不堪，她一个不防，向后仰倒，双手乱抓，摸着墙上一个凸起便奋力抓握，谁知脚下竟突然一空，整个人向下坠去！

因为害怕韩奉，左钧直还死死捂着自己的嘴。底下有隐隐火光，左钧直只见枪矛密列，刀剑如簇，这落到底，非被扎成蜂窝不可！

左钧直只道自己必死无疑，眼前却忽然漆黑，腰肢一紧，似是被背后一人拦腰抱住，止住了坠势。她还未来得及喘一口气，那人单臂揽紧了她，闪电般向上翻去。左钧直只觉天地倒悬，耳边风声嗖嗖，似有数支利箭贴身擦过，射在洞壁铮铮作响。她本就有些畏高，虽然什么都看不见，却还是吓得浑身发颤，也顾不得那人是什么来头，紧紧攀住他的身躯。随即洞底又有两星火光亮起，然而一闪即灭，两声闷哼之后，像是尸体砰然坠地的声音。

这人出手奇快奇准。

横在她腰上的手有一瞬离开，左钧直吓得魂飞魄散，手指死死掐进面前人的后颈，正要暗骂这人也不是好人，那手臂却又回来稳稳地兜住了她，而洞底想要燃灯袭击他们的两个人已经死了。

漆黑之中，洞底之人不敢轻举妄动，她和那人悬在半空，上下不得。

僵持。死寂。

左钧直这时方稍稍镇定，细细琢磨救自己的是个什么人。手下衣料轻若鸿羽，柔韧光滑。韦小钟同她提过的，她亦好奇地摸过。这种布料名叫“绰影”，乃翊卫御用之衣，奇轻，水火不侵。这人当是翊卫无误了，只是身形单薄，甚至有些瘦弱，绝不会是叶轻。看来叶轻和韦小钟还是叫了助手，却未让自己知道。这倒也有理。前几日听叶轻和韦小钟策划今夜的安排，她便觉察到翊卫并非一般亲军。叶轻在明，韦小钟在暗。伴君左右记录在案的明卫一共有四十八人，然而再算上韦小钟手下，便远非这个数了。明严虽然看似大权下放，不理朝政，却能随时跟进朝中大臣的动向，应该就是这群幽灵般的暗卫的功劳。想到为官者时时处处不知道哪里有双眼睛在盯着自己，左钧直便觉得悚然，对明严更生忌惮。

此时命悬一线，生死未卜，左钧直只觉得这突然出现的无名翊卫如救命稻草一般。抱着她的手臂并不粗壮，却坚强有力，五指箕张托在她的背上，减轻她悬空的恐惧。这种小心翼翼卫护的姿势让左钧直心生感动。

在空中静悬少时，左钧直忽然觉得腰上紧了紧，这翊卫竟抱着她又向上翻，几个腾挪跳跃，飞速向下坠去！这种失去重心的感觉让左钧直恶心欲呕，心脏仿佛要从嗓子眼儿蹦出来。虽然知道一点儿用也没，她还是使出吃奶的力气扳着那翊卫劲瘦的肩腰。不知为何，她觉这人浑身突然泛出森森冰雪之气，好在她方才喝了酒，浑身发热，却也不觉得寒冷。

行将落地时，只听见哗啦啦一阵兵戈相撞之声，坠势突然止住，反而斜飞了出去，重重地跌在地上。左钧直触手处是冰冷坚硬的铠甲，一片片缀着铜钉的甲叶硌得她手掌生疼。身下柔软，她忽然反应过来这翊卫是垫着她落了地，虽然避过了枪矛，但这些铁甲铜钉也足够将他重伤了，何况还被她这般狠地一砸——

这人一点声气也没出，翊卫的做派，竟都是这般硬气吗？！

左钧直向来欠不得别人人情，就算面前这人是个翊卫，是奉了皇命来拼死保护她，她也万万见不得别人因她而受伤。她心中歉疚，鼻子发酸，刚要欠身而起，那人却伸手将她压下，张开双臂抱了她从铠甲堆上滚了下去。一簇簇羽箭飞蝗般扎向方才二人所落之处，密集铿锵之声震得左钧直鼓膜生疼，心中发紧。

自她落下这地洞，不过片刻，却几番从生死边缘走过！左钧直被那人紧紧护在怀里，牙齿微微打战。

这里根本就是韩奉秘密的兵器库！韩奉这是要反啊！硫黄味浓烈刺鼻，也不知韩奉在其中藏了多少火药。倘若让这些兵器铠甲、火器炸药见了天日，多少生灵将遭荼毒！

想起扶桑那上万武士刀，左钧直突然心中瓦亮。在女帝眼皮底下蓄积这一库的兵器，韩奉定是花了极大的心思，想来大多是通过曾任指挥使的徐暖来做的。这些刀枪铁锈味浓重，显然藏在此地已经有些时日。徐暖疯了之后，再增加库藏十分艰难。扶桑刀是天下利器，谁知道那九艘巨大的贡船之中，腰刀、衮刀是否只有那一万余把？韩奉此番勾结扶桑人，应该是为了买兵器吧。

左钧直愈想愈害怕，愈想愈焦虑，倘若今次葬身于此，明严何时能发现韩奉竟有如此大的阴谋？心脏在胸腔中猛烈冲撞，背上忽然被安抚似的轻拍了两下。

左钧直这才意识到自己还伏在那人身上。

脸颊紧贴那人胸口，她只觉心跳缓慢沉稳，全无畏惧紧张之意。

她闻到浅浅的血腥气，手指触向他背后衣衫，却被他抓住手腕托着腰，极轻极慢地推到一旁，靠着枪丛坐了下来。那人的手离开了她，她登时觉得失了依靠，巨大的恐惧袭来，黑暗中胡乱去摸那人，却摸到那人手中拿了一张弓。

那人似是知晓她害怕，轻握她的手，紧了紧她的手指。

这个动作让左钧直觉得十分熟悉，却一点儿想不起来为何会有这种似曾相识的感觉。那人放开手，将一片衣角放入她手中。左钧直抱着他的时候知道他穿的是夜行衣，轻简贴身，连衣带也是短的，没有累赘之物。他既是把衣角给她握着，就是让她放心，他近在咫尺，并不曾丢下她离去。

这人待她，怎么会这么好？或许是他所受训练，本就如此？

这兵库中所藏兵器形形色色，有弓箭是自然。他带着她从半空跳下，其间在洞壁几次借力去势，坠地时精准地避开枪矛，落在铠甲堆上，现在又不知从何处拾了把弓箭——他究竟是一开始有光时那一眼看得分明，后面步步算计得精确，还是能够……夜中视物？

左钧直正疑惑间，只觉这人身子微侧，随着极细微的铮的一声，羽箭激射。一箭既出，辗转方向接二连三四支飞箭箭发连珠。五道利箭破肉穿骨之声次第响起，五箭无一虚发。

兵库中又陷入死寂。

这一次这翊卫主动出手，暴露了自己所在，对方却没敢再还手。

这翊卫前后一共熄灭灯火三次，出招七次，杀七人。很显然，只要谁稍有动作，别说出库报警，哪怕出手反击，都必死无疑，因为，这翊卫比他们快。

然而，即便此时看似翊卫占了上风，左钧直仍是焦虑无比。对方可以耗下去，她和这翊卫却耗不起。韩禅现在必然已经开始找她，倘若上面再来了人，他们就是瓮中之鳖了。

冰雪寒意又由浅至重地弥漫而来。若不是能感受这寒气，手中尚握着那一片影绰衣角，左钧直几乎要以为身边这翊卫根本不存在。

电光石火间，又一箭挟风裹雷飙射而出，止于“啊”的一声大叫。

左钧直骇然。原来就算对方不动不语，这翊卫亦能察觉出来。倘那些人有这等本事，自己不知道死过多少次了。

良久，这翊卫握住她牵着他衣角的手，轻轻将她拉了起来。左钧直低呼一口气，以为危机已去，忽地肩上一重，软软地倒入他怀中，人事不省。

杂着酒意，左钧直这一觉睡得极长极长，乌飞兔走，仿佛好几个春秋。她梦到了雪山、大海、大漠黄沙，梦到了母亲的青丝、父亲的笑纹、涌金口的书场、繁楼的绣旆，亦梦到了刘徽执剑与半面妆缠斗，浑身是血，她大喊一声“不要”，刘徽回过头来，竟变作常胜的模样，手捧繁花，笑盈盈地向她走来，唤道：“姐姐！”她待要去接那花儿，却有一把锋利宝剑横亘胸前，剑上镌刻着两个古朴篆字“龙渊”。蓦然，四周硝烟纷起，喊杀声重……各种各样的脸走马灯似的在她眼前闪过，越来越快，她极力挣扎着想要醒来，却无论如何都摆脱不了这个漫长的梦魇。

秋阳高悬，秋风过处，层林尽染。郢京城北，苍山山脉峰峦如聚，群岭竞秀。漫山黄栌、乌桕、元宝枫、五裂槭……红叶绚烂瑰丽，赤霞烈焰一般排山倒海、煌煌扈扈。时人有诗“小枫一夜偷天酒”，所言便是如斯美景。

北城门外，一队兵马铠甲明亮，整齐地列于官道两侧。为首的年轻小将眉目俊朗，薄甲皂靴，英姿飒爽。他于马上手搭凉棚远远眺望，但见远方尘土滚滚，渐闻车马辚辚之声席地而来，面上露出粲然笑意，朗声道：“兵士们，整肃衣甲，准备恭迎郡主凤驾！”

女帝只有一位同父同母的弟弟，封为彦亲王。传言女帝此生只对两个人深信不疑，一个是靖海王，另一个就是彦亲王。彦亲王性格谦和温顺，如美玉一般的人物。只可惜天妒良才，白璧有瑕。彦亲王四岁时与女帝失散，十年之后被女帝寻到时，已经奄奄一息，双腿俱废。女帝长彦亲王四岁，自幼便尤其爱护，失而复得之后，更是视之如掌上之珠。后来女帝复国，拥其异母兄为帝。兄有爱妃一名，恃宠而骄，在后宫对彦亲王出言不逊，推了彦亲王一把，当时便被突然出现的尚是长公主的女帝一剑削了手掌。

女帝性格如此刚烈暴戾，能够劝转她心意的，只有彦亲王一人。至于云中君，大约也可以做到，只是无人敢试。所以对于朝中大臣而言，只要彦亲王尚在皇宫，面君时心中便更有底气些。

彦亲王有一子一女，封邑在国都以北的端城。然而因为女帝思念，他大多时候仍是居于宫中，直到女帝退位，方回了封邑居住。

亲王府的车队浩浩荡荡，中间一辆紫绸马车，鸾纹飘飞，十分漂亮。为首一名武官前来施礼道：“林大人，我等就送到此处，郡主的安危，就交给大人了！”

年轻小将下马揖礼道：“有劳！”

武官回马举旗引令，大队人马后队变作前队，沿来时路而返，独留下那辆紫绸马车和周围数名亲随。

小将率兵马向紫绸马车齐齐行礼，只闻马车中少女娇音如呖，却带着十二分的不满和苛责：“平身！——为何不是括羽来接本郡主？！”

第九章　行人之行

小将挥手，手下兵马成双翼卫护于紫绸马车两侧，起驾前行入城。小将行到马车之侧，道："回禀郡主，括羽今早被皇上罚了闭门思过，所以是属下前来迎接。"

车中少女哼道："他又犯什么错儿了？"她掀起车帘看了车外小将一眼，道，"林玖，你穿这身儿五城兵马司指挥使的官服还挺俊的。现在就咱俩，就甭属下属下的啦。"

林玖剑眉轻扬，道："这事儿其实我也不知道，很少见皇上生那么大气，亲自抽了括羽二十鞭，罚他闭门思过十日。"

"什么！"少女惊叫起来，"二十鞭！括羽还起得来吗？"

林玖摇摇头："连叶轻都为他求了情，说他虽有过，但亦有大功，功过相抵，不该受此重罚。皇上却说有功则赏，有过必罚，赏罚分明，他今后方不会犯此大错，拿自己的性命当儿戏。所以还是打了。括羽身上本来就带了伤，皇上下了狠手，愣是把他鞭昏了过去。我看没个十天半个月是好不了的。"

少女急道："那你还不让车快些走啊！"语音带颤，隐有哭意。

林玖劝道："郡主长途劳顿，别太累着。括羽闭门思过，除了皇上派去的御医，谁都见不得的。”

少女怒道：“我才不管！皇帝哥哥要是敢不让我见，我就向皇姑母告状去！皇帝哥哥就是欺负括羽孤苦伶仃的，不像你们几个，个个背后好歹还有人撑腰！哼，还不让我来京，我看我就是来晚了！哪怕早来一天，都不会让括羽被打成这样！”

林玖叹道：“如今京中确实有些不太平，皇上不让郡主来京，也是为郡主的安危着想。”

少女闻言更怒：“五城兵马司、十二亲卫、五军三千神机三大营，都是干什么吃的！郢京不太平，还有什么地方太平？难道还能有人反了不成？皇帝哥哥当了皇帝，真是越发讨厌了！”

林玖吓了一跳：“郡主，如今皇上到底是一国之君，万乘之尊，已经不同往日了。”

少女哼了一声，不再接话，命众人加快行程，速速入宫。

入了内城，人渐渐多起来。林玖扬起一面王旗，街上行人见之莫不回避。车队一路畅通无阻，行至长安左门，却被一群扶桑人挡住了去路。

人都说扶桑人生得矮小，然而这数十人，身高俱有七八尺，膀大腰圆，轩昂不凡。林玖呼来陪伴的车驾司和会同馆官员，令其让道，那些扶桑人竟是不从。

为首一人，年近三十，面目刚毅，唇薄如锋，见馆伴官员在林玖面前低眉顺眼、唯唯诺诺，启口道：“我闻天朝有言，青天在上，大道在下，各行其路，秋毫无犯。大道朝天，诸位便行就是，凭何命百姓让路？”这人汉语略显生涩，声音不高，却极有气势。

胆敢公然挑衅阻拦亲王府车驾，自女帝为君至今数十年，这还是头一遭。林玖凝眉勒马，紫绸马车中忽地一声厉喝：“好大的胆子！鸿胪寺难道没有教过尔等礼仪吗？”

那人丝毫不为所动，道：“我等海上番夷之族，短短时日，委实难以领会天朝礼仪之博大精深。”

紫绸飞起，红影乍现，一道银光游龙走蛇，疾扑扶桑人之面！

“本郡主今日便教教你这倭人！”

鹅黄羽衣的少女自车中飞身而出，凤眸怒色扬澜，白肤红唇，眉心朱砂一点，虽不过十二三岁年纪，却已是倾城国色，艳盖牡丹。四周早已聚起许多人，个个看直了眼。

那扶桑人二指骈起，闪电般钳住红缨鞭梢，注视着长鞭另一端的少女，沉沉道：“我从不同女人动手。何况——”他忽而深深一笑，变脸如翻书，二指捻断那蓬红缨，揉在手中，“还是这么漂亮的女孩子。”

林玖眉沉眼黑，手指一动，刀剑森森，直逼那扶桑人。而扶桑人身后之众，亦是齐刷刷地拔出明晃晃、亮闪闪的腰刀，一个个目露戾光，毫不示弱。

一时间，长安左门之外剑拔弩张，眼看一场恶战在所难免。会同馆官员夹于中间极力周旋，无奈人微言轻，又不善扶桑之语，两边官兵、武士俱视之无物，不多时竟被一名扶桑武士一脚踹了出去。

“诸位请收手！”

一阵马蹄的嗒嗒声打破了这对峙的冷寂。一名着杂色官袍的少年纵马前来，冲入两边刀剑之间。那马却十分不听使唤，少年几番吁喝不住，被狠狠颠落马下，滚了一身的灰土，乌纱幞头也歪了。这滑稽狼狈的模样，反而缓解了敌对紧张的气氛。

林玖瞅了一眼少年官服上的练鹊补子和乌角衣带，便知不是什么入流的官员，喝止道：“何人擅闯！还不快快走开！”

少年跪倒在鸾郡主和林玖面前，上气不接下气道：“微臣……四夷馆通事左钧直，参见郡主千岁、千岁、千千岁。请……郡主和林大人以国体……为重，暂且收了刀枪，扶桑人的事，交给……微臣……解决。”说两个字便要喘息一下，显然是匆匆忙忙赶过来，累得不轻。

鸾郡主见这微末小吏衣冠不整、言语不续，浑身还飘着酒味儿，心中不悦，不令平身，却拂袖道：“解决不了，你便回家种田去吧！”

这少年一声不吭地径自爬起来，拨开身后冷光闪闪的腰刀，走到那扶桑人身边。林玖握紧了手中长枪，这小官儿甚大胆，甚不知深浅，但毕竟是天朝命官，倘有个闪失，他也定是要出手的。

少年在扶桑人身边，以扶桑语低低说了句什么，那本是倨傲的扶桑人竟遽然低头，目光如电！脸上虽未有什么神情，缓缓按上腰刀的手指却泄露了他暗起的杀机。

少年低声再语。

那人面色森冷，手掌蓦然一翻，身后数十人齐刷刷收刀入鞘，退身于街道之侧。动作利落整齐，宛如一体！

五城兵马司的小队并亲王府的马车消失于宫城方向，马蹄踏碎一地的金色银杏叶。

"昨夜韩大少的酒，想必有滋味。"

"比起韩相的，怕还是略逊一筹。"

"左钧直……韩奉提过你。你还知道什么？"

"与小人为谋，反贻其害。"

扶桑人大笑："区区反间伎俩，岂能惑我？"

左钧直的手掌在袖中渗出汗来，她说得越多，就越危险。她蝼蚁之命，随便谁都能轻轻一指按死，她不过是夹缝中求存罢了。既然已经身处险境，也只能孤注一掷。

"雪斋将军，"她稳着语调道，"韩奉阳奉阴违，对我朝圣上如此，对将军亦是不改其性。倘若韩奉对将军赤诚相待，为何望月女忍会死？"

这人是雪斋。

他刻意伪装作侍卫，细枝末节都留意到了，然而浑然天成的气概是那衣冠、配饰、言语所无法遮掩的。接连数十日的恶补之后，她对扶桑世情政局说不上透彻，至少也是熟谙。近一个月的馆伴相随，她已然觉察出此人身份不凡。然而直到昨夜他从筵席上消失，她才开始将此人与雪斋将军联系起来。

左钧直其实并不确信此人就是雪斋。

扶桑政局动荡，织田垂死挣扎，雪斋在此紧要关头离国远行，实是冒了极大风险。但若此人真是雪斋，那么雪斋也确实是个有胆有识的枭雄。

她说的第一句话，就是“雪斋将军”。

果然猜中了。

这人确是雪斋。

率数百军士就敢前赴天朝，面帝王、通右相，携数十亲卫便能当街冲撞天家车驾，与官军对峙，这雪斋当真无所忌惮。

她接着说：“我天朝崇尚薄来而厚往，织田拳拳心意，我朝圣上已领，正思量该以何礼回赠。倘这大礼是将军您，必恰遂织田之心，与我天朝永修两国之好。将军既能屈尊朝觐缛仪，何苦争这一时之气，授人以柄？”

她手中的棋子也就这么几颗，事到临头，走得一步，便算一步。

望月氏和沙荣的勾结、雪斋与韩奉的密约，她知道得其实不多。雪斋自认了身份，步步紧逼，她祭出女忍来，实乃无奈之策。

雪斋面色阴沉：“你竟连女忍都知。只可惜，这也不过是一场误会而已。左钧直，你说我还能留你性命吗？”他屈起一指，冷笑道，“这事我本无须与你商量。”

左钧直心中一凉。其他几名官员早被扶桑武士隔开，听不见，也看不到。

但就算听见看到，又能如何？韩奉稍施压力，谁人敢多言半句？

左钧直紧闭双目，颈上痛楚遽然而起，遽然而止，听到一武士快步前来，向雪斋低语道：“……不见了八个……似是……忍术……”

雪斋暴怒：“浑蛋！”欲走，转身向左钧直道，“左钧直，三日之后，伴送我等回国！中间若有差池，我定取你父母性命！”

左钧直大略猜出雪斋突然改变主意，与韩奉府中地下军火库有关。听他蛮横要求自己伴送，她梗着脖子道：“我敬将军是个英雄，亦不愿两国无端起了纷争，贻害百姓，本不欲将将军之事报与我皇，然而竟是我高看将军了！”

雪斋冷笑道：“左钧直，你狡诈诡变，信口雌黄，我岂会信你！送我平安出海，你和你父母自然也得平安。”

左钧直道：“此事自有行人司负责，非我四夷馆之职！”

雪斋仰天哈哈大笑，负手大步离去。

地下军火库中那八个人，明明是昨夜被那翊卫所杀，怎的会失去了踪迹？她莫名一觉睡到午后，醒来已经在四夷馆的官署中，衣裳完好，遍体无伤，当是被那翊卫或是韦小钟他们送了回来。这么说，那军火库的事情皇帝肯定也知道了。到现在京中仍是平平静静，无风无浪，也不知昨夜那翊卫是怎么善后的……左钧直揉着太阳穴，脑袋仍隐隐作痛。此刻，她只想回家好好洗浴一番，瘫在家中的床上，好好再睡上一觉。已经一个来月没有落过家了，她是真的很想爹爹、婨婨，还有长生。

武英殿西厢。

少年趴在枕席上，双目微闭，背上横七竖八鞭痕累累，血迹斑斑。叶轻蘸了乳白膏药，涂抹伤口，底下人顿时一声高一声低地哀哀叫起来。

“二哥，你手轻些……啊！”

叶轻紧绷着脸，快手扯下一块翻起的表皮，挑了一片儿白药摁了上去，底下人果然痛得眼泪横飞。

“还知道疼？知道疼怎么之前也不向皇上求个饶？”

“二哥……能让小钟姐来吗？”

叶轻到底是习武之人，抹药也是大气粗放，手劲再缓，也比不得女人温柔细腻。闻得此言，他手下又是一重，这下底下人连叫的声气儿也没了。

“你以为你还是小孩？光着屁股还想让我女人来给你搽伤？”

底下人蔫儿了，噙着泪，抠抠雪白褥子。

“又不肯让宫女来照顾，你就忍着些吧！若是飞飞、林玖他们来，还指不定怎么折磨你！”

少年抖了抖，小声问道：“皇上不是把我关了小黑屋吗？二哥你怎么能进来？”

叶轻哼了声：“皇上嘴硬手辣，私底下却心疼你得很，你又不是不知道。”

少年“嗯”了声，扭过头来，唇红齿白，眼仁儿黑白分明，像水银里浸润的剔透黑玉。“是我险些坏了皇上的事，皇上罚我，是应该的。”

叶轻道：“你认错倒是很诚恳，可我看你就算知道皇上会把你往死里打，你还是会去。”

少年哼哼哈哈，把头缩了回去。

叶轻把他从一堆枕头里挖出来，严正了一张冰山脸盯着他：“你莫不是看上那左家小姑娘了？你何时认识她的？”

少年拧起修长墨黑的眉毛，“哎哟哎哟”又叫起疼来。

叶轻拍了下他的脸，微怒道：“说正事！你可知道那是皇上看准的人？”

少年恹恹道：“知道。”

“知道你还……”叶轻见少年一副死猪不怕开水烫的模样儿，摇头道，“人家还比你大。”

少年哼哼道：“天晓得我是几时生的，说不定我比她大……”

叶轻气结：“括羽，你还真是王八吃秤砣——铁了心了！你也不想想，皇上那边怎么弄？鸾郡主又怎么办？”

少年玩着项上的一颗晶亮莹润的海红豆，随口道：“皇上有皇后，郡主有林玖。”

叶轻敲了一下他的脑袋，语重心长道：“昨夜之事，我和小钟可以帮你瞒住皇上，以后呢？我看皇上有意让她在外事一路上继续走下去。这是提着脑袋在刀尖上走路的职事。你难道还要这样一直偷偷摸摸地护下去？”

少年蹭到床边抱住叶轻的手，央道：“二哥，那你教教我怎样才不用偷偷摸摸的。”

叶轻气得甩开他，别过头去，吼道：“算老子都白说了！”

“鸾郡主驾到——”内侍尖细的传报一声声由外殿至内阁递了进来。少年死人一样地趴回了床里头，头颅半埋在褥子里，双臂收在身下。叶轻扬起冰蚕丝织羽被将他全身罩住，一张脸恢复成了最漠然的石刻画，向小旋风般闯进来的少女拱手一礼：“郡主千岁。”

明丽少女扑到床边，却见床里侧三分之一处趴着一人，裹成蚕茧模样，浑然没有可下手之处，不由得担忧地问叶轻道：“括羽怎么样了？”

“尚在昏睡。”

鸾郡主踢掉脚上的杏色舄履，跳上床去，叶轻忙拦住：“郡主，括羽伤重，御医嘱咐静养，不可随意移动。”

鸾郡主瞪着一双小凤眸：“本郡主就看一眼！”

手还未触到那被子，便听得一声断喝：“鸾儿下来！”鸾郡主讪讪地收回手，道：“皇帝哥哥来得真快，那些没眼力见儿的内侍竟也不通传一声！”一回头，只见明严一袭云肩通袖龙襕圆领袍子，龙章凤姿，脸色却不甚好。他参加经筵进讲后直接过来，也未换衣，身后一溜儿跟着陆挺之、段昶、林玫、莫飞飞和左杭，除了莫飞飞仰头看房顶，其余人均低垂着头。

“一个女儿家，随随便便爬上男子的床，成何体统！还顾不顾皇家脸面！”

明严声色俱厉，纵然明鸾此前夸下海口要挑战皇帝的权威，这时还是被训得服服帖帖，老老实实地从床上爬下来穿好了鞋子，垂首站到一边。

明严扫了床上的括羽一眼，冷笑道：“还能爬到最里边儿去，看来打你打得还不够狠。”

叶轻上前一步，低声道：“禀皇上，刚给括羽喂了药，烧是退了，还在昏睡。”

明严深深地看了叶轻一眼，道：“同御医说，十日之内如果括羽不能活蹦乱跳地下床，朕就让这药用到他们自己身上。”回头向陆挺之几人道，“看也看过了，散吧！括羽还在闭门思过，以后，没有朕的许可，谁也不许进来！尤其是鸾儿！”

陆挺之、段昶应声道：“是！”明鸾气得跺脚甩袖，林玖却是垂头抿唇忍笑，莫飞飞看到了，向左杭挤了挤眼，左杭会心而笑。

左钧直从长安左门回家，次日去四夷馆，却收到翰林院并礼部主客司下发的一纸诏令：

“……遣行人司司正何子朝、行人那如带领，四夷馆通事左钧直伴送，陪护扶桑国使还国……”

这纸诏令不啻一道惊雷，震得左钧直半晌回不过神来。丢下诏令，她撩着官袍跑出了四夷馆。

得去找姜离。

昨儿就该想到雪斋并不是说着玩的。要让她伴送回国，还不是韩奉动动小指头的事情？

翰林院职虽清贵，品秩却低，凌岱泯即便是大学士，在权臣面前亦是说不上什么话。

只能去找姜离。

她怎能去扶桑？去了扶桑，雪斋又岂会让她再回来？古有苏武牧羊，她左钧直只能打鱼了。

拐上大道，迎面见到一个人。

舞六幺的妖艳男子！细薄朱唇勾起，吊诡地笑着。左钧直猛地止步转身，见了鬼似的逃了回去，隐约听见身后妖冶的笑声：“小东西，乖一些，逃不掉的。”

左钧直回了四夷馆，喘息未定，却又听见人说，姜离昨日被遣作钦差，赴川蜀一带巡视官学去了。

还能找谁？段昶？通过段昶找到皇上？她很快打消这个念头。她这不入流的微末小官，竟想一步通天吗？异想天开啊……

下值后左钧直不敢独自回家，吞吞吐吐地求了寿佺送她回去。快到家时，她遥遥见到自家大门上一角有白色花纹，近了一看，竟是一幅用白粉笔绘出的折敷三叶葵的图纹，精细优雅，却让左钧直胆战心惊。

雪斋家的家纹。

她抖着手推开大门，父亲正在院中看书，长生懒洋洋地趴在一旁。

泪涌了出来。她飞奔过去，扑进父亲怀中，颤抖得如一片风中之叶。

父亲搂紧了她，一下一下地抚着她的背，一如幼时噩梦之后的安慰。

“钧直，怎么了？”父亲关切地询问，若温泉之水缓缓流过光滑的岩石，暖而舒雅。

她贪恋这温情，她依恋父亲的怀抱。已经失去了娘亲，爹爹又因她而残。她是断断不能，绝对不能，再失去爹爹了。

“送我平安出海，你和你父母自然也得平安。”雪斋冷厉的声音又在她耳边响起。

雪斋这人不比韩奉。她信他言而有信。

她伏在父亲怀中收了泪，仰起头时已是一脸乖巧的笑意。

“礼部安排我伴送扶桑国使回国，怕是有两三个月见不到爹爹了，也不知道这年能不能回来过。我舍不得爹爹。”

一入朝堂深似海。本以为只是做个小小译字生，却没想过会身不由己泥足深陷，到了如今地步。

左钧直夜不能寐，披衣而起，在院中徜徉。月如冰轮，露白风清。长生似乎明了她的心境，安安静静地随在她身边，一声不吠。

桂子早已落尽了。苍郁的密叶月下岑静，竟有博大虚空中寂灭禅定的意境。

花开时，馥郁芬芳；花谢去，安然自得。宠辱于之何有焉？天地间，任日升月落，随云卷云舒，自听风吟。心定处，不增不减，不悲不喜，不生不灭，顺生应时，是大自在。

风过时，桂叶婆娑，一片老叶飘落肩头，边缘微微卷起，络硬脉枯。

握着老叶，左钧直心中忽然升起大怆然，大怆然后是大平静。她卜不清未来，心中亦未尝不惧怕，只是无论何时，这惧怕都不曾阻住她的步伐。

十五年来，虽然日子过得颠沛流离，她却从不曾与父亲分离过。她没有家乡。自生下来，他们似乎就不曾在同一个地方居住超过一年，直到母亲去世后来到郢京。她年纪小，对一切新鲜事物感到好奇、兴奋，所以那许多年的漂泊，她反而不觉得痛苦。只要有爹爹和娘亲在的地方，便是家。

这一次，是真的离开家了。

幸好，爹爹还有翛翛，还有长生。

昨日她同爹爹说要走，爹爹看了她许久，眼中有哀愁，有忧虑，却笑着说："我的小雪鹰终于要飞出去了。"她疑心爹爹猜得到她此行的凶险，只是她不说，爹爹也不点破。

爹爹宠她、信任她，却从不纵容她、娇惯她。凡她想做的事，只要不是有违道义的，哪怕再大胆，爹爹都会让她放手去做。说书、写世情小说、入四夷馆……她先斩后奏瞒了爹爹多少事，爹爹却从不曾责骂过她。她跌倒，让她自己爬起来。她爬不起来时，爹爹会默默伸手拉她一把。

望着爹爹渐渐缩小至看不见的身影，她鼻头心头，酸楚至极。

这一条南下出海的水路，左钧直并不陌生。五年多前，她便是沿着这样一条路，由南而北，同爹爹一起回到郢京。

这条路的终点，是天姥城。

左钧直并不想去天姥城。

因为她的娘亲，正是亡故于城中，骨灰，扬入了茫茫东海。

扶桑贡船南下，本来顺风顺水，但因为每过一城，照规矩都要查验勘合、倒换通关文牒，以便官府跟踪贡船行迹和动向，这日程便慢了。将近天姥城时，已是十月。这一年寒流来得特别早。天姥城虽是在东南沿海，但刚过立冬不久便已草木凋零。河水虽不结冰，两岸却已是一片萧瑟肃杀气象。

左钧直与雪斋同船。这些日子里，她注意到雪斋的起居极其规律：每日平旦便起，人定则眠，一日两顿饮食。晨起练功，巡视贡船，与他人就一些话题交谈。用餐后阅读汉人书籍，处理事务，直至晚餐。晚餐之后时不时会来同她聊一聊天。初时是和她讨论一些当日阅读之心得，求解汉文之疑惑，后来便无所不谈。

雪斋问她："何为好皇帝？"

左钧直答曰："能礼贤，能下士。"

这弦外之音却是：对我好一点，不要动不动就想要我的命。

雪斋微微一笑，又问："明严是好皇帝吗？"

左钧直早有前车之鉴，自然不会再上当，道："我有一个规矩，人之功罪，盖棺论定。不评生人，只论逝者。"

雪斋道："便依你的规矩。请为我举一个好皇帝的例子。"

左钧直略一思忖，道："上古尧帝。尧，天子也。善卷，布衣也。尧论其德行达智而弗若，北面而师之。"

左钧直对雪斋满怀戒心，句句话暗藏机锋。刻意讲尧帝与善卷的例子，便是暗示他，似她这样的文人臣属，所尊崇的都是尧帝这般礼贤下士的皇帝。

雪斋轻哼一声，追问道："倘若尧是好皇帝，时人壤父作歌'日出而作，日入而息，凿井而饮，耕田而食，帝力于我何有哉'是何意？"

左钧直不慌不忙解释道："尧天舜日，圣人治世。顺应天时、物力、自然，不以人力强加干扰，是以天下大和，太平无事。"

这话也别有深意：好好治你的扶桑国，不要老是吃着碗里的，看着锅里的。

雪斋冷笑道："倘若帝力不施，做皇帝也太容易了。"

左钧直道："譬如外交与贸易，正如高处的水总要往低处流，填满空虚的坑洼。如今大船既行，天下万国之间互通有无，乃是自然之势。凡大势者，有如潮流，浩浩汤汤，顺之则昌，逆之则亡。皇帝所要做的，就是顺时应势而动。”

而你雪斋，正应该顺时应势，尊重来使。

雪斋摸了摸下巴，颔首道：“你所言有理。”

左钧直和雪斋聊得多了，便觉得此人光明磊落，胸怀高远。倘不是二人立场相悖，或许能做个忘年交。

左钧直在船上终日无事，倒是把《猖狂语》的下半部给完结了，行到某处驿站，托邮差寄给了京中的刘歆。闲暇时，她多是同扶桑人和行人司天南地北地海侃。一来二去，三来四去，和船上人都混熟了。尤其是那个行人那如，更是让她十分感兴趣。

那如是女真人的后裔，本居于辽东。后来北齐退踞关外，辽东一时间混乱不堪，那如便随家人逃难入了中原。左钧直自幼随父母云游四方，独独因为东北地区战乱未定不曾涉足，因而北齐的史料她虽看过不少，却始终不曾有切身的了解。熟识了那如，她便总问他女真和北齐的故事。那如船上得遇知音，讲起幼时见闻来手舞足蹈，滔滔不绝。有了这些有趣的人与事，左钧直觉得这船上的日子倒也不难过。

这一日天色乌沉，白昼如夜。临至黄昏，竟飘起鹅毛大雪。贡船在上一城提前购置了棉衣大袄，然而船行水上，船为木制，舱室中不敢燃烧炭火，依旧是冷。左钧直独睡一个小舱，夜中四肢冰凉，冻得睡不着觉，只得套了大棉袄，出来在外面大舱中的炭火盆处取暖。

无意间向窗外望去，不期然为眼前景象所震慑。

夜雪初霁，月色清寒。雪影天光交相辉映，乾坤皎然。

不远处一座高山四壁如削，陡峭独出群峰之上，云巅负雪，明烛天南。

“海客谈瀛洲，烟涛微茫信难求；越人语天姥，云霞明灭或可睹。天姥连天向天横，势拔五岳掩赤城！”

是天姥山！

上一次路过天姥山，是白日，春夏之交，只觉山岚缭绕，云雾缥缈，有似仙山。而今雪夜睹之，竟是美到了这般地步！

万籁俱寂，只闻水声澹澹，间杂山间积雪压枝之声。左钧直倚在窗边，竟看得呆了。

贡船夜中亦行，只是十分缓慢。待与天姥山渐渐离得近了，但见山下似有千万点红光，飘摇闪烁，美妙辉煌！左钧直疑心自己看错了，揉揉眼睛，那美景竟不是幻觉，不由得又惊又奇又羡。

身边忽响起一个叹息的声音："很美啊！"

左钧直惊觉抬头，披着黑狐皮大氅的雪斋正低头看向她："我也想去看看，一起？"

他不由分说，掠起左钧直，燕子三抄水纵落岸边，轻捷攀岭而上，如履平地。

登上的是天姥山侧的一座矮峰，居高临下，正将天姥山底一切尽收眼底。

原来那红光，是悬在空中的千万只宝纱灯笼，随着夜风轻轻摇曳，灯火透过轻薄红纱，炫亮四周飘着雪粒的空气，美艳剔绝，令人窒息。

左钧直轻声喃喃道："为何天姥山下有如斯美景？是给谁看？"

雪斋道："自然是给天姥山上住的人看。"

左钧直看那天姥山四面绝壁，寸草不生，飞鸟难度，奇道："天姥山上，竟有人住？"

雪斋讶然看了她一眼，忽笑道："原来还有渊博的左姑娘所不知道的事情。"

左钧直心惊，发现手还被雪斋牵着，慌忙抽出。

雪斋冷笑道："韩奉这个小眼老贼，连是男是女都分不清楚，成得了什么大事！"

山下忽然一声清啸，二人齐齐向下望去，但见一道玄色人影飘然而至，白雪之上，红烛之下，醇厚朗音穿透九霄云层，回荡于四周山峰之间，震得左钧直的耳膜嗡嗡作响。

"云——沉——澜！"

左钧直的脸色霎然而白。

雪斋乜斜了她一眼，慢悠悠道："听说，有一位北地大商在天姥城盘桓已有两月之久，名为磋谈海贸，原来是醉翁之意不在酒。"

左钧直不语，定定地看着山下之人。

明明是回北地，为何是在天姥城？

三声唤过，一个朱衣女子自云端飞身而下，衣袂翩跹宛若孤鸿之影！

一惊而再惊。纵然看不大清那女子的面目，赤焰红莲一般的朱砂印却像一把烈火，燎得左钧直心头剧疼。

为何会是这样？

那女子从天而降，双掌迅猛拍向山下候着她的人。那人身不动而激退三尺，双袖抖开，漫天似有红雪飘落。女子不依不饶，狠辣招数接连而至。那人不紧不慢，姿态优雅，一一化解。玄衣朱袂时时纠缠一处，撞出浓烈而炙热的色彩来。更奇的是，二人所过之处，地上有大朵红莲绽放，瓣瓣复叠，烈烈火焰无边。

雪斋道："一朵二十四瓣，是天竺的钵昙摩华。足足一千零二十四朵，价值万金。"

他数得认真，左钧直却未必听得进去。

女子纤手一扬，男子凌空一挽，空中似有丝线相牵。二人峙立，似在隐隐说着什么。

"三更半夜，扰人清梦！你究竟是何用意？"左钧直愣愣地扭头，却见雪斋学女子的声音学得惟妙惟肖。

"夜中赏雪，别有一番情致。"又化作男子声音。

"哼哼，人道刘郎风流，世间无双，果然不假。可惜你这伎俩勾引别家姑娘可以，在我看来，俗不可耐！"

"当真俗气？"

男子手上一寸寸收紧，将女子一寸寸拉近。咫尺处，却闻雪斋又说："这钵昙摩华，配你正好。步步生莲花，世上唯卿一人而已。"

女子红云一般向后飘去，清冽笑声洒落一地。雪斋道："花言巧语！奇技淫巧！"女子腰肢轻折，凌空蹑足扶摇而上，男子纵身紧随其后，不过几个起落，先后消失在天姥山山腰岚雾之中。

雪斋回过头来，只见左钧直面色苍白，硕大棉袄中的单薄身躯微微颤抖。雪斋"哦"了一声，道："我差点忘了，刘徽红颜无数，你也是其中之一。"

左钧直陡然色变，大声道："他没有！"

雪斋叹息着摇摇头："小姑娘，男人的心，大得你无法想象。刘徽是谁，你不会不知道吧？"

雪斋说得明白，左钧直心头大跳，隐约想到了什么，却仍然脱口问道："那云沉澜又是谁？"她其实已有答案，只是不愿意相信。

雪斋道："想不想听个故事？"

左钧直心里空空荡荡的，木然点头。

"可知道东吴最初是谁的封地？"

"明殊。大楚裂国之前，废太子，皇上的叔祖父。"

"可知他为何被废？"

"德行不端，性情乖戾。然而先帝甚爱此子，心中不忍，仍赐东吴为其封地。"

雪斋干笑道："史书上自然如此说。其实是他与他父亲最宠爱的一名妃子私通，老皇帝气乱智昏，将他儿子……咳咳。"雪斋做了个剪刀手，左钧直瞪大双眼……阉了？

"哼哼，总之，这是一桩秘而不宣的皇室丑闻。当时北齐为何能长驱直入，大楚数百年基业为何溃于一旦？俱是因为皇帝昏庸无能、荒淫无度。明殊来到天姥城后，越发孤僻乖张，华屋玉宇不住，却常年深居地下，终年不见天日，数十年不曾露面。世人都以为他早就死了。恰逢天下大乱，大楚和北齐都无暇顾及东吴，一个原身为海贼的商帮崛起于东海之滨，不过十来年时间，一跃而成天下第一大商，北抵罗刹，西至天山，南达暹罗，东到琉球，无处没有其分舵。那时候明殊早已销声匿迹，东吴地带实际为这个商帮所控制。”

左钧直道：“北极会堂？”

雪斋赞许道：“你这后生小辈居然还知道这个名字，确实不错。”

左钧直道：“然后呢？”

雪斋笑：“你听故事的听品也不错，懂得问然后。”

左钧直皱眉道：“有人品和酒品之说，听品是你胡诌的吧？”

雪斋哼道：“不同你咬文嚼字。北极会堂行走大江南北，通天下货殖之利，毕竟只是一个商帮，不免总受北齐、南楚盘剥。尤其是北齐，对北极会堂出入其境的货物课以什五之税，致使北极会堂无利可图。再加上内河水道漕帮、官船等的挤轧，甚长一段时间，北极会堂止步不前。此状直到新一任堂主上位才为之一变。”

左钧直道：“新任堂主是云中君？”

雪斋道：“不错。你可知云中君的本名？”

左钧直愣住，摇摇头：“女帝大婚时诏告天下，皇夫为云中君，却不知这是本名还是封号……”

雪斋鄙夷地笑道：“女人到底是女人。你们女帝，霸气有余，大气不足，敢做不敢当！我来告诉你吧，你们的云中君，确实姓云，单名一个‘霁’字，自幼为明殊抚养长大。”

左钧直奇道：“明殊年长女帝父皇三十多岁，那时候已经七老八十了吧，竟还活着？”

雪斋神秘一笑，道：“这是待会要说的事情。总之明殊一直活着，而且暗中操纵着东吴的一切。他本身是个极其聪明的人，对大楚仇怨极深，借助北极会堂积累财富，暗中筹备军队。东吴名义上虽然仍为南楚辖地，实际上与独立之国无异。云霁任堂主之前，曾孤身远赴北齐两年，回来之后，竟已打通了北齐的所有关节，得免十年商税。随后女帝复国，南楚的所有水旱道路也都向北极会堂敞开，税赋折免。”

左钧直咋舌道：“云中君好大本事！”

雪斋不屑道：“本事是不小，但恐怕也就是从那时起，和女帝有了牵连，以至于好好一个人物最终毁在了女帝手里。”

左钧直无话可说。云中君虽为皇夫，却无封邑，更无实权。史书记录、坊间传说，别说其事迹，连其本名都无。即便他不曾是叱咤风云的霸主，哪怕是个平凡男人，这也未免太窝囊了些。

雪斋继续道：“北极会堂在云霁手中发展到了巅峰，与西洋国家都有贸易往来，海上称雄，富可敌国。当时我国尚不知天姥城有军队暗藏，在一次海权争执之后贸然大举进攻，竟遭到了云霁的围剿。织田政权的衰败之迹，也是在那一场大战之后开始显露出来的。”

左钧直叹道：“云中君军队、资财俱足，胸有韬略，要说当时逐鹿中原，也未尝不可，最后怎会心甘情愿做了皇夫，将东吴拱手相让？”

雪斋冷笑道：“这就是你们女帝红颜祸水了！明殊那个老妖物还活着，你们女帝离间了明殊和云霁，致使明殊走上了他爹的老路，亲手毁了云霁这个他一手栽培的人。”

左钧直抖了一下：“那当今皇上难道不是……”

雪斋哽了哽：“不是，明殊用了种更狠的手法，据传，是断了云霁六根中的五根，也就是令他眼不能视，耳不能听，鼻不能闻，舌不能尝，身无触感，独独留存意根，可思可想。”

左钧直打了个寒战：“若将意根也断了，或许更好。身体僵化，对外物一概无知，却还能想事情，这真是最残忍的事情！”

雪斋道：“自然！你们天朝枉称礼仪教化之邦，却仍有这般狠毒的皇室子孙！”

左钧直无心争辩，急问道：“那后来呢？”

雪斋讲到此处，反而不疾不徐，吊着左钧直的胃口。

“后来？后来自然是你们女帝阴谋得逞。明殊年老体衰，毁了云霁，却也相当于自断左右臂，女帝乘虚而入，杀了明殊。为了让东吴臣服，她将僵尸一般的云霁搬回皇宫，立为皇夫，不费一兵一卒，顺理成章地将东吴收入囊中。北极会堂，自此成为你们天朝的皇家内库。女帝能够那么迅速地挥师北上，灭亡北齐，多亏了这聚宝盆、摇钱树一般的北极会堂！”

左钧直只知女帝立皇夫、一夕之间收服东吴的史实，却不知竟有这样的内情，有些不敢置信，追问道：“可是云中君后来好了呀！倘他不是心甘情愿，又怎肯安服于女帝身后？女帝倘若对云中君无情，又怎愿意同他生育子息？”

雪斋嗤笑道：“好？哈哈哈哈！你们的云中君，至今是个瞎子！”

左钧直震惊，想起那晚半面妆说：“我爹的眼睛盲了，需要这珠子做药引。”后来掠走半面妆之人，面上缚着五指宽的白绫。

已经毋庸置疑了。半面妆，就是云沉澜；云沉澜，就是云霁，也就是云中君的女儿。看云沉澜的年龄，该是比明严要大。

所以当今皇上，还有一个同根姐姐。

但是云中君，真的是因为眼睛盲了，才顺从女帝的吗？

他能御风而行，目不能视对他几无影响。

云沉澜要左钧直的沧海月明珠给云中君做药引治眼疾，云中君却将珠子还给了她。

似乎，云中君并无意重见光明。

雪斋又道：“至于你们女帝对云霁是否有情，我便不知了。她心心念念的驸马郎已经婚配，或许对于她来说，婚嫁只是衍息子孙的事情，正如你们当今的皇帝一样。更何况，听见过云霁的人说，云霁的容貌乃是神仙品，不似人间所有。你们女帝日日伴着他，难免会不动心。”

左钧直出神，慢慢道：“不光容貌是神仙品，更奇怪的是长生不老，青春永驻……”

雪斋奇道：“你别的不知，倒是知道这个？”

左钧直默然，她怎会不知道？这件事情，恐怕没人比她更清楚了。

她的娘亲白度母夫人，之所以要云游四方，早些年自然是为了躲避高昌国的人，最后几年，却是为了寻觅海上仙山，求不老之药。

她永不会忘了娘亲看到自己生出华发时的惊骇，以及听说云中君容颜永驻时的狂喜。

她的娘亲太爱爹爹了，以至于无法面对自己一日日地老去，看到镜中朱颜凋零，几近癫狂，到最后，竟拒绝爹爹见她。

雪斋道："要说青春永驻，云霁服了那药之后二十余年容颜未变，大约是真的。但若论长生不老，却不大可能。明殊虽然活到了耄耋之年，就算女帝不杀，也很快会死。你们女帝让云霁能动能听能言，却独独不能看，除了限制他的行动之外，只怕也是存着私心。云霁永远是二十七八岁的相貌，她却渐渐红颜老去，倘若云霁能看见，岂能忍受？"

左钧直缓缓点头。

世间万事万物，俱有代价。

佛经上说："五欲六尘，如逆风举火把，风吹焚自身。"

雪斋所说的那药，听来虽然神神道道的，却未尝没有道理。六根不断，肉身永在消耗，岂有长生之理？

娘亲爱欲在心，怎可能断得了六尘侵扰？她若知道所寻求的不老之身要做出这样的牺牲，不可以再去爱爹爹，她是否还会继续寻求？

娘亲到最后几乎走火入魔，爹爹被折磨得心力交瘁，终有一日，对娘亲说："墀真，我当初岂会没有想过你会先我老去？既是选了同你一起，我自然是不在乎。倘你真的那么介意，那我便废了这一对眼睛吧。"

当时正烦躁不安的娘亲，顿时安静了，回过神来，扑过去大骂爹爹胡说八道。

她躲在门缝后面，看见娘亲在爹爹怀中，哭了许久。

不久之后，娘亲便去世了。

回郢京的路上，她和爹爹曾夜中投宿一座山寺。那寺中方丈见到爹爹，道："早知如此，何必当初？十年一觉，大梦当醒。施主有慧根善念，却种孽缘，命中或有大劫数，不如驻足于此，皈依我佛。"

爹爹沉默良久，带着她下了山。

美人自古如名将，不许人间见白头。

雪斋说到此处，她才想到，倘若娘亲仍在世，鹤发鸡皮、老态龙钟之时，爹爹尚是壮年，爹爹真的能够爱她如初吗？

不是她不信任爹爹，而是人的本性。

人的所见所感，和理智与心灵，往往并非一致。

也许爹爹能吧。只是这个问题永远不会有答案了。娘亲没有让爹爹陷入面对这种难题的境地，她将生命结束于繁华未尽的时候。

于是爹爹心中的娘亲，永远是那幅画像上的样子。那画像上，是娘亲的临终绝笔：

“我生君未生，君生我已老。恨不生同时，日日与君好。”

第十章　东海潮生

雪斋见左钧直双眸低垂，隐有泪光，月光之下脸蛋儿莹润雪白，小巧瑶鼻和粉色嘴儿越看越觉韵致十足，令人忍不住想捧在掌心好好呵护品尝一番……他收敛心神，暗暗吃惊道：此前怎不觉得这小姑娘有这股诱人劲儿？好生奇怪……

雪斋道："现在应该想到了吧？天姥山本是云霁所居之地，他走之后，这位名叫云沉澜的姑娘就住在了这里，或许是他的女儿，或许是他的徒弟，总之渊源深厚。那个刘徽，被女帝踏破家国，一心只想报仇雪恨。可惜你不是云沉澜，连让他借机接近你们皇帝的机会都没有。他对你也不过是逢场作戏，喜欢他，有何意思？"

左钧直执着地摇头道："不是逢场作戏……他……他曾在韩奉面前护我……"

雪斋笑得眼泪都要出来，伸手揉揉她的发心，道："左钧直，你真是单纯可爱的小姑娘！到了这个地步，我也不妨向你明说，刘徽背后是北齐啊，在关外和女真联盟的北齐！敌人的敌人便是朋友，你以为同韩奉相通的只有我们扶桑人？韩奉通过刘徽，与北齐也有往来！他的繁楼，正是我们多方牵线接头的一个据点。韩奉一旦起事，北方女真和北齐都会动手，我们送点武器，沿岸煽风点火一番，便等着坐收渔翁之利，这种绝不会赔本的生意，自然要做！”

左钧直僵在当场，震惊得一句话也说不出来。

她……她从未想过刘徽在郢京的目的是要复仇！

她以为……刘徽只是想正正当当平平安安地活下去……她嗜书如命，于是也偏爱一切爱书、惜书，包括刘徽这种开书局的人。她总觉得，和书联系在一起的人，必是像她爹爹那般内心温润无争之人。

她还想帮他除掉韩奉，来保护他！

可笑！可笑！她真是太可笑了！

难怪他的繁楼里面会有暗道密室。

难怪他言语间，对沙荣的行踪知晓得那么清楚。

难怪他每年都会消失好几个月。

难怪他会和韩奉、韩禅混在一起。

难怪他见到云沉澜的真面目时，会有那么一刹那的迟滞。他必然见过女帝和云中君，想必那时就猜出了云沉澜的身份，想到了通过云沉澜来接近明严的主意。不然的话，以他的修为，打败云沉澜并不在话下。

……

真是傻透了。

他对她应该还是有几分真心的吧，不然不会一次次拒绝她。对于他来说，逢场作戏多容易，更何况是她这种自己送上门的。

只是那几分真心，在他的家国仇恨面前，实在是微不足道啊……

一阵山风卷着雪粒灌进她的脖子里，冰寒刺骨，却未必有她的心冰寒。

现在她该怎么办？她能怎么办？雪斋既然告诉了她这些，就没想要放她走吧？

“左钧直，你看看你的国，多么混乱不堪！你所爱的人，多么不值得！我与你相识虽不长久，但看得出你身为女子，却有男儿般的远见卓识和治国平天下的抱负。天朝重男轻女，你有再大的本事，也无用武之地。”

雪斋执住左钧直的手腕，展身站了起来，将她拉到身前，手指东方遥遥天光和隐隐可见的大海，声音坚定如铁，郑重铿锵：“左钧直，随我去日出之地！我以天皇和将军的名义起誓，你，左钧直，将为我扶桑国之上宾，步月登云，大展宏图！”

左钧直紧抿着唇，一声不吭。雪斋的另一只手也落下来，双手握住她双腕将她圈在身前，音转温沉，磁铁般吸引人：“我虽不如你喜欢的那刘徽生得俊俏，自认也算得上英雄豪杰。你若看得上，便随了我；看不上，我帮你另外物色良人。我扶桑俊才不输天朝，胜过刘徽者无数。”

说的是商量的话，语气却没有半点回旋的余地。这本来就不是个容得别人讨价还价的男人。

左钧直沉默半晌，道：“雪斋将军，我觉得好困。”

已是囊中之物，雪斋也不急躁生气，啧啧赞赏道：“这么快就学会敷衍人了，孺子可教。”帮她紧了紧身上的大袄，随意道，“以后便在我舱中睡，我舱中有火盆，不冷。”

雪斋素来是说到做到。

左钧直柔顺缄默，由着他支使着人连夜将她的行李并小床搬到了他房中。

和衣而眠。

舱中漆黑，舷窗敞着通风，可见水色幽蓝点点。炭火片片暗红，暖洋洋的，着实比她的小舱舒适许多。

左钧直睡得安然。

她并不担心雪斋会对她做出什么。雪斋的那两段话说得很清楚。首先她对他是个有用的人，退而求其次，她才是个女人。

雪斋并不是在求她抑或是劝她，而是先利诱，后威逼。

你，左钧直，若愿意为我所用，将有大用。

倘若不愿意为我所用，那便做我的女人入我后宫。

且权衡吧。

只要还在第一个层次上，雪斋就不会动她。更何况她也不是个美人。

左钧直放松了身心，很快甜睡过去。她睡得很熟，连雪斋起床都不知晓。

次日中午便抵天姥城。

左钧直曾读过马西泰写给家乡友人的信，其中形容天姥城曰：

"……盖诸地商贾，贩运货物之巨，虽合全世界之数，不及天姥一巨港也。每年有巨舟千艘，载运胡椒至天姥。其载运别种香料之船舶，尚未计及也……梯航万国，此其都会……四海舶商，诸番琛贡，皆于是乎集……"

这个形容，毫不夸张。这次来，左钧直发现天姥城的港口越发大了，较五六年前扩展了两三倍不止。水上船舶辏集，巨大船帆遮天蔽日，桅杆鳞次栉比、高耸入云。岸边杂货山积，各种肤色、服饰的番客往来如织，水手、舟师、商贾、市舶司官员等各色人等杂作一处，热闹非凡。然而再细细看来，熙熙攘攘间却并非杂乱无章。时时刻刻有船只舶货出入吞吐，各循其道，秩序井然。

市舶司查验勘合公凭和船上人货时，雪斋指点道："天朝市舶制度本来古已有之，自成体系却是在你们云中君手中。云中君虽早已不亲治天姥城，天姥城循其律令却能欣欣向荣，可见法度之效大过于人。你们的云中君，我甚是钦佩。"

左钧直若有所思地点头，道："倘若制度行之有效，上自王子，下至平民，俱能约束，那么即便国君平庸无能，国家亦不至于速速衰亡。"

雪斋知她是想起大楚裂国的教训，道："你在天朝，不过尘芥微职，距离皇帝有九品之遥。我则手握国之权柄。你来我扶桑，时时处处可与我这般恳谈无间，岂不比你做个任人宰割的四夷通事要有趣许多？"

左钧直不痛不痒道："将军如此锲而不舍，真令人心折。"

雪斋浅浅地眯起眼笑了，眼角笑纹亦是刚毅如刀锋刻画。"本将军向来说一不二，像这般劝人，还真是第一次。你若不领我这个情，我便只好把你丢进东海里喂鱼。”

左钧直眺望着前方浩渺无极的碧蓝海水，雪白的沙鸥在天际飞翔，时而有海鱼跃出水面，银鳞闪闪。“上古炎帝有女名女娃，溺于东海，化身精卫之鸟，日日衔西山之木石，湮于东海。不知道是天上的哪一只啊。”

五六年未至，天姥城中的异域风情越发浓厚。除了扶桑、高丽、琉球、暹罗、交趾、爪哇、吕宋等许多周边国家之外，还有许多头裹白巾、来自波斯和阿拉伯的巴士拉、哈姆丹、设拉子、花剌子模、大不里士等许多地区的百姓。有诗赞曰：“缠头赤脚半番商，大舶高樯多海宝。”而金发碧眼的西洋人亦不少，浑身浓香扑鼻，熏得左钧直直打喷嚏。天竺人热衷于刺青，莲花、猴子、四头的梵天、四臂的毗湿奴，还有……林伽相的湿婆……

城中商区店肆稠密，异宝珍玩充羡其中，随行侍卫沿途购买补充出航物资，左钧直和雪斋自然是见得多了，直直前行。

过了商区、栈房仓库区，又行一段，便见得大片的高墙大宅，多是西域风格。其中男女衣裳鲜洁，银带银刀，或戴圆帽，或佩头巾。雪斋腰刀蹭到一个雄伟多须的男子，那男子登时怒目而视，左钧直忙行西域之礼，以高昌语说了两句，那男子点头离去。

雪斋怫然道：“我很不喜欢你这般低声下气。”

左钧直愣了一下，道：“这是西域高昌国人，凶猛好战，控制着天山南麓的交通要冲，垄断西域香料和丝瓷贸易，在天姥城势力极大。我们不过短暂居留，多一事不如少一事。”

雪斋道：“你还会高昌话？”他知道她是左相的孙女儿，却未细究过她母亲的来历，是以不知。

左钧直垂目道：“我娘亲算半个高昌人吧……”

雪斋笑道：“那敢情好。难怪你生得不像中原女子。”说着，继续大步前行。

左钧直惊了一下，忙追上去问道：“怎的不像了？”

雪斋见她一脸认真，终于颇有了些在意自己容貌的小女儿情态，不由得好笑，上上下下把她打量了一番，道：“你看看天姥城的江南女子，个个娇小玲珑，谁像你这般长胳膊长腿的？”

左钧直比了比自己和雪斋，也不过到他的鼻子。之前和刘徽比，也只到他下巴而已，再加上常在四夷馆中出入，身边俱是男子，所以从来不觉得自己高。今日被雪斋这么一说，再瞅瞅周围的汉人女子，果然好像自己是高了点……

难怪……难怪当时及笄礼上自己换了女装，刘徽凝视了她半日，最后吭气道：“左钧直，你穿女人衣服真是难看，以后还是别穿了。”

左钧直有些灰心。雪斋又道：“还有，皮肤太白，眉毛太淡，嘴不够小，唇不够红……”

左钧直听他说来，自己简直一无是处，忽又闻“倒是有一样像的——”，眼神期待地闪了闪，雪斋悠悠道：“太平。”

左钧直甩袖而走。雪斋笑得开怀。

临走之前，照例是要祈风。前朝和早些年间，祈风之礼俱是由市舶司主持。后来四夷俱入，信仰混杂，民间祈风和祭祀便渐渐取代了官方祈风。

“……俾波涛宴清，舳舻安行，顺风扬帆，一日千里，毕至而无梗……”

左钧直向雪斋叹道：“倘若有一日，船舶不必借助海风航行，亦无须人力划桨踩轮，海贸规模，或将是今日之千百倍不止，四海一家，天下大同，倒是令人向往。”

雪斋和蔼地看了她一眼：“听你信口开河、异想天开，倒也是一种乐趣。”

天妃宫也是要拜一拜的。宫中供的是护船神妈祖。左钧直当年在天姥城虽未进过天妃宫，但因东南沿海妈祖神像随处可见，连扶桑贡船上都有妈祖神龛，所以这个在古代和前朝陆续被册封为“护国明著灵惠协正善庆显济天妃”妈祖神她还挺熟悉。

然而天妃宫中的妈祖像，和别处的不大一样。

神像身着红衣，右上额角眼际，用朱砂绘着一朵红莲。

雪斋低声道：“看着面熟？天姥城和东吴民间所拜的妈祖，确实就是云沉澜。云沉澜生长于东海之滨，水性应该是极好。相传东海渔人常见一名朱衣女子弄潮于千丈海澜之上，十多年来搭救溺水船民无数，人们视之为妈祖转世。”

左钧直听闻，心中既钦羡，又有些黯然。

这个云沉澜，倒是个性情中人，身份高贵，却不涉朝政，反而要随性自在地做一个草莽豪侠。

这样烈的脾性……生得又美，不恰是刘徽此前最喜欢的那种女子吗？

倘若没有血海深仇，他们二人也是良配……而她，左钧直……或许真如雪斋所说，自己是他万花丛中最不起眼的一朵吧……

可是若刘徽是为了复仇去接近云沉澜，那最后岂不是会害了她？

可是她不可以说，说了，便是害了刘徽……

左钧直一时间又是自卑，又是忧心，矛盾重重，酸苦交集，心中乱麻一团，剪不断，理还乱，茫然无方。

左钧直害怕深水。

扶桑九艘贡船，四艘留在天姥城装载货物，五艘扬帆回国。半个多月后，已经接近琉球群岛的北段。

天地浩渺，茫茫无际。极目四望，唯见水天一色，鱼鸟潜翔。自从陆地从视线中消失，左钧直便再也不敢到船舷一步。

幼时在南海，她娘亲曾一时兴起，带她随当地的采珠人一同下海采珍珠。她初学潜水，初见水下的斑斓世界，兴高采烈。

她玩得忘乎所以，见到碧绿的水下有巨大一片漆黑深潭，知道那是海底更深处。强烈的好奇心驱使她不顾之前采珠人的警告，向下潜了一点，又一点，慢慢接近那片神秘的海域。

海沙突然搅动，澄清的海水顿时浑浊一片。猛然间双腿被紧紧缠住，任她怎么挣扎也动弹不得。

她看到了两只巨大的带着无数吸盘的触手摆动了过来，像是那巨大黑洞伸出的邪恶魔爪，要将她吞噬进去。

她口中含着气管，半点叫唤不得。就在她以为自己要死了的时候，几名采珠人赶过来，抽刀斩断那些触手，方将她救了出来。

如今见到水下一片乌沉沉的颜色，左钧直便觉得心中悸然。

后来又听闻了许多水底巨兽的故事。尤其是天姥城番客所讲的辛巴达航海记，更是惊心动魄，令她许多个夜晚梦到那条巨大的章鱼。她总觉得那深不可测的水下，潜伏着黑暗的、岛屿般巨大的怪物。

这种挥之不去的幻念令她十分烦恼，雪斋还嘲笑过她许多次，待发现了她害怕的原因，却又乐不可支，逼着左钧直每晚睡觉之前给他讲一个海洋巨怪的故事……

故事讲到第十天，正说到塞壬之海。左钧直默默地想，海怪的存货已经不多，照这样讲下去，没到扶桑，怕是只能讲白秋练来滥竽充数了。

讲到睡意蒙眬时，忽听得两声巨响，雪斋警觉起身，提刀披衣奔出门去。左钧直扒着窗子一看，不由得大惊失色，只见漆黑夜色中烈火熊熊，烟炎张天，前方的两艘大船四分五裂，不断有身上着火的人大叫着落入水中。水面上数十道黑影幢幢，正与着白衣的雪斋亲军搏浪而战。

有侍卫浑身是水，飞一般跑来报告雪斋："将军，是水鬼！"

雪斋长刀猛然扎地："水你妈的鬼！火药术，织田佣军，杂贺众！杂贺善火不善水，必有母船，命众军收帆备战，打！"

左钧直只闻船身隆隆作响，后方两船船侧数个小门乍然而开，伸出火铳。船上军士羽箭匝密，俱在弦上。

隐隐见得海天之际出现一艘大船的影子，十多艘飞鱼船如离弦之箭，冲向由三艘贡船组成的船阵。明光火箭飞蝗般袭来，只是刹那之间，左钧直所在之船便成火海！而三艘贡船上的火炮、飞箭亦是丛发，将舟轻身小的飞鱼船接连击沉。

漆黑夜幕，沉沉海域，这一刻被映照得通天炽亮。雪斋悍然连斩四名杂贺先锋，目光似刀，不顾身边舢板、大舱俱已起火，大声吼道："全速！撞母船！"

巨大贡船两侧白浪汹涌，浴火排波，向天边那大船疾航而去。那些飞鱼船虽然轻捷，身量却不足贡船百一，有几艘躲闪不及，直接被贡船撞飞！

轰然一声，左钧直只觉得天旋地转，舱中火盆滑开倾覆一边，舱中顿时起火。船身已然倾斜，左钧直紧扒着舷窗，奋力从窗口爬了出去。

杀声动天。两艘船船身俱已断开，飞速下沉。杂贺母船上多火药，早已烈焰腾飞。贡船上人皆熟水性，雪斋弃船令下，纷纷跳入水中。后方贡船亦有小斗船前来接应。

雪斋立于斗船之上举目四望，却不见左钧直的身影。他抬眼向两艘将沉的大船上望去，蓦然见到翘着的舱顶上立着个纤削身影，四围烈火熊熊，映得那冷然飘飞的乌发白衣异常孤寂。

雪斋怒吼道："左钧直！你站那里作甚！快跳下来！"

那身影却纹丝未动。

"你还怕水吗？"他张开双臂，"跳下来！我接住你！"话音未落，两支冷箭飞过，射穿了他肋下衣衫。身旁亲卫急急将雪斋拉下："将军！危机未去，此处不可久留！"

"左钧直！"

"将军！"烈火之中的声音清清亮亮地响了起来，"将军心意我感激不尽，但我左钧直，生为天朝之人，死为天朝之魂！宁葬鱼腹，不事异邦！"

雪斋暴怒："迂腐！"

然而那颀长身影纵身一跃，不是向他这边，而是向两船之间的火海沉波！

雪斋倾身就要跳入海中，却被身边几名亲卫死死拽住：“杂贺众遗党犹存，将军请以大局为重，勿为一异国人赴险！”

雪斋怒极，长刀狠狠斩落海波，涛溅三尺。左钧直！你真是宁可死也不愿意为我所用？！你谋划着逃离我有多久了？！

雪斋忽而想起抵达天姥城那一日，她眺望浩渺大海，问他精卫鸟是哪一只。这段时日的相处，他早已习惯这个有些古怪的姑娘毫无端倪的飞来之语，也未曾放在心上。

“万事有不平，尔何空自苦；长将一寸身，衔木到终古？我愿平东海，身沉心不改；大海无平期，我心无绝时。”

她是想同他说“身沉心不改”吧！那个时候就生了死志了？

可恶！可恶至极！

雪斋愤然转身：“杂贺佣军，尽数斩杀，一个不留，论头计功！那个左钧直，活要见人，死要见尸！”

男人平日里俱带笑意的桃花眼里黑涛隐涌，带着水汽的长发发尾以织带束起，浓墨一般渲染在月白锦衣上。

“你同我说出海来玩玩，怎的紧赶慢赶走了这么远，倒像是专程来救人的？”

女子侧对着他，倾身拧着湿漉漉的及腰乌发，素手红唇，绯色衣袍勾勒出玲珑曲线，美艳逼人。

“我救的这人，不是恰合你的心意？”

她勾唇艳笑，斜目睨去，似讽似诮。

男子目色愈黑，逼近两步：“这就是你带我来的意思？”

女子欣赏着他隐怒的神情，愉悦地大笑起来，素手伸出当胸推了他一把：“你紧张什么？我救她是受人所托，和你岂有半点相干？只不过扶桑人武艺高强，人数众多，有你这么个高手，不用白不用不是？”

绯衣轻扬，她已快步出门，回眸一笑百媚生，道：“你水上功夫也不错，不过没我好。咱们也算是打一平手。”

干净明爽的舱室中温暖如春，海上日光从窗中打入，照在床上半卧少女苍白发紫的脸颊上。然而逆光的一边，却是一大片黑红糜烂的皮肉，水泡带血，其状可怖。

床边坐着个年近四十的女子，容色秀厉夺人，然而梳的仍是未婚女子的发式。她正拿着净布、小刀，细致地剔去少女身上被烧伤处的腐皮和污物。

“空蝉姑姑，这姑娘怎么样了？”

绯衣女子挽着犹带湿意的长发发梢，向那中年女子说话，目光却落在身旁的男人脸上。

“断了三根肋骨，右脚脚踝骨折，都已经接好。多处烧伤，醒来会很疼，得用些曼陀罗和坐拏草。先烧后溺，肺部水肿，已经用药急救过，眼下还算稳定。所幸你救得及时，晚得半刻，这姑娘就难活了。”

云沉澜低头弹开指尖的水珠儿：“没死就行，我也好交代。姑姑你忙了半夜，快去歇息吧，这姑娘我来看着。”别过头看向男子板得黑沉的一张脸，戏谑道，“难为你装得跟个没事儿人似的，半句话不说，我倒觉得你这人真是负心薄幸了。”

男子目光浅浅地落在床上昏迷的少女身上，骇人的燎泡满身，沁着血水。

看了会儿，他轻飘飘地问道：“这烧伤，能治吗？”

云沉澜坐到床边，握住少女尚还完好的右手，两指搭上腕脉，漫不经心道：“我只管救人，可不管治人。怎的？心疼了？”

床上的少女轻“嗯”了一声，双目仍然紧闭，浑身微微搐动，似是无意识中仍觉得疼痛难忍。空蝉看了眼云沉澜，起身出门，与男子擦身而过时，道：“刘公子，勿要担心。我们家阿澜幼时曾被烧得面目全非，比这姑娘还重，现在还不是美人一个？”

云沉澜不悦道：“姑姑，这不过是个外人，说这些作甚！”

空蝉微微一笑，快步离去。

刘徽道：“沉澜，我答应了她的继母，要多多照应着她。这丫头单纯得很，不懂人心世故，我视她如自己的侄女儿，你莫多想。”

云沉澜笑了声：“啧……侄女儿，身中牵机都要死死护着，这叔侄之情，可真是非同一般哪！”

刘徽忽而低低一笑，伸手去握云沉澜的左手。云沉澜倏然撤开，他回掌反抓，疾如闪电，却是一式小擒拿手，果然将她的素手捉住。他低了头，一双桃花眼漫着三春笑意，深深看入那一双狭长的狐狸眸中去。

“……沉澜……这是在吃醋吗？……我真高兴哪……”缱绻如酿，蛊惑人心。

云沉澜竟也不闪，任他寸寸逼近，鼻息相缠，却眸光黠然，浅浅笑道：“我云沉澜眼里容不得沙子。我若让你一辈子不许再见这姑娘，你可愿意？”

刘徽吻上她眉际红莲，低低道：“这有何难？以后你去哪，我便跟去哪里。你不想让我见谁，我就不见谁。往事如尘，如今但求你一人。”

云沉澜素面微红，推开他道：“那你出去，我给这姑娘上药。”

刘徽放开她的手，温声道：“我去让厨房做饭，等你出来吃。”

舱门掩上，云沉澜两指移开少女手腕，少女浑身遽然发抖，哇的一口鲜血吐了出来。

左钧直撩衣下车，踏上郢京土地的那一霎，忽生感慨万千，缠绵心头，却又无可言说。

自去年九月离京，到今日归来，整整半年。

离去时，黄叶纷飞。

归来兮，柳絮如棉。

东门入城。一路上，贡院大街、三绝书局、朝天门、琼玉海、繁楼……

桃花依旧笑春风，人，却不在了。

去岁腊月，她烧伤结痂，空蝉姑姑用药水蚀去她周身丑陋的伤疤，令肌肤重生。身心之创，虽凌迟莫能相拟。

正月，在她咬牙苦忍之际，一个惊人的消息传至天姥城：

韩奉死了！

左钧直想象过无数种韩奉倒台的可能性：太学生伏阙上书；御史台、翰林院等清流党聚众讨伐；策乱不成，反遭三大营清剿……

却从没想过是这样一个直截了当的结局：韩奉称府中出现祥瑞，邀皇帝入府一观。皇帝孤身赴约，仅携武英殿最后一名，也是当下唯一一名侍读少年括羽相随。韩奉以武力胁迫皇帝退位，却被括羽一掌击杀。括羽挟韩禅为质，以一人之力护得皇帝周全。随即总督京营戎政叶葵率领五军营赶到，秋风扫落叶般一举肃清韩奉府兵乱党。

皇帝归位，历数韩奉十大罪状，连诛十族。余众党羽，连根拔起，论罪有差。

右相既除，左相告病辞官，皇帝首肯。随后，废丞相，立内阁，擢礼部侍郎姜离为内阁首辅大学士，特侍皇帝左右，参与机务。

皇帝铁腕，自此方显。雷厉风行，涤尘除秽，此前依附韩奉的诸多迂顽老臣见势纷纷告老还乡。“八英”分散各衙，此时与有为新臣联袂而起，据要害之位。朝政气象，顿时为之一新，刚健厚朴，简明轻快，不复此前尾大不掉之状。

这三个月来接连发生的事情令她目不暇接。

回京的路上，淮河以北天寒地冻，水路不通，只得走旱道。逆旅处处，驿亭个个，凡有人语处，俱言这朝政之风云巨变。

她元气未复，肺腑受损，途中又生风寒，走走停停，及至郢京，已是阳春三月，时至清明。

越发觉得世味年来薄似纱。

羁旅中，几番夜听春雨，朝折杏花。闲暇处，习练草书、默诵异国文字以作消遣，独自于窗下读诸集、品清茗，也让她做出十二分的情致来。

素衣染尘，掸去便罢。

其实，只要忘了刘徽，一切就都好。

到了家中，倏倏见她消瘦苍白，不由得握着她的手好一阵心疼，痛骂那行人之职不是人做的活儿。爹爹虽未多言，却将她紧紧抱了许久。长生欢喜地跳来跳去，整个儿都趴在了她身上，粗糙的舌头舔得她脸上新生的细嫩肌肤火辣辣地疼。

她从海上回到天姥城就托人给爹爹和倏倏报了平安，只字未提险些遇难身亡之事。

总之她已经平安归来，过去的事情就随风而散吧。

从死亡边上走过，刘徽已然离去，她竟有了万事不萦于心的感觉，仿佛世间事俱为蛛网，一拂便落，除了身边亲人，再没有什么能令她真正挂怀。

早有地方官将她的事迹报上朝廷去。馆中体谅她病体初愈，长途跋涉，艰辛劳累，放了她两个月长假，让她安心养身。

左钧直心中紧绷的弦一朝松懈，竟变得无比嗜睡。许是此前曼陀罗和坐拏草服多了，她愈睡愈想睡，终日昏昏无力。倏倏忧心，请了郎中来看，却说是过于疲惫紧张，虚耗精元，多睡静养，是自然之理。

一日午后入眠，她竟又昏昏沉沉一睡不醒。隐隐约约感到额上温热，一声声带着担心和焦灼的呼唤响在耳边。

“姐姐……姐姐……”

那尾音带着无比熟悉的柔软依恋，迁延在悠长岁月里。

又是梦吗？

左钧直挣扎着起身睁眼，夜色幽光中，是秀挺的眉清湛的眼，蒙了一层忧色，定定地看着她。

她撑着床铺，亦定定地望着他。

梦耶？非耶？她眼睛一眨不眨，唯恐面前人又幻化为虚。

“姐姐……”

他伸出一只手，在她面前晃了一晃。

一时间心潮叠涌而起，左钧直呜咽一声，捏住面前少年的双肩狠命摇晃：“死常胜！臭常胜！我还以为你再也不回来了！”

少年的声音被摇得支离破碎："我……我才不会……丢下……姐姐！"

左钧直使劲摇了几下，倒把自己摇得眼冒金星，才发现自己久睡不动不食，整个人都虚乏了。

常胜小心扶住她微晃的身子，忧心忡忡道："听说姐姐受伤了，还疼不疼？"

左钧直摇摇头："都好了……我就是困……"

常胜忙道："那我不说话了，姐姐继续睡。"

左钧直看着他，似乎又清瘦了一些，长大了些，可那眉宇间的稚气犹在，依旧乖巧得让人心疼。轻叹一声，她道："常胜，我好想你。"

如墨笔描过的修长眉毛轻轻动了一下，他垂下眼睛，竟有些羞涩，嘴角却弯起一个可爱的弧度。

他声音低低的，一字一字，缓慢，认真，且欢喜，像是在诉说一个久贮心中的秘密："姐姐，我也好想你。"

左钧直心中有些异样，睡意却不依不饶地袭了过来，她捂嘴打了个呵欠躺倒在床上："常胜，我后面还有好长的时间休息……你要来找我。"

常胜"嗯"了一声。

左钧直睡了会儿，心想这孩子真是静悄悄地来，静悄悄地走。一睁眼，却见常胜靠着她的床沿坐在地上，目光熠熠地看着她。

她蹙了眉："你怎么不走？"

常胜摇摇头。

"不用回宫？"

常胜把下巴搁在床边，笑嘻嘻地盯着她不放："我也有挺长的时间休息。"

"那你也要回宫呀！"

"不回。"

真是干脆利落！左钧直气呼呼道："回去！"

"不回。"

"回！"

“不。”

“……”左钧直抚额。这孩子的无赖劲儿又犯了！

“那你就在这儿坐着吧！”气哼哼地撂下一句狠话，左钧直裹了被子，翻身朝里睡。

半晌无声。

左钧直却睡不着了，翻回来一看，小样儿还在床边挂着，目光熠熠，见她回头看他，眼神儿还小火苗般亮了亮。

左钧直哀叹，拉着被子挪进床里，腾出半个床来。

“上来！”

常胜欢欣鼓舞，刚要爬上去，被左钧直挥手止住：“外衣脱了！——一身的灰！怎么还是改不了爱坐在地上的毛病？鞋袜也都脱掉！”

常胜乖乖听话，欢欣鼓舞地钻进被子，星星眼一闪一闪地望着左钧直。

左钧直拿了个大靠枕放在两人中间，恶狠狠道：“老老实实睡觉！”说罢便背朝着他睡了。

左钧直快要睡着时，却听到常胜轻轻问了一句：“姐姐……你还同别人……这样睡过吗？”

她困乏无比，迷迷糊糊应道：“有啊……”

脖子后面的呼吸没了。

“唔，娘亲刚走的时候，我很害怕……所以夜夜都要拉着爹爹的手才能睡着……”

脖子上又吹起了暖暖小风。她仿佛还听见了两声小老鼠般的吱吱笑声。

天光如泻。左钧直一觉醒来，不知为何竟是神清气爽、浑身舒畅，一抬眼便见到常胜穿戴整齐，笑意盈盈地坐在对面床头。

“姐姐醒啦？”

他噌地下地，去房中炭炉上取了铜水壶，往水盆里倒了热水，将脸巾拧得半干递给她。虽已是三月回暖，她体弱畏寒，脩脩仍在她房中放了炭炉，却不知常胜是何时起了床又打了水进来。

“姐姐洗脸！”

左钧直还想赖床，却被常胜热气腾腾的脸巾招呼上了。

“姐姐今天不许懒了。再睡就要发霉啦。”

左钧直任他拿脸巾给自己擦了眼睛、鼻子、脸颊，惬意道：“真是帝王般的享受啊！你天天也是这样伺候皇上的？”

常胜嘟哝道：“我才不用伺候皇上……”

左钧直奇道：“哎，你不是皇上身边的……”

常胜睁着一双黑白分明的大眼：“我住武英殿，皇上住熙泽宫，远着哪。”

左钧直诧异，忽听院中脩脩唤道：“钧直，起床吃点东西！昨儿晚上就没吃呢。”

左钧直应了声，看向常胜：“哼哼，你怎么办？”

常胜看了看天，一碧如洗，春和景明，眼珠儿转了转，道：“我先溜出去，晚上来看脩脩娘。”

左钧直吃了早点，顺便揣了两个馒头。脩脩奇怪地看着她：“今天气色怎么好了这么多，还这么能吃？”

左钧直忽然有些心虚，心想常胜虽然是个小太监，可在她屋里睡一夜终究不像话，总不能说是见到他心情好了许多，便含糊道：“今天天气好，想出去见见之前的朋友……我可以带着长生吗？”

脩脩笑了：“去吧去吧，你爹爹怕你闷坏了，早想让你出去遛遛长生了。”

左钧直牵着长生，出了门果然见常胜靠在墙边的一棵大树上。

半年不见，长高了许多，倒是和她平齐了。

他微闭着眼，像是有些疲惫，脸上是大病初愈之后的苍白。

左钧直心中一跳，之前在房中光线不好，没看出来，这孩子是怎么了？

常胜觉察到她过来，睁眼直身，神色又如以往："姐姐还给我带了吃的……喂，长生，素的也要和我抢！"浑然忘了长生吃素的习惯也是他调教出来的……

左钧直这时心底清明，只觉得他的声音似乎也变了些，不如之前清越明亮。灿烂阳光之下，恍然见他唇上细细一层浅色绒毛，左钧直不由得大吃一惊："常胜你……你……"

常胜咬了口馒头，愕然道："我怎么了？"

左钧直指着他的鼻下："你你你！你这是长的什么？"

常胜伸手摸了一把，悒悒道："唔，长得真快……"

左钧直青筋直暴："你怎么会长胡子！还会变声！"

常胜一口又咬掉三分之一的馒头，理所当然道："二哥说我长大了嘛……男人不都这样？"望着左钧直一脸被雷劈了的神色，猛然醒悟，一块馒头生生卡在嗓子眼儿里，顿时大咳起来。左钧直下意识想去帮他顺气，手触到他的背时又像被烫着似的缩了回去。

常胜泛白的脸上咳出了些血色："姐姐……咳咳……莫非这一年你都……当我是……咳咳……那个……"

左钧直脸色骤变："你不是？你不是的话那夜怎的穿一身小黄门的衣服？"

常胜扶着树，有些虚弱道："那日随郡主出宫，郡主吩咐让扮的，回来也没来得及换。"

"既不是小黄门，却又是皇上亲随，那只能是翊卫咯？"

左钧直有些心灰意冷。她想起刘徽曾同她说："习武之人，从呼吸、步伐、神态上都能看出来。常胜会武。可我试了他几次，竟摸不出他的深浅。"刘徽还告诫她，常胜到底是皇帝身边的人，不要和他走太近。

一趟行人之行，让她觉得一切都变了。人心之莫测，浇灭了她的一腔热意。

她一直视常胜是不同的。

可是原来他也没有什么不同。他只不过，还是皇上安插在她身边的一个眼线。

“腰牌拿来。”左钧直平平伸手，冷冷道。

常胜怔怔地看着她，将右手剩下的三分之一个馒头换到左手，摸出一个玄络牙牌放入她手中。

天朝宫禁牙牌字号，公、侯、伯以“勋”字，驸马都尉以“亲”字，文官以“文”字，武宫以“武”字，教坊官以“乐”字，入内官以“官”字。左钧直入文渊阁，亦有腰牌，上面便是“文”字号。

可这块牙牌十分特别，“勋、亲、文、武、乐、官”一字不沾，以九叠篆文刻写着一个“羽”字。

此前韦小钟曾说，翊卫中，暗卫之间互证身份，不会提及“翊”字，而是去其偏旁，以“羽”相代。

左钧直自嘲般地一笑，将牙牌拍回他手中，话语凉到了骨子里：“好……好一个常胜，原来连你也是骗我的。”说罢，拽着长生，头也不回地走了。

她快步走着，眼中涌起泪意。

仿佛这一条路，越走越孤独，便向永寂。

袖子突然一紧。

“姐姐？”

声音惶然而又无辜，好似训诫长生之后，长生那惶恐不安的呜呜声。左钧直胸口顿生酸软，却马上狠掐了自己一下。次次上当，焉能次次不知警醒！

心上起火，狠劲甩开。

手腕却又被握住。

“姐姐，我没有骗你！”

她用力抽手，那握着她细腕的手却像铁石一般，既未掐得她疼，又让她万万脱离不开来。左钧直气极，反身蛮横地推了他一把。他背撞在身后的石墙上，闷哼了一声，脸色顿时煞白，额上沁出细密汗珠，竟像是有一瞬间喘不过气来。

饶是左钧直尚怒火中烧，见到他这副模样，也是大大吃了一惊，颤声问道：“常胜……你怎么了？”

他仍是握着她的手腕未放，仿佛一放，她就会走了似的。

缓了几口气，他方道：“姐姐，我不是你想象中的那样。”

左钧直红着眼咬唇看着他，只见他模样清秀如画，眼神净湛无杂，没有一丝一毫她看不透的东西。

“四年前姐姐从文渊阁里走了，给我留了药，我便总觉得，姐姐还会再回来。那两年里，我天天晚上都会去文渊阁。

“皇上早早便有除掉韩奉的打算，我也是这计划的一部分。那天韩三小姐邀鸾郡主去府上做客，我扮了小黄门随同，晚上回来已经很晚，便直接去了文渊阁，没想到真的又见到了姐姐你。皇上刁难姐姐，我也没想别的，就那样闯了进去。后来的事情，姐姐都知道了。”

他喘了一下，轻轻放下她的手，黯然道：“我对姐姐，并未说过一句假话。”

左钧直喉中哽得发疼：“你是没说假话，可是你也瞒了我许多——韩奉府中，地下，是不是你？”

他凝眉，慢慢道：“倘我说是，你是不是就不愿意理我了？”

左钧直哽咽道：“你要是骗我，我肯定不理你。”

常胜默然垂首，良久，点了一下头。

左钧直后退了一步，咬牙道：“常胜，你还说没骗我，你骗得我好苦！”

常胜只道左钧直又要抽身离开，霍地起身紧紧抱住她，又急又快地说：“当时那般凶险，我哪敢多言！我怕打草惊蛇，误了皇上大事，便用扶桑人的化尸水将库中守卫尸身化去。那等残忍，我不想让姐姐看到……姐姐，你打我也好，骂我也好，只是不要不理我……”说到后面，已近央求，像是个无助的孩童。

左钧直心中其实早已经软了。他舍命救她。他与她，倒是心有灵犀，知道利用韩奉和扶桑人之间的钩心斗角来掩护自己。自己那天能从雪斋手下逃过一劫，又何尝不是他的缘故？

也罢，就算他是皇帝派来的人，他对自己也是真的好。更何况自己光明磊落，皇帝要监视，那便监视吧。

左钧直长叹了口气，问道："为什么对我这么好？"

常胜觉察出她的语气软了些，松开手，看着她的眼睛认认真真道："我初来京中，没有一个认识的人，姐姐是第一个对我好的。"

左钧直心中又是一叹，这孩子，约莫和她一样，又是一个只要觉得别人对他好，他就会对别人死心塌地的人啊。

"姐姐……还怪我吗？"他怯怯然试探着问道。

左钧直摇摇头："不怪了。"

"真的？"他掩藏不住语调中的欣喜，却又想要更多的确信。

左钧直笑了下："真的。"

常胜看着她，眼底的笑意一点一点明朗起来，忽地将她拦腰一抱，举起来转了个圈儿。左钧直惊得使劲儿按着他的双肩，急道："快放开我！难道就没人教过你男女授受不亲吗？！"

常胜无辜道："可你是姐姐啊！"不情愿地将她放了下来。轻拿轻放，仿佛举着她丝毫不费力气，刚才那点虚弱早丢到九霄云外去了。以往左钧直只把他视作一个孩子，又是个小太监，这般嬉闹亲密自然是浑不在意，但此时不同往日。常胜抱着她的腰，她竟莫名有些脸红，暗骂自己心思不正。常胜仍当她是姐姐，她却想着男女之情，反是她多想了。

常胜含笑道："姐姐，你脸红的模样真好看。"

从小到大，还是第一回有人说她好看。左钧直心底甜了一甜，却板起脸道："和谁学得这么油嘴滑舌！馒头吃完！"

春城无处不飞花。

一路上桃红李白，绿柳细如丝，暖柔的春风里花香弥漫，熏得人都醉了。

左钧直大叹不该昏昏沉沉睡那么久，错过了大好春光。长生却四下里盯着其他的狗儿，春意荡漾，媚眼纷飞。

唔，长生的春天也来了呢……唔，一树梨花压海棠……

左钧直黑着脸，进也不是，退也不是，只得尴尬地别过脸站到一边。

常胜佯惊道："啊呀，那只狗儿不见了！"

左钧直一把将他拽过来，愤然道："要有道德！"

两个人并一只大狗溜溜达达到了涌金口。依旧是热闹非凡，剃头的、鬻画卖字的、补锅的、吹糖人的、玩杂技的、耍猴的、卜卦算命的、弈棋残局求解的、当街乞讨的……千奇百怪，僧道杂集。

又见青幌招展的泰丰源。

算下来已经四年没回来过了，左钧直想起最后一次在泰丰源说书，被捕，心中五味杂陈，潮水般一阵阵翻涌起来。

自己那个心爱的书匣儿，丢在了这里，也不知道后来去哪儿了，怕是被当时乱糟糟的人潮给踩碎了吧。

看着常胜有些口干的模样儿，左钧直道："走，咱进去喝碗茶！"

长生自然也跟了进去。

虽不似她在的时候那般人山人海，楼上楼下的茶客却也不少。只是楼上的雅间撤去，俱换作了普通茶座，看来何老板是不大敢再做贵人的生意了。书场上一如原样，一桌、一扇、一惊堂木，一个山羊胡子的灰袍说书人抑扬顿挫，讲得正酣畅。

找了张空桌子，左钧直和常胜面对面坐下。

长生踌躇了一下。

常胜摸出一锭银子："老板，熟牛肉有吗？来五斤！"

弥勒佛似的老板老何忙不迭地跑过来，笑得十分夸张："有！马上！"转身向小二喊道，"熟牛肉五斤！送大碗茶两碗——"

长生方得狗娇娘，又有大肉吃，毫不犹豫地坐到了常胜身边，黑脸儿舒畅得意，蓬松的大尾巴在常胜身上拂来拂去。

左钧直哼道：“大尾巴狼，没良心！也不看是谁把你抱回来的！”

长生吐出舌头，哈哈两声，屁股却不挪窝儿。

大碗茶奉上，左钧直抿了两口，老味儿顿时勾起更多回忆来。这时清清楚楚听见场上说书人一拍惊堂木，拿腔拿调道：

“……所谓自古英雄出少年，却说那括羽，十四五年纪，生得是浓眉大眼、英武昂藏，端的是威风凛凛、一表人才！……”

常胜刚含在口中的一口茶噗地喷了一地。

左钧直担忧地问道：“你怎么了？”

“呃……茶忒苦。”

左钧直又喝了口，奇道：“一点都不苦啊。”

“可能是……没喝惯。”常胜放下茶碗，恳求道，“姐姐，要不咱们换一家？”

左钧直笑道：“定是你在宫里贡茶喝多了。这里也有好茶，给你单点就是。我听着那说书先生像是在讲韩奉谋反被刺的事儿，恰好想听一听呢。”

“……还不如听我给你讲。”

左钧直啐了声：“呸！刚才路上听你说了些，明明是说书人好几个章回才说得清楚的事儿，偏生你一两句话轻描淡写就带过了。”说着就要给他点好茶。常胜郁郁，叫了壶白水来慢斟细酌。

第十一章　山海戍关

“……我朝天子英明神武，文韬武略，声色不动而除巨恶，信难能也！有此刚明之主，乃是我朝子民之福！……”

左钧直赞赏地点头，一听便知是个在书场上混迹多年的老先生，这种朝政风云，并非人人敢讲，稍有不慎之言，便要掉脑袋。这位先生上来先将皇上夸赞一番，着实老到！

“……皇上看似在朝政之事上步步让权，实则始终牢牢控制着禁卫军和天下内库。寻常百姓都知道，一军一粮，江山之本。军权这边，亲军统领指挥使秦征、总督京营戎政叶葵，俱是太上皇之旧部，内库则为云中君所执掌，这等铁桶江山，岂可撼动？然而那韩奉老贼利欲熏心，一手遮天尚不满足，野心驱使之下，竟欲与北齐、女真、扶桑等外敌勾结，意图谋反！

“皇上明察秋毫，却能隐忍克制。天子策，谋定而后动，非常人所能及也。‘八英’入朝，新科取士，翊卫暗藏，吏员调动，不知不觉间，天网已布！

“要说皇上的亲信，非‘八英’莫属。‘八英’个个文武全才，品貌不凡，一举一动，俱为朝上民间所瞩目。然而谁都未料到，最终击杀韩奉的，竟是之前名不见经传的第九位侍读生——括羽！

“那括羽能入侍读班，身世自然非同一般。在座的诸位怕是许多尚不知晓，括羽便是穿云箭罗晋罗大将军的义子！罗大将军过世之后，括羽被太上皇从南越接入郢京，入宫侍读。

“今年的正旦大朝会上，括羽作为鸾郡主亲随正式现身于众朝臣面前。鸾郡主诸位都是熟悉的，天姿国色，无人能及。郡主同括羽站在一块儿，那真是郎才女貌，美人英雄啊！……”

左钧直听得津津有味，美人英雄，皇家向来便有这个传统。早先太上皇与靖海王，可不就是如此？一偏头见到常胜眉毛眼睛鼻子都皱到了一块儿，她好笑道：“不是喝的白水吗？还苦？”

“……正月十八，韩奉称天降瑞象，府生醴泉，邀请皇上去府中一观。这日正是叶老夫人的五十寿辰，翊卫总指挥使叶轻告假在家。向来皇上出宫，叶大人都是寸步不离左右，不知为皇上挡去多少刺杀。照理说叶大人不在皇上身边，皇上本不会轻易外出。然而皇后娘娘快要诞下麟儿，皇上听闻瑞兆，龙心大悦，便应了韩奉邀请，入府时，除了身边随行侍从，只带了括羽一人。”

场中茶客一时间议论纷纷，有人高声道：“皇上这是明知山有虎，偏向虎山行啊！”

又有人说：“括羽既是罗大将军的养子，必然是绝技在身，也顶得上一个叶大人了吧！”

说书人捋着山羊须，不紧不慢道：“说得不错！但是皇上带着括羽赴韩奉府上，轻装简从，可没有带任何兵器。叶大人家传秋叶剑法威震天下，马上有枪，步下有剑；罗晋罗大将军箭法超群，故而有‘穿云箭’之名。凡习武者，多恃兵刃方可制御强敌。然而那日括羽锦衣玉带，赤手空拳，分明就是真陪着皇上去看瑞象的！”

底下有人笑道：“那是艺高人胆大！”纷纷猜测起括羽用的是何种武器，左钧直听了下，似乎还是认为那腰上玉带是软剑的人居多。常胜百无聊赖，盘腿坐在凳子上用筷子夹着牛肉逗引长生。

说书人见众茶客的兴味已经被勾起，讲得越发卖力。

“……皇上和括羽随韩奉父子入得后花园，只见假山怪石，却无醴泉。皇上面有愠色，质问韩奉。韩奉得势，凶相毕露：‘除掉你这无能庸君，自然天下醴泉遍生，河晏海清！’皇上冷面呵斥：‘韩奉！朕与母皇敬你是立国勋臣，对你礼让有加，你竟出言犯上，好大胆子！’韩奉一击掌，但闻四面铠甲锵锵，兵戈扰攘，千百府兵急速而出，将皇上和括羽重重围住！”

众人一片抽气声，说书人猛一拍惊堂木：“然而吾皇处变不惊，虽泰山压顶而面不改色，冷喝道：‘韩奉，你这是要反吗！’韩奉猖狂大笑：‘只要你一死，除掉你那宫中未出世的小孽种和亲王一家轻而易举！明氏皇族从此绝后，你那母皇和云中君能耐再大，又能如何！我一声令下，北面北齐、女真，东面扶桑，南面交趾，必将大兵压境，什么靖海王、晏江侯，以及其故旧麾下铁衣十八骑、“萧山五虎”……俱老矣！罗晋已死，你这天下，还有什么能够独当一面的大将！这江山，你们明氏坐得太久，早该换人了！’皇上道：‘乱臣贼子，人人得而诛之！’韩奉仰天长笑：‘谁来诛我！’说时迟，那时快，括羽身形一闪，风驰电掣，已至韩奉身前，无人看清楚他如何出手，韩奉竟双目圆睁倒地，胸口一个小洞，血泉趵突，已经一命呜呼！韩禅目瞪口呆，瞬间被括羽拿住脖颈。”

说书人说的这一段，绘声绘色，语速快而紧张，如千军万马铁蹄奔腾，又似暴雨敲窗湍流落瀑，直听得人心潮起伏、手心出汗。满场鸦雀无声，连小二倒茶的手也悬在了半空。

左钧直听得目不转睛，唯独常胜和长生玩“拍拍谁手快”玩得正在兴头上。常胜伸出一手，手心朝下，长生伸出毛茸茸的爪子压上去。常胜飞快抽手，压在长生的爪子上。长生不甘示弱，如法炮制。如此愈来愈快，愈来愈快，但见人手与白爪一色，衣袖与狗毛齐飞。

“四方军士方有动作，括羽面如寒冰，压在韩禅喉头上的二指一错，韩禅立即杀猪似的大叫起来：‘住手！’括羽反剪韩禅双手，利落一拧，便闻咔嚓两声、怪叫一声，韩禅双肩脱臼。括羽将韩禅推给皇上，人如白鹤掠起，四面军士但见眼前一花，手中空空。括羽落回场中时，手上已握一柄劲弓，背背两箙白羽利箭。”

底下顿时议论纷纷：“原来是用箭！”“可不是，毕竟是穿云箭罗大将军的养子，箭法定然绝妙！”“看看人家的名字！”“好厉害的功夫！”……

“括羽拈箭张弓，朝天一箭，声如鹤唳鹰鸣，啸绝长空，五色烟火霎时爆出。皇上挟着韩禅，厉声道：‘韩奉谋反，朕早已了然！十二亲卫、三大营将以此箭为令，剿杀韩府！不出片刻，此地将被夷为平地！尔等缴械不杀！’

“韩禅贪生怕死，其下却有江湖门客素有野心，便欲不顾韩禅死活，夺取皇上性命。然而那人一足刚抬，括羽利矢如电，射穿了那人的喉咙。这时后方又有亡命之徒，括羽耳听八方，人未动，目不转，反手张弓，又是一箭毙命！古来只闻反弹琵琶，未见反射弓箭者！这一箭既出，人尽骇然！”

场下听到此处，已是群情激涌。后面说书人又将京军来援、括羽浴血护主的经过一一叙来，跌宕起伏，扣人心弦。听者手舞足蹈，仿佛那激斗中的人不是括羽和京军，而是自己。

“列位看官可能就要问了，那括羽年纪轻轻，除了箭法，武功也是奇高，乱军中灭杀韩府豢养的十三名顶尖高手，为何有如此之能？”吊足了茶客胃口，那说书人方状似神秘、得意兮兮道，“传说括羽天资奇崛、慧根不凡，竟为素不近外人的云中君相中，破天荒收为入室弟子。是以括羽入宫凡四年，外人甚少得见。其骁勇悍辣，‘八英’俱呼之为‘野狼括羽’……”

左钧直亦听得兴奋不已，敲了敲桌子，问道：“常胜，你既是翊卫，定是见过括羽的，你觉得他如何？”

常胜仍和长生嬉耍，头也未回，不屑道：“括羽哪有他们说的那么厉害，最后还不是差点被炸死，身受重伤在床上躺了几个月。”

左钧直没料到他会这般说，愣了下，嘿嘿笑道：“难不成你嫉妒他？”

常胜一脸漆黑地转过头来：“……我才不嫉妒……”

左钧直也不过是逗他玩儿，见他果然被挑拨到，十分满意，又好奇道：“谁这么厉害，伤了括羽？”

“唔，其实姐姐你也见过，就是女献。韩奉那满库的炸药，就是险些被他引爆。最后他逃掉了。”

左钧直若有所思地推测道：“括羽哪有那么容易受伤？定是为了阻止女献，才中了他的招。”

常胜拉拉长生的长毛耳朵，似是随口问道：“姐姐这么偏向括羽，难道姐姐喜欢括羽这样的？”

左钧直干笑两声，喝了口茶，摇头道：“不喜欢。”

常胜身子一僵，呆呆地扭头：“为啥？”

左钧直向他凑得近些：“这你就不懂了吧？按说呢，括羽这样的少年英雄，是个女人都会喜欢。但是括羽这人，是断断喜欢不得的。”

常胜瞪大了眼。左钧直伸出一只手，扳着指头向他说道：

“你看啊，第一条，身世好。虽然是养子，可是是穿云箭罗晋罗大将军的养子，根正苗红，不输公卿之后。

“第二条，相貌好。能够与鸾郡主相匹配的，必非俗品。

“第三条，允文允武。武功自不必说，既是侍读班的，功课师傅都是翰林院中最好的大学士，文才肯定不差。

“第四条，品性好。我虽不认识他，但从方才说书先生讲的事迹听来，君子五德仁义礼智信他是样样不缺的。

“这四条算下来，几乎算得上是十全十美，可不是小说戏本子里面才有的人物。括羽这样的人就是为天家公主而生的，旁的女子若是动了心，岂不误了终身？”

见常胜一副听傻了的模样，左钧直忽然又想逗他一逗，托腮道：“你瞧瞧你，岁数和括羽差不多，样貌也不错，尤其是箭法也很厉害啊……莫非你就是……”

常胜奓了毛儿一样地打断她，涨红了一张秀白脸庞：“我才不是括羽！姐姐你不要瞎想！”

左钧直慢悠悠道：“好孩子不能撒谎……”

“……”

常胜一脸的纠结苦恼，可怜兮兮，左钧直越看越觉得可爱，弹了他的脸颊一下，得意道：“真不禁逗！你要说你是括羽我还不信呢！浓眉大眼，英武昂藏、威风凛凛……啧啧，哪个词儿都和你不沾边儿呀。就算那先生胡说八道，括羽好歹也是罗大将军之后，生于军中，自然是铁骨铮铮、骁勇善战，当得上一个‘野狼’之名，你呀……哈哈……”

常胜梗着脖子道：“我……我怎么的？”

左钧直笑得弯起秀淡眉毛：“偷偷躲在文渊阁哭得稀里哗啦的，比女孩子生得还漂亮，还被我当成小太监！”

常胜无语凝噎。

戌牌过半，天色苍黑。武英殿中灯火黯淡，寂然无声。一道人影自高墙之外凌空而至，无声无息地栖歇于西厢焕章殿歇山顶上。那人竖耳四下谛听一番，足尖轻点琉璃瓦，斜斜飞下，正落在汉白玉石栏侧的须弥座上。

那人落地未稳，廊柱侧忽然伸出一足，正绊在他的小胫上。那人探手去抓栏杆，偷袭之人却熟知他的路数，带鞘长剑一挑，那人一探不得，果然摔了个狗啃泥。

他哀叫了一声，软绵绵地趴在地上，却也不起来：“二哥，饶了我吧！”

硬邦邦的白底皂靴踹了他一脚：“起来！”

地上软软竖起一只手腕：“起不来了……”

皂靴又要踹来，临近时却迟疑了一下，一只手落下来按上地上人的腕脉，顿时沉下声气训斥道：“不是同你说了不要动雪山真气吗？”

嘴上骂着，却还是将地上之人拽了起来。“君上生来异于常人，一身阴寒内力何其霸道，若不是看你定力够好，岂会教你雪山炼气之法？

你生受了女献那一掌，内元大损，妄动雪山真气，只会被反噬！”

方才还身轻如燕的人，此时却像条被抽了筋的小蛇一样半挂在叶轻身上。

“……二哥，天上的月亮好圆……”

“放屁！今天初一！”

“哦，看错了，是灯。”

“……别闹了！回去换身衣服，去见皇上。”

“啊？！”

“哼哼，刚能下床就一夜不归，你小子越来越野了啊！”

“皇上刚得了小皇子，怎的有空见我？”

“我说，括羽，老子说话你能好好答不打岔吗？！”

“嗯……不就是……嗯……二哥你懂的。”

叶轻摇头叹气：“她知道你是谁吗？”

“不知道。”

叶轻凝望着皇宫重重高殿华宇和煌煌灯火，过了一会儿方道：“你好自为之。我可能要离开京城了。”

“啊？！”这一声更惊，括羽难以置信地仰起头，“二哥要去哪里？！”

“山海关，戍边。”

勤政殿中灯火通明，殿外夜色中层层禁卫军凛然执矛而立。括羽微微皱眉，入宫四年有余，哪怕是除韩奉的次次密议，也不见宫中有这等架势。

叶轻在前，一张漠然冷峻的脸比御赐金牌还要有用。禁卫军收矛敛甲，向两侧齐齐闪开，躬身行礼。

一入殿中，便感到压人的威势。

明严容色清冷，斜倚在御座之上，右手支颐，面上微有疲态，一双眼却如锋镝般透着寒光。

括羽触上明严的目光，便隐约知道眼下要议的事儿不小，所幸回得及时。

殿中人不多，括羽一眼扫过去，识得都是军机重臣：

内阁首辅姜离、兵部尚书萧从戎、总督京营戎政叶葵、亲军统领指挥使秦征、吏部尚书陆鹤。

加上叶轻、林玖和他，侍读生中的武职生也全了。

明严左手手指修长干净，手指压着案上一沓厚厚的信笺向外推去，淡然无绪道："诸位看看。叶将军已经看过，不必再看。"叶将军是旧时军中女帝对叶葵的称呼，明严亦未改口，以示尊重。

每人拿了几札拆阅，渐渐都有些色变。

明严启口道："上月京军抄封韩府时搜出来的密信。秦将军，夏侯乙曾为你旧日同袍，此事你如何看？"

秦征曾是女帝一手提拔起来的年轻将领，如今虽已年过不惑，却仍不失旧日之威。"夏侯乙乃'萧山五虎'之一，为靖海王麾下一员猛将，当年曾令北齐之军闻风丧胆，镇守山海关十余年，未闻关外祸乱。臣确不信夏侯乙会与韩奉勾结，与北齐女真里应外合。"

萧从戎皱眉道："话虽这么说，可这信上字迹、圈点勾画乃至行文风格，不似伪造。臣在兵部二十年，夏侯将军的密报文书也看过不少，当不会错认。"

陆鹤乃是陆挺之祖父，亦是天朝立国二十余年来的老臣。"据信件来看，不仅是夏侯乙，夏侯乙身边数名亲信总兵官亦参与其中。山海关乃我朝东北咽喉，地处要冲，干系重大，一旦失守，北齐与女真就长驱直入，势难抵御。"

明严淡笑了下："萧卿家和陆卿家两位虽未明说，但朕揣摩着二位的意思，是宁可信其有，不可信其无？"

秦征上前一步道："此事务必慎重，不可妄下定论。夏侯将军忠勇一生，倘若晚年遭人诬陷而获罪，情何以堪？！"

明严道："姜卿家，你怎么看？"

姜离静默已久，闻得明严发问，沉吟道："此事确乎两难。夏侯将军镇守山海关多年，要说对关外情势的了解，无人比他知晓更多。山海关离了夏侯将军，相当于角山长城去了一半。然而夏侯将军年事已高，再行戍边征战，未免过于苛求。太上皇马上得天下，爱兵如子，前后四次颁令嘉恤征战之兵、厚养浴血之将。臣以为，无须多论此信真伪，夏侯将军劳苦功高，天年必得以颐养，将士方无后顾之忧，敢于英勇战斗。然而我朝军力虽盛，能征善战之大将却大有青黄不接之态。山海关，须树新将。”

姜离这番话一出，几人俱暗叹其周到中不失老辣。

女帝虽重视文教，但到底是亲自南征北战过来的，深知战事艰险、兵士不易，严于律军之余，疼惜兵将、为武官护短也是出了名的。所以林玖之父虽是女帝身边一名不知名姓的暗卫，林玖仍得以入侍读班，与公卿重臣之后齐步。也正是因为如此，三军将士俱愿为女帝誓死而战。

所以，无论这密信是真是假，夏侯乙都不能动。

但是山海关锁天咽喉，何其紧要之地，出不得半点差池。所以，必须派驻亲信，控制兵权。倘夏侯乙是忠心，则顺利交接，留以咨询军务。倘夏侯乙真有谋反之心，则加以软禁，对外只是假以年高退职之名。

明严见几人尽皆无言，收了双手，缓缓向后靠去，言声冷冽：

“姜卿家之言，甚合朕意。我天朝与北齐，迟早一战！东北三省，自古便是大楚属地。三年之内，纵然北齐、女真不犯我境，我天军亦将挥师北进，收复关外！

“京军六十四万，非虚食天禄。养兵千日，用兵一时。叶将军便与诸位卿家好生商议一番，定下赴关人选和京军数量，明日报与朕吧。”

括羽侧头望了叶轻一眼，叶轻仍是毫无表情。看来这事，即便皇上没有暗示过他，叶葵也是同他说过的。

他是叶葵第四子。长兄在北齐之战中牺牲，二哥、三哥皆从文，独他是承叶葵衣钵之人，又是皇上最信任的亲信之一。皇上要培养新将，舍他其谁？

五名大臣出了勤政殿，叶轻亦被叶葵唤了出去。括羽行到明严案下，道：“倘若二哥要去戍关，括羽也愿随行。”林玖亦道：“臣愿去戍关！”

明严淡淡地瞥了他二人一眼：“林玖勇气可嘉，括羽你起什么哄！”

可怜括羽僵在那儿，想不通自己这话有什么问题，竟和林玖有云泥之别。

明严按着眉心，缓了声气，道：“括羽，你在朕身边历练两年再说。这事叶轻去做比较合适。叶轻走后，翊卫须由林玖接下来。”

这两个多月来，他委实是劳耗心神。罢二相立内阁，自然是遭到许多朝臣的抵制。但他心意既决，便不可能更改。关外兵事眼下只有几名军机重臣知晓，延至内阁，六部要臣、翰林学士，还有一场硬仗要打。

自上次常胜来过之后，左钧直觉得自己身子舒服了许多，只道是睡了许久终于恢复了元气，也不想提前回四夷馆，乐得去享受那剩下一个多月的公假。

她本就于语言文字上极有天赋，又兼勤奋有恒，虽有半年多不曾得马西泰亲授，但自己照着喇提诺语的语法和文字去记诵学习，竟也小有所成，去见马西泰时，已经能以喇提诺语对话。马西泰大赞她天资聪颖，指点她开始阅读以喇提诺语写就的天文、地理、医学等方面的书籍。

这日马西泰出去传教，她亦随着去了，偶尔帮忙做个翻译。马西泰曾试着说服她信天主教，但见她深受儒佛浸染，便也作罢。下午回去的路上，恰碰上寿佺。

寿佺见到左钧直大喜，拉着她道：“身子大好了？上次去你家探望你，你娘说你还昏睡着呢。大好了就好！喝茶去！”

左钧直渐渐已经习惯了他这般热情，见马西泰也颇有结识这位翰林院编修的意思，便坐上寿佺的马车，一同入了春意楼。

“钧直啊，我听着你和这位马兄台说喇提诺语，只觉得舌头打绞，喉咙有痰，难受得紧。你学那般多的番语，不会弄混吗？”

左钧直看了眼马西泰，抿唇笑道：“喇提诺语只是他们欧罗巴的通行书面语，口语上，又由喇提诺语衍生出佛郎机语、佛朗西语、意大利亚语等等。语言嘛，万变不离其宗，要诀在‘熟练’二字，就像偓仙你既会徽州方言，又能说郢京官话，并行不悖，我这也是一样的，只是多一些而已。”

寿佺瞪眼咋舌：“说得轻巧，曲衡沙教我说他们苏杭那边的吴侬软语，我至今只学了几句唱词。”

马西泰在郢京年余，官话已说得不错，寿佺是自来熟的性子，左钧直听多说少，偶发一言，机敏风趣。

三人聊得正在兴头上，但闻带笑人声：“三缺一？”说着毫不客气地在左钧直身旁坐下。左钧直和寿佺一见是段昶，忙笑着起身行礼。

寿佺道：“对了，钧直，段大人而今可是你的顶头上司，可不得趁此机会多巴结着些！”

左钧直想着段昶本是太常寺的人，怎的又成了她的上司？听寿佺一解释，才知皇帝觉得四夷馆、会同馆两相分立，分别受翰林院和兵部管辖，人员冗余，接待外使时调度起来颇为不便，便将两馆合并为会同四夷馆，专设太常寺少卿一名提督。而太常寺在韩奉案中有数名少卿、寺丞落马，段昶又因锄奸扶正有功，一跃而上，越级擢为四品太常寺少卿，提督会同四夷馆。

“八英”所在，俱是要害。

看来皇帝对这外事仍是颇为重视。

左钧直为段昶斟了茶。段昶盯着她起身动作，挺直高竖的领子将脖颈护得严严实实，宽松的月白道袍并不束带，柔曼地擦过乌木桌面上的细腻纹路。乌发高高束起，系着流云带，没有一根多余的发丝垂落，露出素净脸颊和白得几乎透明的耳垂来。

段昶神情颇有些令人难以捉摸，掩口咳了两声：“咳咳，左钧直，既然气色这么好了，这个公假就提前结束了吧。”

左钧直瞅了他一眼，学着他的样子也掩口咳了两声：“咳咳，‘金玉其外，败絮其中’啊。”

人总有犯懒的时候，不想入衙署办公，千古皆然，左钧直固然勤奋，这时候也不例外。

这话说得有些玄，像是在委婉地告诉段昶：我看起来气色很好？其实我还生着病的！

然而聪明如段昶、寿佺者，又怎会感觉不出来这是在皮里阳秋地骂段昶呢？

寿佺屏笑。段昶是个好脾气，吃了左钧直一个闷亏也不生气，干笑道："活儿嘛，你干或不干，都在那儿等你。"

这一回合算是打平。

段昶的父亲是钦天监监正。钦天监者，观天象、推节气、定历法。经过左钧直一番牵线搭桥，段昶和马西泰果然"勾搭"上了，阴阳四时、日月星宿……二人谈兴一发不可收。

寿佺拿了根筷子戳了左钧直一下，小声神秘地问道："《猖狂语》可看完了？"

这位大哥真是自己小说的"死忠"啊！左钧直心中哀鸣，谨慎地点点头。

"两个结局都看过了？"

"呃，都看过了。"

寿佺一听她都看过，立马笑眯了眼。阅文是一大乐事，阅得好文有人异义相与析，更是一大快事。

"这次可是有趣极了。上册出后，大家都在揣测那燕国质子耶律昭觉和大秦国的女史忍冬姑娘最终结局如何，去年年底那癫语生写了个大团圆结局，大家读了，皆大欢喜。可前些日子，癫语生竟又把下册全部重写了！耶律昭觉回到故国，娶了魏国公主，燕、魏联合抗秦，忍冬心灰意冷，削发为尼，可不令人唏嘘。"寿佺絮絮叨叨地说了一通，不解地问道，"你觉得那癫语生为何要写两个结局？"

"……不是说因为第一本被盗印太多，才重新写了吗？"

寿佺摇头道："我看不是。这本《猖狂语》，第一次写及诸国征战、国恨家仇，本就较前两部囿于个人爱恨、家族倾轧的《嘲晰曲》《呻吟赋》

更加雄浑大气。初版的下册，沉稳中不失诙谐，悲苦中犹有情趣，山穷水尽，不灭个中希望。结局耶律昭觉与忍冬有情人终成眷属，大团圆自然人人爱看。然而再版的下册，太过残忍和真实，昭觉与忍冬之间情意再深，终究弥合不了燕、秦两国之间的血仇天堑，看罢难免心中抑郁，久久难以纾解。所以听说这一本卖得并不好。若是为了打击盗印，癫语生何必辛苦写这样一个并不为世人所喜闻乐见的结局？”

茶水微凉。数泡之后，茶味已淡，左钧直却未让换新茶。

细瓷茶杯在细白指尖转了两圈，左钧直浅浅道：“心随境转。既是猖狂语，又何妨再猖狂一些？”忽而笑了下，偏头笑对寿佺道，“冒昧问偓仙兄一句，寿家乃北齐旧日大氏族大朝官，兄入天朝为臣，竟没有丝毫嫌隙吗？”

寿佺坦然微笑：“说了钧直可能也不信，琴棋书画诗酒花、柴米油盐酱醋茶，样样我都关心。可这天下何人做主，我却不怎么关心。只要是贤君，姓明姓朱，有何干系？北齐南楚，本就是一家。要说这江山逐鹿，实乃权贵争利，争来争去，都是百姓遭殃。我唯愿世间太平，狼烟不起。”

左钧直缄默许久，方喃喃道：“若昭觉也能如偓仙兄这般看开放下……”忽又顿住不语，摇摇头，喝了口冷茶，望着马西泰道，“就像小时候看黑蚂蚁和黄蚂蚁打架，打得轰轰烈烈气壮山河，旁边过来条小狗，跑跑跳跳，踩死一大片。我天朝人坐井观天时已久矣，内斗纷频，却不知天外有天。”抬眼见寿佺凝神认真听她说话，又觉得方才说得太深沉了些，笑道，“偓仙兄愿世间太平，狼烟不起。我愿天下大同，八纮一宇。”

左钧直果然赖着没有提前回会同四夷馆。

然而公假总是过得快的，展眼已是最后两三日。左钧直读马西泰的西洋书正在兴头上，觉得犹不尽意，晚上索性挑灯夜读，子时方睡。

这日傍晚做了些功课，周公终于前来讨债，左钧直只得趴在房中桌上小眠一会儿。

不知睡了多久，左钧直悠悠转醒时，听到身边有窸窣轻响，是纸张展阅之声。

不睁眼也知道是谁。

她懒懒地趴在桌上，迷迷糊糊地问道："来了多久啦？"

旁边人"嗯"了一声，随口道："有一会儿啦。"

她睡眼惺忪，侧过头来："太阳从西边出来啦？今天竟然这么乖地不缠我……喂！常胜！"一眼瞅到他手中拿着的东西，何止睡意退散，魂儿都去了一半，马上劈手去夺。左钧直正要抓住的一霎，常胜左手换作右手，她便扑了个空。

"还我！"左钧直烟眉倒竖，怒气冲冲。

"看完就还。"常胜攥着一沓稿纸背在身后，坚定立场。

"小小年纪，不许看这些东西！"左钧直已然羞恼，"拿来！不然不理你了！"真是个撒手锏。

常胜撇撇嘴，万分不情愿地拿着稿纸递过去。

左钧直哼了声，收拾时，眼角瞥到常胜一反常态地没有表示委屈……一翻那沓稿纸，登时大怒！

"最后两页！"

她道今天常胜来了怎的这么安安静静，原来是在看她这两个月来写的新稿——

《浪荡词·水月观音》！

如果说写《嘲晰曲》是为了谋生，《呻吟赋》是为了宽余，《猖狂语》是为了诫人，那么这本《浪荡词》，是纯属兴之所至。

回京时，左钧直于江驿中翻见一本《观音感应传》，讲起观世音化三十三宝相法身，点度众生，忽发荒谬奇想。

《猖狂语》写完，她只觉得再写情爱，笔下苍白，了无滋味。既然世人都认定了癫语生是个风月写手，那便不妨写一本真风月。

摒弃了才子佳人、英雄美人的路数，《浪荡词》只写一个人，一个女人，一个出家女人。

左钧直敢写，敢给世人看，然而此时被常胜看了，她却觉得羞惭万分、无地自容。

常胜举起空空如也的双手来，无辜道：“没有。”

左钧直恼恨地揪住他的两只袖子，狐疑着一截截捏上去，果然什么都没有，怒目喝道：“转身！”

狐狸尾巴要露馅儿。常胜忙后退一步，求道：“姐姐啊，就两页了，让我看完嘛。”

“两页也不许！你才多大点儿，看迷了心窍怎么办？”

常胜满不在乎道：“只许姐姐写，不许我看……是什么道理？皇上像我这么大的时候，早就……哼哼！”

左钧直脸上顿红，这小子！她写风月，虽不露骨，却也足以看得人面红耳热、心中荡漾。可常胜看了这许多，竟是面不改色，全无异样……

常胜见她无语，得寸进尺：“姐姐的书，我都看过，这本不过是更加……嗯……无耻一些嘛……也没什么。”

左钧直惊得合不拢嘴，指着他，语无伦次道：“你……你怎么会看？！怎么知道是我写的？！”

过去写文，虽然并未避过他，但他偶尔瞟上一眼，也不见有多大兴趣。她写文不喜欢人扰，常胜便自顾自地在一旁和长生玩，和翛翛聊天，给爹爹研墨，甚和谐。可今天他说她写的小说他都看过，可不让她惊讶！

常胜若无其事道：“太上皇喜欢看小说话本子，皇上便让我去搜罗。太上皇又不喜欢看写得差的，那我只好自己先看一遍啦。姐姐刻的萝卜章上面就有癫语生，我怎么不知道是姐姐写的？”

左钧直瞪着他：“……你怎么这么不跟人家学好？！我说你现在怎么越长越有几分像皇帝，敢情是被他们带坏的！”

常胜涎着脸过来讨好她：“姐姐写的书好呀，怎么算不学好呢？太上皇都夸姐姐的书艳而不淫，不同流俗呢！她还同祖宜尊说，读一本《呻吟赋》，胜过十本《朱子语类》，祖老头儿都快气死了。”

左钧直白了他一眼，乏乏地晃到床边，趴了下去。

常胜笑嘻嘻地走过去坐到床沿上，勾起一指去挠她的腰眼儿。左钧直痒得跳起来，抓着个枕头向他当胸横扫过去。

常胜"嗷"一声被击倒，抱着枕头哀声道："姐姐说有礼物送我的……"

左钧直无奈地爬下床，去翻书柜底下的抽屉，找出之前扶桑来朝时她买的那个小指头大的签盒给他。

抽屉底下，赫然躺着一把扇子。

五重花骨，繁丽精细。

常胜见她盯着扇子发呆，一把拿起来轻巧展开，只见上面墨气淋漓一行扶桑语，不由得奇道："姐姐，这写的是什么？"

一幕幕往事如汹涌的海潮，涌上心头。仿佛上元夜花千树星如雨，刘徽于万人丛中驻足回首，素色芳风三十二骨扇半遮了面，只露出一双危危的桃花眼，笑意盈盈，令她心荡神摇。

狐狸变作公子身，灯夜乐游春。

她多希望他向她伸出手来，唤一声："钧直，过来！"

她以为韩奉死了，自己便可以同刘徽在一处。

可是，韩奉死了，他又在哪里？

她得到了她想要的结局，可这结果，和她希冀中的多不一样。

常胜看着她刹那间泪盈于眶，顿时手忙脚乱。

"姐姐……你怎么了？……不要哭！"

不劝还好，一劝之下，大颗的泪珠儿滚了下来。左钧直本来肤色就极白，这一哭，更是眼圈儿红得如桃花一般，如粉堆霞。

常胜何曾见左钧直哭过？急得手足无措，万分纠结。

左钧直哪里知道常胜这个纠结，纠结得十分苦恼。

他长于军营，便是见过几个女人，也都如男人一般。

后来入了皇宫，女帝、鸾郡主、沈慈、韦小钟……这些女子，哪个不是想要什么就有什么？何曾会这般伤心哭泣？

他想着，慈皇后难过的时候，皇上是怎么做的？轻轻抱着，温言安慰。

小钟难过的时候，叶轻是怎么做的？抱着，说个冷笑话，逗她开心。

可是那是丈夫与妻子。

虽然他也很想。

纠结了一番，他终于犹豫着，学着长生，伸出手轻拍左钧直的背，小心翼翼道：“姐姐，别哭了，是我不好……”

左钧直摇摇头，擦泪咬唇：“和你没关系……是我……是我自己太讨厌，说了不再想他，可是还是忍不住……”

她喜欢刘徽，并不曾瞒着常胜。远行扶桑的经历，她挑挑拣拣同常胜说了些，只是略去刘徽的北齐身份。

常胜愣了愣，有些惘然失望，垂下眼看着那小巧的签盒，闷声道：“姐姐既是想他，就去找他吧。”

左钧直将那桧扇收入抽屉，怅然道：“他不愿见我，我能去哪里找？”

常胜摇了摇签盒，从顶上的小孔中掉出一根细木签来，虽然异常精致，但依旧是扶桑文。

房中静谧了许久，响起常胜有些萧索的声音：

“五月初八，叶轻和兵部侍郎在繁楼宴见北地商贾，刘徽会在。”

入得五月，左钧直复归会同四夷馆。二馆合一、裁减冗员之后，馆中气象确实为之一新。左钧直的事迹被添油加醋描描画画，倒成了个英雄般的人物，前来与她交好的官员也多了许多。左钧直走在路上，也听到有人指指点点：

“生得文文弱弱的，没想到倒是有骨气，啧啧！”

“若非如此，还真要以为她是个女人……”

“嘁，你当是女驸马的戏本子哪？哪里会有女人敢冒欺君大罪乔装入仕？”

“听说甚得段大人和礼部的赏识，说不定会是个红人……”

“也不过是译字生出身，没功名没靠山，走不出会同四夷馆的。”

……

人言可畏。左钧直回馆后只是潜心馆务，对流言蜚语一概不理。但最近朝中的几件大事，她还是认真琢磨了一番。

第一件，乃是小皇子百日，上赐单名“德”字，册为储君，诏谕天下无须避讳，人称“明德太子”。

第二件，朝中风传总督京营戎政叶葵之子叶轻将赴山海关，接任原守将夏侯乙之职。翊卫指挥使一职将由原五城兵马司副指挥使林玖接任。此二迁调虽尚无正式文书发布，却已是内阁定下的事实。

第三件，知晓的人便不多了，便是常胜所说的叶轻与兵部侍郎宴见北地商贾之事。

“八英”之一的叶轻顶替“萧山五虎”之一的夏侯乙戍守山海关，大多数人视之为新旧武臣的更迭，与明严灭除韩奉之后，大举启用新臣的做法一脉相承。

可是左钧直还是敏锐地觉察出，此举似乎意味着明严要对关外的北齐、女真有所动作了。

只是个中还有不少自相矛盾处，左钧直觉得想不太通。

借着当年爹爹在翰林院编撰《太平渊鉴》的机会，她读过许多北齐遗书，对当年那段历史了解不浅，后来又从行人那如那里得到了印证。夏侯乙在关外的威名，除靖海王、晏江侯之外，无人能及。北齐故将曾有诗云：“夏侯今横槊，何日度榆关？”榆关，便是山海关的别称，可见北齐对夏侯乙是何等忌惮。既是如此，换下夏侯乙，不啻于自毁长城。难道真是“廉颇老矣”这样一个原因？

照理说，叶轻戍关，戍便戍了，宴见北地大商，当是要再议军需采买事宜。

倘要加购刍粮，要么是要增兵，要么是要兴战。

她爱着刘徽，自然不希望刘徽在这两国角力中受到什么伤害。

然而她是天朝子民，更不希望刘徽做出什么事情来，令天朝政局动荡不安、黎民百姓遭殃。

无论站在哪一边，她都不想看到关外战火再起。

第十二章　金殿对君

韩奉死后，加诸繁楼的禁酒令解除，繁楼大庆三日，酒资尽免。三日之后，繁楼繁华更胜以往。

月色下，琼玉海中波光粼粼，倒映着漫天星光与繁楼灯火，分不清这天上人间。

天玑楼中，美酒盈樽，美姬琤琤，推杯换盏，觥筹交错。

天朝国库、官用、民生、军需，俱有内库周转其中。然而内库虽丰，泱泱大朝，犹有力所不逮之处。更何况内库本起于东南，在北境力量相对有限。所以北境军资，除粮秣、兵械、胄甲、火器等要害物资由内库专供之外，仍有泰半诸如马匹、被服等倚赖民商。

借着山海关守将更换之机，东北守备军重选军需供给商，增购物资。

这是一桩大买卖。北境原有军需货商、后起之秀，无不想要趁此机会扩大或者争取自己的份额，使出浑身解数向叶葵、叶轻、兵部侍郎、驾部郎中、库部郎中示好。

青莲文锦，璎珞悬绦。发络绣带，袂卷芬芳。举手投足，一身风流。

一一别过叶氏父子、兵部官员、北境众商，春风笑意渐渐淡去。

刘徽沿着琼玉海畔缓缓行了几步，忽而驻足柳边，负手沉声：

“出来吧。”

着月白衫子的少女从树后探出半个身子，七分犹疑。

“没人。”

少女走出来，停在他面前五步处，竟是近之而情怯，拘谨不安。

琉璃莲灯的明光透过披拂的柳枝照在欺霜赛雪的脸颊上，落下深深浅浅的阴影。少女缄默着，侧头望向琼玉海，眸中波色水光浅映，星星点点，不知是月色，还是灯火。

他就这样静静地看着她，嘴角一点一点地翘了起来。

“再不收敛些，看你扮男人还能扮到几时。”

没想到他还会这样同她逗笑，左钧直怔怔地抬起头来，欲言又止。

自被云沉澜从海中救起来后见过刘徽一眼，从此再没见过他，已半年有余。他这次回京，倘不是常胜告诉她，他也不打算让她知道吧？

“好好儿的，为何要改结局？不想给爷挣银子了？”

“刘爷也不在乎这些小钱。”

不知为何心中就来了气。横竖自己再怎么用心去写，他不看，亦不关心。不似以往，他会为她亲绘人物绣像，神韵跃然纸上，竟比柳三生的插画还要传神。

他可以为云沉澜一掷万金，她写本书，区区数千两银子，于他又算什么？

刘徽目光冷了几分，逼前一步：“别忘了你我的契书，只要爷不解约，你便还得听爷的。爷没说停，你便得继续写。”

这般强硬的做派，令左钧直觉得陌生。她自嘲地一笑：“是，刘爷说一不二，钧直唯命是从，下一本一定大卖。”

“今天来找爷，又想作甚？今日可不是爷的生辰。”

瞅着他一副说完快走的逐客架势，左钧直心底拔凉。想着云沉澜可能就在不远处，她也无心久留。

“刘爷，”左钧直昂头紧紧盯着刘徽的双眼，仿佛要看进他的心底去，

“今日天朝已非往昔，即便北齐与女真联手，也不可能敌得过。朱、明二姓，恩恩怨怨，何日是尽头？一门之恨，荼毒苍生，刘爷难道忍心……”

“够了！”刘徽厉声打断，“做明严的说客做到爷这里来了！”

他声色俱厉，左钧直反而毫无退却之意，道：“我不是做皇帝的说客。我知道我不算什么，可是还是想问刘爷一句，倘若钧直在刘爷心中，还有那么一丁点儿的位置，刘爷能不能看在钧直的面子上，看在关内关外无辜百姓的面子上，忘却前仇，重新来过？”

刘徽向旁边一指：“滚！”

左钧直咬牙，抬足便走，走了两步，却被狠狠拽了回去。刘徽横眉怒目：“叫你滚你就滚，怎么这么听话！”

双臂被他钳住，动弹不得，左钧直冷哼一声，别过头去。刘徽掐着她尖瘦的下巴逼她转过头来：“越来越长进了！敢同爷使小性儿了！”

“那刘爷教教钧直该怎么做吧！”

刘徽低头与她相对，忽而勾唇一笑，道：“你这模样儿，让我真想……”隐而不言，却问道，“怎知我回了繁楼？”

“常胜说的。”

刘徽点点头，又道：“左钧直，你不想看到爷死吧？”

左钧直黯然道：“我来劝刘爷，无非也就是希望刘爷能一直平平安安的。”

刘徽指尖摩挲过她细润的脸颊，柔声道：“以后，再不要掺和政事了，这是男人才应该去做的事情。

“……回去吧……在找到喜欢的男人之前，不要嫁人。”

她定定地看着刘徽，她喜欢的男人就在眼前，别人，她还能嫁给谁？

琉璃掩映春堆厂，杨梅横斜香满街。

风吹槐花飘落，郢京琉璃厂外的大空场子上，但见书摊遍地，密密麻麻。古书泛黄，新书墨香，一本本紧挨着斜立在地，待价而沽。除了书籍之外，亦有不少卖字画、弈残局的，形形色色的揉手核桃、小件古器更是成百上千。

往来游人纷沓，俱是来淘书看书、把玩古董的。

这正是琉璃厂一月一开的书市，恰选在官员的旬休之日。琉璃厂一带聚集了诸多民间书坊、文玩杂肆，亦多学堂，乃是郢京的一大雅游之地。但与国子监外的成贤街和贡院西街不同，琉璃厂地处南北城交界处，所售书籍也是阳春白雪、下里巴人兼具，所以无论是士人、举子、文人骚客，还是平头百姓、商贾、梨园艺人，都会聚于此，形成郢京中一大奇观。尤其是因为此处书商常能从民间搜购一些佚失的古旧奇书，竟连翰林院的清贵官员亦常来光顾，往往能有意外收获。

左载言被翛翛推着，走走停停，或指了书翻阅几面，或与书商攀谈，询问最近可有新入手的好书。他常来此处，与琉璃厂的书商大多熟识。许多书商一见他，便马上热络地翻出压箱底儿的古书来给他看："左先生，这《北狩见闻录》可是极难得，若不是您，我可不敢随便拿出来……""哎哎……左先生，这本《李长吉歌诗》，是初版唐刻本，世上仅此一本，真的不考虑考虑？……"

正走着，一个络腮胡子的大汉过来施了一礼，道："这位可是左先生？"

左载言点头，道："不错。"

大汉咧嘴笑道："听说给先生讲一个故事，可得十文钱，可是真的？"

翛翛拧眉，帮着说道："好故事十文，若我家先生喜欢，可再给十文，但若滥竽充数，至多五文辛苦钱。"

大汉忙不迭地点头："保准好故事！先生现在听不听？"

左钧直牵着长生，正在一个专卖佛经的书摊上流连，忽见几个小童呼啦一下跑过去，扯着嗓子喊道："又有人说故事啦！快去听喽！"

左钧直眯着眼睛，果然见到场角歪脖子大槐树下，聚起了一圈儿的人，不由得苦笑着摇摇头。

这事儿还得从一年前说起。

也是在这个书市上，一个白发苍苍的干巴老头儿跪着行路乞讨。京中人见乞丐见得多了，多不爱施舍。老头儿乞到爹爹和翛翛这里来，翛翛便给了块碎银子。老头儿大喜，此后每次都巴着爹爹不放。爹爹最后无法，便同他讲：“我不愿见人跪着求人，亦不愿见人不劳而获。不如这般，你年过古稀，自然阅历匪浅。将你过去所历难忘之事同我讲一讲，讲一件十个铜板。”

这事儿不知为何一传十十传百，来寻爹爹卖故事的人越来越多，个个都有不得已的苦衷，生计艰难，让爹爹不听也不行。

本来爹爹和翛翛上书市是不牵长生的，只怕人多吓着人。可这事儿逼得爹爹不得不让长生出面抵挡一下，才少了许多麻烦。今天是她自去年七月以来第一次陪爹爹上书市，长生便寸步不离地黏着她，结果又有人钻空子找来了。

“统统闪开！”

“快走！快走！”

“滚远些！臭叫花子！”

突如其来的蛮横吼叫声打破了书市上的融融气氛，左钧直站起身来，同众人齐齐循声望去，竟是几个家丁打扮的人在大槐树底下轰人！

左钧直吃了一惊，拉着长生急急奔了过去。

“早听人说琉璃厂中有个四肢残废的左姓人花钱找乞丐买故事，原来果然是你！祖父虽然早已将你逐出宗庙，但你终究还是顶着‘左’这个姓！我们左家世代簪缨，清贵无二，岂容得你一而再再而三地丢人现眼！”

左载言墨眸淡然无波，不怒不惊，仿佛眼前这锦衣青年口中吐出的尖刻之言云淡风轻，如蛛丝芥尘般一拂即去。

翛翛却受不得左载言被人这般辱骂，开启朱唇，针锋相对道：“祖父？那我家相公便是你五叔？江北左氏号称诗礼传家，竟还有你这般不孝不伦之徒！”

左载言皱眉道："翛翛，休得胡言！"

那锦衣青年被激得大怒，指着翛翛斥道："你不就是当年繁楼的花魁翛翛吗？改头换面充起良家妇人来了？你们二人这奸夫淫妇，真是让左家丢尽了脸！……"

只听得啪的一声，锦衣青年的话被生生打断在了喉咙里，他捂着脸目瞪口呆地看着面前容貌平凡的少年。

"左承焕，你胡吣些什么东西！"

这个锦衣青年，正是左家次子、户部右侍郎左载道的儿子，左承焕。

左承焕并不甚高，而左钧直恰生得身条颀长，竟和他平齐。所以虽然左钧直以往没打过人，但怒火攻心之下，这一巴掌打得顺风顺水，扎实得不能再扎实，让娇生惯养的左承焕半晌说不出话来。

侮辱她，她能忍。可是侮辱她爹爹，那就是忍无可忍无须再忍了。

"钧直！"左载言沉了脸色，"怎可以打人？去道歉！"

左钧直简短地答了声："是，爹爹。"转头向左承焕道，"对不住了，左二公子。我们这个左家，非贵府的那个左家。二公子是海里长大的官儿，管得宽了。"

左承焕这才回过神来，抖着手向后面几个家丁怒叫道："傻站着作甚？给我教训教训这个小孽种！"

长生躬起身子，毛发奓开，龇开嘴露出白森森的獠牙，凶残欲扑，唬得那几个家丁不敢近前。

"上啊！你们手里拿着的刀是干什么吃的！"

几个家丁挽了袖子壮了胆子正要冲上来，过来一个小厮道："杭公子来了！"

左杭一身随意的便装打扮，仍是不失贵气儒雅。他比左承焕小八九岁，去年方入仕为官，然而一身气势远非左承焕所能及。

他拨开远远围观的人群，匆匆赶来，向着左承焕不悦道："二哥这是在做什么？"

左钧直对左载言道："爹爹，我们走吧。"

左承焕欲拦，被左杭一睨，讪讪地收了手。左杭道："五叔，冒犯之处，还望见谅。但如今爷爷离官，左家所处形势微妙，请五叔行事多加小心。"

左钧直站在左载言身边，背对着左杭道："多谢杭公子指教。清者自清，浊者自浊。"

左杭望着几人远去的身影，若有所思道："这就是当年茶馆说书犯忌被捕的小孩？"

左承焕仍是一肚子气，道："是，左载言的儿子。那年来向爷爷贺寿的也是她。小爷不弄死那只狗，誓不为人！"

左杭看了他一眼："二哥说话注意些分寸，被大伯教训得还不够？"

左承焕哼道："这不是在外面吗？在外面还同家中一样循规蹈矩，笑不得说不得，还不憋死？"

左杭不言，四下望了望。左承焕问道："你不是说要给我们引见括羽吗？妹妹们可都打扮好了在家里等着。括羽人呢？"

"方才还在，一眨眼就不见了，这小子真是……"

左承焕帮他到处看着，神秘兮兮道："听说那小子越长越像皇帝了？刚入宫时就有人猜他是太上皇的私生子，他又这般得宠，莫非这事儿竟是真的？"

左杭从鼻子里哼了声："这你也信？若是皇子，太上皇何必藏着掖着？"

左承焕越发激动起来，拍着左杭的肩膀道："怕云中君不高兴嘛……如果真是，那咱们的妹妹将来嫁了他，你娶了鸾郡主，咱们左家可就成皇亲国戚了！绝对比老爷子当丞相风光！"

左杭盯了这位"二"哥一眼："你想多了。"

左承焕笑逐颜开，道："二哥是认真的。反正你也说括羽那小子不喜欢鸾郡主，咱们的妹妹们要貌有貌，要才有才，总有他看得上的吧？鸾郡主及笄之后就要选郡马了，你可得把握机会啊。左家将来可就靠你了！"

左杭见他两眼放光，仿佛这事儿已经成了一般，摇头道：“括羽那小子装痴卖傻样样都会，心里头却比谁都透亮。就凭咱们家那几个只会伤春悲秋的丫头，我看这事儿难成。”

左承焕叫起来：“难成？那你这个做哥哥的还不多帮衬着点！其他‘八英’家里可没什么适龄的姑娘，肥水不流外人田哪！”

会同四夷馆中的平静日子没过几天，段昶人模狗样地来巡视，考量各馆译务，临走时又“打赏”给左钧直几大本交趾国文献。左钧直咬牙切齿地数着页数，翻着翻着掉出一张裱绫书签来：“散值后来勤政殿见朕。”

是福不是祸，是祸躲不过。

左钧直心道，皇帝这精简冗员已经精简到堪称小气的程度了，传唤她入觐，连个小太监都舍不得用。

不过，将这书签装裱装裱，以后也挺值钱。

六月天气本已炎炎，勤政殿中却温凉如秋。

左钧直四下里望了一望，也不见有冰盆，不由得暗赞皇宫大殿修得非同一般，冬暖夏凉。

左钧直跪了半日也不见明严搭理她，一抬头，就见明严坐在御案之后，拈着朱笔居高临下地审视着她，凤眸薄唇凉薄如霜。她慌忙又低下头去。

“上来给朕磨墨。”

左钧直傻了眼，敢情连给皇帝磨墨的小黄门也给裁减了？到底圣命难违，左钧直上去捧了砚台，却站在御案一端，离明严远远的。

明严瞟了她一眼，不置可否，下笔如飞，连批了十几个折子，方道：“左钧直，可觉得委屈？”

左钧直没料到他会这么问，一时间有些受宠若惊，又觉得摸不着头脑，中规中矩地答道：“微臣食禄尽责而已，何来委屈？”

“朕打算让你入兵部职方司，掌四夷归化、关禁海禁。”

兵部！职方司！

职方司掌管天下地图、城隍镇戍、烽堠关防诸事，番客入朝，国之山川风土、殊俗容服，须由职方司备录在案，乃是兵部四司之一。

须知六部之中，兵部最难入，因涉及军机秘务，向来都由武职世家沿袭，所用之人，也必是皇帝亲信。

明严这么轻轻松松一句话，就让她一个十六岁的女子入了兵部？

未免太荒唐了些！

“陛下，臣既无功名，又是……”

明严打断道：“你在韩奉案中有大功，扶桑之行忠心可鉴。朕用人向来不拘一格，升你做个六品主事也不过是论功行赏。你自会同四夷馆入兵部，仍是处理外务，足可胜任。”

“可是……”左钧直还要再辩，殿外内侍扯着公鸭嗓喊道：“阁——臣——入——觐！”

左钧直忙告退，却被明严喝住：“给朕站在这儿！”

左钧直进也不是，退也不是，微侧了身子杵在御案边，低眉顺眼的，不敢正对鱼贯而入的几名内阁大臣。

内阁议事，闲杂人等一律回避，明严留下她来，是何用意？

显然那些阁臣见到她，也甚为惊诧。然而如今明严天威煊赫，无人敢有半句微词。

左钧直听了半晌，对于明严为何令她旁听，明白了七八分。

东北边关要增兵固防，都是烧银子的大事儿，户部自然就犯了难。

户部尚书是个须发花白的老爷子，磨磨叽叽，啰啰唆唆，子曰诗云大半天，左钧直总算是明白了他的意思：老子没钱。

明严越听面色越黑，无奈那老爷子久经官场，脸皮比城墙还厚，说拿不出，就是拿不出，时不时还和两个侍郎唱和几句，令人无可奈何。

这老爷子刚出仕就在户部，要说对农桑财税的了解，还真是无人可及。他说话虽文绉绉，然而头头是道。其他阁臣听来，也是默然无言，无可辩驳。

左钧直眼角余光看到了她二伯，也就是户部右侍郎左载道。很显然，左载道虽然几年前见过她，却没认出她来。本来上个月一怒之下打了左承焕一巴掌，她初初还有些顾虑那纨绔会不会伺机报复。然而第二天听说左府正对大街的角门上倒吊了三个家丁，手脚被缚，口塞破布，脖子上还各挂了个木牌，上书五个大字："我乃偷狗贼。"路过行人见了，无不大笑。那夜长生似乎是叫了几声，但第二天仍是好好儿的。她疑心那几人是来偷她家的长生被抓了，但左家查不出是谁干的，她就更不知道了。总之，左承焕没有再来找过她的麻烦，这事儿也就这么过去了。

她瞅着左载道发呆，忽然觉得姜离正似笑非笑地看着她。

"当局者迷，旁观者清。咱们吵到天黑也没用。皇上，咱们会同四夷馆的这位左通事见多识广，不如让她来评论评论？"

明严摊平了一本折子，道："左钧直，讲。"

他特意把这"左"字咬得很重。左载道的目光利箭似的射了过来。

左钧直犹豫了一下。那些阁臣除了姜离之外，各个面色不善，更兼不屑。那日左承焕辱骂爹爹和脩脩的话又浮上心头，她心中想到左府，依旧是愤然不平。心一横，左钧直启口道："臣赞同尚书大人说的。从农、盐中要军费，便是与民争利，万万不可。"

明严面色一变，目光狠狠地横了过来。尚书老爷子拈须微笑。

"但未尝不可以另辟蹊径。"

明严脸色稍稍和缓了些。

"陛下要增兵固防，无非是要富国强兵，制御外敌。臣思之所以恢复封疆、裨益国家者，一曰明历法以昭大统，二曰辨矿脉以给军需，三曰通西商以官海利……"

"黄口小儿！"尚书老爷子打断左钧直，倨傲地问道，"你可知我朝每年国库收入几何？"

左钧直恭谨地答道："禀大人，去年乃是四千八百二十五万两白银。"

老爷子没料到她一个不入九品之列的杂官，竟知晓这个数字，险些惊住。但他到底是老姜一块，紧跟着问道："江浙闽粤四海关税收多少？"

"九十万五千四百两。"

"四十分之一不到，九牛一毛！我天朝地大物博，无所不有，原不借外夷货物以通有无。太上皇命开放海禁，乃是谅解天朝所产茶叶、瓷器、蚕丝为四夷诸国必需之物。天朝加惠海隅，并不以区区商税为重！"

左钧直被老爷子一通抢白，仍旧不急不躁道："有无相易，邦国之常。我天朝要怀德彰威，所恃乃是国强民富，而非施恩让利。如今内库运作有道，八方贸易已成常例。番国所缺之物，即便我朝加税两成，亦是非买不可。敢问左大人，我朝每年边贸金额几何？"

左侍郎道："据内库计算之数，去岁已达四千万两以上。"

左钧直道："即是与国库收入相当。那么加税两成，便是国库收入五分之一，大人以为何如？即便只加一成，也是十分之一，供东北军需用度已绰绰有余。"

老爷子被噎了一下，立马怒道："幼稚！无知！我朝免征关税以怀柔四夷，非是利其财货！且不说加课关税与祖上旧制相违，就算是加税，你可知有多难？不但将遭众商贾抵制，亦势必催生走私黑市，非长治久安之为！"老爷子气得一拂袖，"站着说话不腰疼！"

方才还之乎者也的老爷子，突然爆出一句大白话来，实在令人忍俊不禁。然而火药味正浓，皇上分明又有意放任老爷子和左钧直吵下去，于是谁也不敢多说一句，皆准备看着左钧直出丑。

左钧直不卑不亢道："如今西洋强国并起，怀柔已非长久之策。往昔内库要求开放海禁，诸位大人俱认为非闭关不能拒海贼。然而事实却是官市不开，私市不止。凡事不行，不可妄断难易，固步不前。小子自知加收关税不可一蹴而就，但乃大势所趋，西洋诸国，俱循此例。倘一年内所征不足，亦可求诸矿脉开采。且拿煤炭为例，自京中用煤代柴者日多，民间小矿蜂拥而起，不惟扰乱市价，亦毁山川林木。臣以为不若令内库将煤矿一律收归国有，统一调售，既能平抑市价，又能变税为利，以资军需。煤炭既采，五金之冶炼便可大举推行，军械丰足，正可强兵。”

这番话实属大胆，乃是天朝朝中前所未有之言，然而有理有节，确实可行，竟无可挑剔。要在一年之内凑足军需兵饷，除了左钧直所建议之策，又岂有其他不害民生的速成之法？

老爷子被说得哑口无言，左载道忽斥道：“无稽之谈！你这逆子，当年口出狂言被捉拿下狱还不知悔改，今日竟敢在皇上面前大放厥词！”

几名不知左钧直底细的阁臣闻言大惊，面面相觑，大略也猜出这狷狂无忌的左钧直，就是左家五子左载言之子！此子所思所言，竟同她父亲一般惊世骇俗，却不知为何会出现在勤政殿里，为皇上奉砚磨墨，又被姜离推入这场风波中。

左钧直盯着左载道：“下官不敢。既然是皇上让下官说话，下官不敢不说。是不是大放厥词，也自有皇上圣断。”

这话说得很是礼貌，然而背后的味道也未尝不尖刻：我说话，那是皇帝让说的，我说得对不对，皇帝都没发话呢，您老人家先歇一歇。

她外露的性格绝似其父，然而骨子里却是白度母夫人大胆无忌的真性情。她满腹锦绣，少年说书时指点万里江山、评点千古英豪，自然是意气风发，甚至还有那么点炫耀才华之意。后来带累父亲遭了难，性子才渐渐沉敛隐忍下来。然而左家几番言语相激，饶是她甚为克制，毕竟也不过是一个十六岁的姑娘，终于摇身一晃，晃出几根刺来。

左载道果然气郁闭嘴，愤愤然退于尚书老爷子身后。

明严道：“诸位爱卿可还有别的高见？”

几名阁臣想驳斥左钧直几句，然而个个心知肚明，只要提不出什么更好的主意，皇帝也定然是不悦的，索性一个个缄口不言。

“此事干系甚大。诸位爱卿下去好生商量商量，三日之内，给朕一个结果。朕只想看到如何能筹措到这笔军资，其余的废话，朕一个字也不想看到！”

姜离退下时隐约笑了下，其他阁官则各怀心思。户部老爷子和左载道一脸不忿。左侍郎愁眉苦脸，踏出殿外时忍不住问了句：“这事可怎生才好？倘拿不出别的什么主意，岂不是真得照着那左钧直说的来办？”老爷子从鼻子里哼了声，恨恨地甩袖而去。

殿中又只剩下明严和左钧直二人。

“左钧直，你方才有句话似乎没说完。恢复封疆、裨益国家，除了那三条，还有什么？”

左钧直默了默，似是下定了一个决心，道：“四曰，制西铳以资战守。”

明严放下朱笔，认认真真看着左钧直：“制西铳？”

左钧直道：“火器古已有之。听闻云中君当年大败扶桑海寇时，战船之上曾大量装备火铳。只是后来君上认为火器分裂肢体，于国不祥，所以在攻打北齐时，火炮只用于攻城，并未大量使用。然而火器震慑敌人之效可谓不小，是故扶桑人自那一战之后，大力研制火药之术。如今陛下若想防御北齐、女真，倘有强大火器，不战而御人之兵，未尝不可。”

明严霍然撑案起身：“你说的强大火器，指的是西铳？”

左钧直道：“是。臣认识数名西洋人，亦读过一些西洋书籍，知晓佛郎机国仰仗大炮，横行于大洋之上，所向披靡。倘若我天朝不未雨绸缪，研制西铳，西洋犯我，只在朝夕。”

明严蹙眉道：“可有佛郎机大炮的制造之法？”

左钧直望着明严，缓缓道：“臣认识的西洋朋友，通晓造炮之法。陛下若有造炮之意，臣可以代为翻译沟通。只是，臣以为此炮之效用，重在防御，而非侵略。倘此炮造成，陛下仿效佛郎机国，四海之内耀武扬威，那便违背了最初的意图，是忘本而逐末了。臣甚仰慕云中君与故去罗晋罗大将军之仁心，望陛下善用火器。”

左钧直出殿，御座屏风后慢慢步出一个人来。

虽是六月，却衣繁锦，所过之处，汽凝为霰，周身似有冰雪环绕。

其容其姿无可言说，直令人想到霜天露白、晓风寒月。

只一双狭长秀美的眼，乍一看与常人无异，再一看却是漠然失焦，宛如白璧微瑕，令人扼腕。

若非鬓边华发昭示出几多春秋，他走过明严旁边，只令人以为是明严的长兄。

“这个左钧直，所言或许未曾周密思虑过，却与父君的想法不谋而合。”

“甚好。”

却再无一言。袖中指尖之侧，一条莹白小蛇探出头来，轻摆身躯，似是指路。

明严望着他远去的身影，心想这“甚好”二字，似乎只在四年多前听过。

七夕，脩脩做了不少乞巧果子。她心灵手巧，做出来的花样儿也繁多，什么莲蓬、鸣蝉、小鱼、福字……其中还有一对身披战甲的果食将军，被常胜讨去吃了。脩脩还专门做了几只小狗给长生，长生却比较喜欢吃狮子模样儿的。

晚饭时，脩脩道：“钧直啊，今晚拜个织女吧，求织女娘娘保佑你嫁个如意郎君。”说着还拈了个方胜到她碗里，“特意为你做的。”

左钧直看着那方胜巧果子，苦着脸吃了。这方胜有来头，表的是男女情意。有戏折子说：“把花笺锦字，叠做个同心方胜儿。”自打她满十六岁，脩脩就没少为她打算这事儿。上个月脩脩刚拿出嫁妆把隔壁的半片院子给盘下来了。她和爹爹当时买这个小院，只买了一半，中间一堵墙与旁边隔开。现在脩脩把旁边的院子买下来，便在墙上打了个门。那半个院子，照脩脩和爹爹的意思，准备开一个私塾。白日里爹爹教授三四个孩童，晚上著书立说，脩脩有时候能去教些音律。而现在的这半边院子，是要留给她的。她晓得时，房契都签了，她也无法。

“钧直啊，现在可有合意的男子？我看上次来找你的那个寿佺就很不错啊！”

左钧直埋头扒饭，常胜的牙齿磨了两声。

“或者那个太常寺少卿段昶？虽然身份高了点，但你也是左家之后嘛。更何况我看他一点架子也没有，待你也甚是亲熟。”

常胜低头，目中射出凶光，锋利的牙齿嚓一声将一根拇指粗的菜心梗子咬作两截。

左钧直无奈：“倫倫娘……我现在不想嫁人。刚被提到兵部，我还装着男人呢，怎么嫁人呀！”

“哎呀，做个半年一年的，赶紧辞官！都十六了，对门李家的，娃儿都生了！你再不嫁人啊，黄花菜都凉了！”

这话真是念叨得耳朵都要起茧了。左钧直呻吟一声，道：“我早跟爹说了，要一辈子陪着他。”

左载言不爱吃点心，早早吃完饭去隔壁溜达了。倫倫道：“我陪你爹就够啦！”忽然两眼放光，“我知道了，你是想要个上门的！这也不错！”想了想，却又犯起愁来，“这年头，哪里去找愿意上门的男人？难道真要去京郊村子里挑一个穷巴巴的？不行不行……”一侧头看见常胜，顿时眼睛一亮，“哎哟，这不正有个现成儿的吗？童养婿呀！”

左钧直的脸登时黑了。

“唔？”常胜稀里糊涂地抬起头来，又被左钧直飞刀似的眼神儿逼得垂头啃菜心，无比识趣道，“皇上说了，不到十八岁，不能娶老婆。”

“十八岁啊……”倫倫掐指一算，“那我家钧直都二十了，老成姑婆了！”

左钧直终于再也听不下去，放下筷子走了。常胜正要起身去追，被倫倫一掌摁了下来：“先吃饱！她是脸皮薄，不用理。”

倫倫看见常胜巴巴地追着左钧直的眼神儿，顿时了然，狡黠地笑了下，道：“常胜啊，喜欢我们家钧直？”

常胜的白净脸皮儿顿时红了，越发明润秀美。

倫倫啧啧了两声：“若是你不比她小，那可不是绝配？不过小两岁也无妨！跟皇帝说说，提前娶了嘛。你可愿意入赘呀？”

常胜脸更红了，讷讷地望着翛翛，不知道该说啥。

翛翛以为他不知道入赘的意思，便解释道："入赘呢，就是做上门女婿，以后你就是咱们左家的人了。反正你也无父无母的，来咱们家也没啥不好的不是？这半边房子就给你们住，你也习惯了嘛。"

"……"

"哎，你是怕以后的娃儿不能跟你姓？没事，咱们也都是深明大义的，多生几个，一半儿姓常，一半儿姓左，不就得了？"

常胜憋了半天，终于道："唔……还是都姓左吧。"

其实他想抗议：我真的不姓常……我也不姓括……我压根儿就没姓啊……

但是转念又想：唔，我难道是上天注定要来入赘的吗？

其实入赘也很不错嘛……

明严办事极有效率。主子发了狂，下人遭了殃。重压之下，户部全军出动，接连奋战了两个通宵，呈上了一本厚厚的折子。

走投无路，老爷子终于还是极不情愿地用了左钧直的两个法子。只是又从故纸堆里寻死觅活地翻了好些典故出来改头换面一通，又条分缕析、细密周到地叙述了实施之细则、各种可能的后果以及应对之策，彻彻底底变成了老爷子自己的风格，才算满意。

这事儿丝毫没算左钧直的功劳，但她并不在乎。她很清楚自己不过临阵磨枪这般一说，若非老爷子前前后后大刀阔斧地修改一番，这两个法子定是很难为朝臣所接受。而这背后，若是没有皇帝和姜离，甚至可能还有云中君和太上皇的支持，也是断断行不通的。

左钧直自己过得也不轻松。

火器的事情，她同马西泰探讨过不止一次两次，甚至在去扶桑的船上也同雪斋聊过。她建议明严铸造西方火炮，从长远来看固然是为了巩固海防，但未尝没有她的私心。

她不愿意北齐与天朝起战。

去岁在船上与那如谈起当年大楚与北齐的几番战事，她深知战火之下民生之艰。在那场雪斋与织田的火拼后，她侥幸不死，可是后来听说行人司司正何子朝罹难，那如下落不明。那如曾对她说，希望关外再不起战火，少一些像他这样的流离之人。她想，这也算是那如的遗愿。哪怕是绵薄之力，她也要尽，算是为了关外千千万万个那如吧。

第一最好不开战。倘若开战，那便只能求速决。

这就是她希望能助天军铸炮的原因了。

北齐皇室被灭杀殆尽，当年逃往关外的残部其实群龙无首，算是一盘散沙，依附建州女真而存。便是刘徽，也算不上皇室之人，至多是外戚而已。倘若他没有杀妻灭子之恨，何须似这般不顾自身安危，铁了心与明氏为敌？

她希望借助佛郎机火炮之威柄，令刘徽和建州女真知难而退。

当然，她也很清楚火炮乃是双刃之剑。明严素有扫荡九州威服四夷之雄心壮志，这火炮到了他手里，便是他收复东北的利器。

只是她知道佛郎机火炮座大力沉，只适合固定于城楼之上用于防御敌兵攻城，并不方便安置于车驾上作为机动兵器。明严要研制出轻型火炮未尝不可，只是恐怕还需要几年时间。

她希望倘有这时间，刘徽能想得更明白些。或者，云沉澜能令他改变。

马西泰来京多年，传教处处碰壁。这一次得了左钧直引荐与皇帝见面，他欣喜若狂，于是尽心尽力，使出浑身解数去满足皇帝的要求，只求能够自上而下，开辟出一条传播西方宗教的道路来。

然而明严思虑此事极为周密。在京郊觅得一处隐秘之所，将所有研制火炮的相干人士一律关了进去，派驻京军严加防守，不准许与外人接触。又不知从何处觅得三个顶尖的火器工匠来协助马西泰。

马西泰日常的汉文尚可，可是一涉及火炮制造之法，各种艰深术语便无法再用汉文表述。这中间的纽带，便全然维系在了左钧直身上。

左钧直深知此事攸关千千万万人的性命，不敢有丝毫的怠慢。她更清楚，自己知晓得越多，与明严的一场博弈，她便愈是占据主动。所以她趁着这与世隔绝的机会，一头扎进了火药、机械、营造等技艺中去。

这一扎，就是半年余。

《火龙经》《武备志》《武经总要》《火攻挈要》……反正能寻到的与火器制备相关的书，她都寻来夜以继日地苦读。凡是不明白的，她便缠着那三个工匠去问，或者让工匠拿实物给她看。而马西泰带来的那一箱与佛郎机火炮制备有关的书，她更是读得几乎可以倒背如流，原本不过学了个六七成的喇提诺语，现在已经流利如母语，有些生僻字眼儿马西泰都还要想一下，她却能直述其意。其他人每天规规矩矩干三四个时辰的活儿，她除了吃饭睡觉，其余时间都在琢磨。

勤能补拙，不索何获？

这半年间，她不知道啃了多少本书，画了多少张图，做坏了多少个模具，捂着耳朵听了多少次火药爆炸……左钧直生生将这些枯燥冷硬的东西学了个通透，而改良之后的佛郎机火炮图纸，也已基本成形。余下只待交付冶铸之匠，铸模造炮，一试威力。

其间仅重阳、除夕回家与爹爹和脩脩团聚了几日。长生一见她便如胶似漆，呜呜不舍，带着她去见了许多只小长生，惊得她合不拢嘴——好个长生，真是广施雨露啊！当今皇帝才皇后一个老婆，三宫六院俱空着，你长生竟是妻妾满京城了！

她所居的隐秘之地，虽然是鸟都飞不进，常胜却不知为何能够轻轻松松出入其中。他大多是夜中来，为她和爹爹、脩脩鸿雁传书，更会不时给她带些好吃的开小灶。有一次两人趁着月黑风高在左钧直住的小院子角落里刨个坑烧叫花鸡吃，结果不知怎的掉了点火药进去，那鸡被炸得血肉横飞，两人一脸的烟泥，还引来了守备军。好在常胜躲得快，守备军将左钧直教训了一番，便悻悻地走了。常胜跑出来，看着彼此脸上身上乱七八糟的样子，二人不由得相视大笑。元宵放了小假，左钧直这时候的火药术已经学得颇好，做了一堆烟花。常胜在子时跑来，带给她两只圆滚滚的红灯笼，点了挂在门口，喜气洋洋。二人在小院中放了烟花，肩并肩地坐着看漫天缤纷烟火，绚烂至极，只觉得山中岁月静好，人间有味，最是清欢。

郢京附近没有煤山，亦无铜铁之矿。内库兵器铸造司的工匠经过一番商榷，终于还是奏请皇帝将佛郎机炮的铸造转移到郢京以东的直沽去。直沽乃南北漕运咽喉，亦是内库的一大军火制造基地，所造军械，直供京军神机营使用。

火炮工匠首先去了直沽，马西泰因为还有一些资料需要搜集整理，左钧直只得留下来多等他一两日。

这一去离京更远，出发前一夜，她等着常胜给她送爹爹的信来，她亦有信笺需要传给爹爹。

然而过了子时，又到了丑时，常胜竟还是没来。

有约不来过夜半，闲敲棋子落灯花。

敲着敲着，便没了那份逸致，心中升起些不祥的感觉。

常胜从来不会爽约的。

窗外雪色如烛，映照银白月光。她索性灭了灯火，披衣出门。

房门甫一推开，正对上一张皱纹深如沟壑的老脸！

左钧直吓了一大跳，咣地拉门上闩，眼见一柄狼刀自门缝突入，只一下便将门闩劈作两段！

左钧直没有叫。

虽然大部分人都转移去了直沽，但这里的守军还是有的，只要她叫一声，立即会有人来。

但是她没有叫。

这人她认识。

那夜刘徽为云沉澜所伤，她随刘徽去了他府上。府上没有其他人，只有一名老态龙钟的哑仆。

来者便是那老哑仆。

只是他根本不复当时驼背蹒跚的模样——目光精悍矍烁，足下健步如飞。

他是来杀她的。

房门被一脚踹开，老哑仆手提狼刀闯了进来。左钧直爬到窗台上，开口问道：“为何要杀我？”

问了一句，又觉得自己犯傻。他明明是个哑巴，问了又能如何？

然而老哑仆快步而来，声音喑哑嘲哳：

“你是束缚。

“你该死。”

左钧直从窗台上跳了下去。可那刀何其快，隔着厚厚的棉服，她仍觉得小腿肚上一道剧疼，痛入骨髓。

左钧直咬着牙没叫出声来，将要落地时被人一把捞起，两旁青松粉墙晃过，一个黑色身影挡在面前。

雪地上血滴殷殷，狼刀刀影又现，裹挟着一道迅烈寒风，卷起漫天雪粒，刮得左钧直脸颊生疼。

“常胜小心！”

常胜矮身避过，手指斜出，如画绵山，竟是要空手夺白刃。

简简单单的一个招式左钧直看不出什么名堂，老仆却叫了声“好小子”，狼刀在手底一旋，挥出关山千重、白波九道，浩浩然排空而来。常胜一身黑衣，姿态萧然，腾挪夭矫，势如写意。他赤手空拳，虽被罡烈刀风逼得步步后退，却也没让那老仆占到半点便宜。

老仆双目绽出精光，手中狼刀越发狠辣，每每几乎是擦着常胜的身躯而过，看得左钧直心惊肉跳。眼看着常胜被逼到墙边，狼刀直削下盘，无路可退之际，他忽地侧翻而起，左手手掌精准地按上森森刀面，借力腾出丈余。

这还是左钧直第一次见到常胜显露功夫。上一次在地穴中，只知他招招致命，却什么也看不见。穿着绰影的常胜，不是平日里同她撒娇耍赖的常胜，其中自有一种陌生，却未尝没有印象，感觉就像一只猛虎突然伸出了利爪，尽管他平时温顺得如同一只爱撒娇的猫。

时起北风。北方之雪不似南方之雪那般媚艳缠绵，如沙砾一般在风中飞卷腾升。漆黑如夜的绰影隐现在莽莽风雪里，竟有一种无比凌厉的气势。

常胜眉眼锋利肃杀，右手握拳于面前，左手自右手虎口处寸寸捋开，赫然现出一把冰刃来。

化雾为霰，凝雪成冰。

老仆骤凛了刷子般的双眉，半惊半叹道："小小年纪，倒有这般修为！"屏息凝神，合身飞扑。常胜冰刃破风，杀气丛生，一反方才只守不攻的退让，倒似已经把老仆的路数摸了个通透，招招占先，逼得老仆还刀自保。冰刃递出一个虚招，趁老仆横刀格挡时，常胜突然撤手，双掌闪电般卡上老仆骨节棱棱的双腕。只闻咔嚓一声，老仆双腕齐断，狼刀噌然落地。

左钧直慌道："不要杀人！"

常胜将那老仆向前一推，老仆奋力一跃跳出高墙，遁形于风雪里。

常胜并不追赶，默然走到左钧直身边，一弯腰将她打横抱了起来，向房中走去。

第十三章　左揽繁弱

万千杀气刹那间隐于无形，一双眼眸却越发乌黑湛亮，亮得直指人心。

“你认识他？”

左钧直心虚地避开他的眼神，弱弱道：“怎么可能！”

本以为他会打破砂锅问到底，她心中飞快地编起各种理由，常胜却只是深深地盯了她一会儿，没有再问。

将她放在床榻上，他拉着她的棉裤裤管儿，用力一撕，刺啦一声开到膝盖，露出雪白的棉絮和小腿来，夜色下似乎散发着莹莹的光。

左钧直大怒：“本来洗洗补补还可以穿！”

常胜捻亮了灯，移到近前，一点一点剥去她腿后被血粘住的棉布，头也不抬，道：“给你买新的。”

左钧直嗤道：“常大人真有钱。”

常胜瞟了她一眼：“你才是大人，你六品，卑职没品。”

他说得一本正经，却逗得左钧直哧哧笑开。他出去采水，左钧直望着他清萧挺秀如雪中竹的背影，又想起刘徽。自上一次见过他后，就再也没了他的消息。她拐弯抹角地问过常胜，常胜只晓得他有段时间在北境，后来又不知去向。

这老仆来杀她，刘徽到底知不知道？抑或，根本就是刘徽派来的……

刘徽知道她在为明严造佛郎机火炮了吗？

他若是知道，定会恨她。

可是她怎能去向他解释，这批大炮只会用于威慑，倘若明严真拿它们去屠杀关外军民，她稍稍动些手脚，便能让它们变成一堆无用的破铜烂铁。

她到底是天朝子民。她不能见到北齐的铁蹄再一次踏破好不容易弥合起来的疆域，然后又是百余年战火不熄。

可她也万万见不得刘徽受到半点伤害。

天知道她夹在中间有几多苦楚。

腿上的伤仍是疼得钻心，却让她越发清醒，苦涩滋味在心头泛滥成潮。

她是自作自受。

常胜端进来一大铜盆的雪，放在炉上，不一会儿便沸腾了。

左钧直望着窗外幽蓝的天，强打精神笑道："煮雪问茶味，当风看雁行。真是好韵致。"

常胜置若罔闻，往热水里又沃了些雪，试了水温，扯了干净巾子并盆端了过来。

左钧直看着他凉凉的眉眼儿，仍是极秀美，却换了迫人的气势，不由得叹道："当初让你扮这模样儿你只说不会了，今儿个怎的又这样来压我？"

他瞪了她一眼："翻过去！"

她这个伤处不大好弄。伤在腿肚上，自己料理着别扭。常胜给她清理，她要么得侧着，要么得趴着。她毕竟是一个未出阁的姑娘，在别的男子面前，这两个姿势都令她觉得万分不自在。

可他说得倒是轻巧，反正吃亏的又不是他……

左钧直一拍床铺，怒道：“蹬鼻子上脸了你！”

常胜不同她一般见识，行胜于言，伸手握住她的小腿稍稍抬起。左钧直大窘，忙叫道：“我翻，我翻！”

他手握处忽生炽烫，令她心跳面热。当年在南洋，常年炎热，当地女子习惯着短裙，她便也觉得露个小腿没什么。可这样被拿着，她还是觉得羞不可抑。

她趴在厚厚的被褥上，拧过半截身子回头看他。

唉，真漂亮。

墨笔描过一般的眉锋，修长过眼。鼻梁挺直，唇角紧抿。麻衣相法中说这种模样的人大多性子倔硬刚强，与这小子还真是相合……再长大些，不知要祸害多少怀春少女呢……

他低着头，神情专注，手下极轻，用温热软巾蘸去干涸的血迹，清理创口时更是细致柔和，左钧直竟不觉得疼。上了清清凉凉的金创药，又用白纱敷住，缠上绷带。他缠得不轻不重，力道和松紧正好，倒像是熟能生巧。想想他身为翊卫，修习得如今的上乘功夫，定是付出了不少血汗……左钧直看得出神，冷不防常胜抬头道：“姐姐发什么呆呢？”

左钧直脸上红了一红，期期艾艾道：“我……我在想，你将来会娶个怎样的老婆。”

“你这样的。”

“……”

左钧直热血冲脑，他说得这般自然而且不假思索，收拾起药匣和水盆就走一边儿去了，独留她闷在床上纠结。

这四个字是什么意思？她这样的……她？还是别的像她的女人？……呸呸呸，她瞎想些什么，这不是自作多情吗！转而又想，常胜除了有时候太无赖了些，还真是个宜家宜室万里挑一的好孩子啊。虽然他是个小翊卫，可她绞尽脑汁想来想去，竟觉得京中的那些个大小姐都配不上他……一想到将来他会娶个骄横跋扈的大家闺秀或者温柔似水的小家碧玉，她都觉得万分受不了。那时候他定是宠别人去了，再也不会像现在这样黏着她……这般想着，竟然觉得难过又怅惘……她胡思乱想，千思万绪，脑子里渐渐糊成一锅乱浆，迷迷蒙蒙就入了梦乡。

半梦半醒间，似乎听到“……这样儿的天底下自然就一个，还能有谁？……”，然而她这一夜折腾，费心费神，也没听得太真切，昏昏沉沉又睡了过去。

第一批佛郎机火炮一共造了三十二座。

在直沽，左钧直亲眼见到了内库的神秘和强大。她亦越发觉得，云中君是个异人。

据内库的人说，如今的内库，已经和当年的北极会堂所营事业大大不同，皆是因为云中君在二十多年前，将北极会堂旗下的丝织、茶叶、瓷器、器具、马场等诸多商行店铺一家不留地卖了出去，所得银钱，全数攒作女帝军资。

而如今，内库悄无声息地隐匿于国库之后，掌握着数个当年留存下来、与国家命脉息息相关的行业：军火、军械、矿冶、车船建造、水陆运输等。

地理志记载，直沽本是一片巨大无垠的荒郊滩涂。因为土地贫瘠多盐，寸草不生，鸟兽不至，方圆百里几无人烟。

左钧直去时，却见到漠漠平原之上，苍茫风烟之间，巍巍然矗立着一座偌大城池，守军林立，固若金汤。

城中俱是座座高大工厂。

乌金般的煤炭、矿石自水关一船船地运入，直达炼炉，倾斜如洪。炉中大火暴烈、火色通红，焰高数丈，夜夜不熄。左钧直站在几丈之外，仍觉得炎焰袭人，不可直视。而另一端，熔化的矿液缓缓流入铁渠，火山熔岩一般赤红，偶有飞虫迎光扑来，半空中即化作焦炭齑粉。

一个炉场中，光司炉的就有二三百余人，掘铁、烧炭的又各有三百余人，一个个打着赤膊，身材精壮如牛，在烈焰之侧挥汗如雨。左钧直从没见过这般巨大的工厂，只觉得大开眼界，惊叹不已。马西泰亦大为感慨，说本以为天朝冶炼之术不如西洋，没想到内库已有如此水准。

左钧直道："其实在百余年前，天朝人炼铁，并不得其道。人皆信铁于五行属水，名曰黑金，乃太阴之精所成，其神乃女子。传说有一个姓林的妇人，丈夫欠了官铁，她便投身炉中，以出多铁。所以早先炼铁者往往于炉中投入女囚，现在虽早已不行此残暴之事，但开炉时仍要祭祀涌铁夫人。"

马西泰咋舌道："你们天朝，真是奇葩。"

大炮大功告成之日，明严到了直沽，亲自察看佛郎机火炮之威力。

造炮一事，全由内库军火司操持，自始至终，不曾让朝中其他官员知晓。明严这次来，除了林玖和随身翊卫，也并未带其他人。大炮演示发射时，左钧直瞧见常胜随在明严身侧，不由得开心。一别两三个月不见，竟十分想念他。大约是因为暗卫转为明卫的缘故，常胜穿着打扮虽不张扬，却透着皇家贵气，越发衬得他明润若玉，风姿秀朗。常胜趁众人不注意时，向她眨眨眼睛，做了个鬼脸儿，逗得她掩口而笑。

佛郎机火炮威力果然不凡。单炮净重千余斤，炮分母子，声出如雷，势大力沉，所击之城墙、战车、掩体，无不粉身碎骨。每一母炮之中，备有十数个子炮，每子炮中五百枚铅弹，接连发射，轮流替换，加之西洋的瞄准镜，一门佛郎机大炮抵得上百门老式火炮，装备于关隘垛口，虽千军万马亦难以靠近。

这场演习十分圆满，马西泰、左钧直、内库工匠、冶炼工人等所有相关人等俱得重赏。近一年心血所聚，终告大成。左钧直仿佛卸下了千斤重担，浑身轻松舒坦。

夜中，明严驻歇于城中行宫，预备次日返京，恩准左钧直、马西泰乘坐御船一同返回。

这一夜左钧直兴奋不已，打点完行装已是亥时，却还是辗转难眠。

折腾了半晌，将将入睡时，忽听见外面一声声呼喝："行宫起火！——

有刺客！——”

左钧直心中咯噔一下，披衣而起，只见窗外行宫方向，果然火光大起，映红了半边天空。待出门去看，门口竟有黑衣翊卫守候！翊卫拦着左钧直道：“指挥使有命，左大人乃军机要害之人，不得出门一步，以免遭遇不测！”

左钧直听闻那噼啪爆裂之声愈来愈大，火焰一突突直冲苍穹，不由得急道：“是怎么回事？皇上是否安好？”

翊卫道：“左大人放心，皇上身边自有林指挥使和括羽大人护驾，城中守军也已调度而来，不会有大事。”

左钧直听他这般说，才稍稍放心了些。又想到原来括羽也来了，却不知是哪一位，自己全在看常胜了，竟然没有注意到那个声名赫赫的——括羽大人。

可这行刺的又是谁？莫不是刘徽？……左钧直心中烦乱，在房中走来走去，再也无法入眠。

高墙之外一街的军靴声乱，刀剑铿锵，惊破岑寂夜色。天边残月也似受了惊吓，隐入薄纱般的流云里。

忽听得轰然一声震天炮响，闪电一般照亮黑沉夜空。左钧直鼓膜发疼，下意识地堵住耳朵。然而又是接二连三的巨响，窗棂都被震下蓬蓬的灰尘来。天边遽闪的雪亮明光，天崩地裂一般令左钧直心惊胆寒。

然而令她更加心悸的是，这爆炸声，一共是三十二下。

“火炮被毁了！”

“全被炸了！”

“快去炮场救人！”

……

街道上的步伐一下子凌乱无章起来，初时俱是奔向行宫，这时仿佛四面楚歌，令人失却了方向。

左钧直心底忽地冰凉，却不是因为一载心血毁于一旦。

声东击西，刺杀皇帝，实际是要引开注意，再毁三十二门佛郎机火炮。

是北齐人无疑。

恐怕真的是刘徽来了。

现下城中一片混乱，他势必会趁此时机去刺杀明严啊，只怕他现在已经在行宫中与括羽和翊卫等激战起来了……还有常胜……

她觉得自己现在就像铁锅中的鱼片，翻来覆去两边儿地烫油煎炸，透心儿地焦脆。

呼啸的夜风中带了盐粒，风沙般硌脸。天地苍茫，仿佛混沌初生。

相比于南宫门的守卫重重、火把如海，北宫门竟是空无一人，静寂得仿佛什么事情也没有发生过。

万千发丝在夜风中飘舞扬卷，紫色袍带猎猎飞展，妖冶面容似笑非笑，似夜色中的一抹诡异幽昙。

“刘郎啊刘郎，早知北门是这个样子，你怎的让我去南门放火？”

话音未落，一支利箭箭似流星，迎面袭来。女献侧头避过，仍被箭尾雕翎在面颊擦出细细一道血痕。

女献男生女相，最是惜容，抚面大怒，尖声叫道：“臭小子，当时受我一掌，怎的还没死！”

北宫门高墙之上，迎风立着一名黑衣少年，臂护革拾，指载棘抉，弓开满月，弦满白羽，一双锐目在夜色中熠熠闪光。

但闻霹雳一声弦惊，密矢如雨，大网一般罩向女献。女献咒骂一声，手中的细长银刃旋起一片白光，将那些飞箭纷纷削落在地。谁知那少年竟留有一支后箭在弦，女献银刃稍露一隙，那箭便势如闪电，直直插入女献左目！

女献大叫一声，向后倒去，被后面疾来一人飞身接住，运力向后一抛：“走！”

女献忍痛叫道：“这小子就是括羽，箭法极好，你小心些！”咬牙挥刃斩断箭杆，起纵间已然消失不见。

箭法高超之人，大多目力超常。来人虽然面蒙黑巾，只露出一双戾气森然的眼睛，但月色角灯之下，括羽一眼瞥见那人数根手指根部肤色似乎偏浅。一念倏转，箭偏半寸，激飞而出。

箭镝丽锥棱分三刃，锋利无双，奇快无比。棱刃紧擦来人鬓角而过，面巾飘落，目泛桃花，万千风流，果然是刘徽。

括羽微怔，刘徽已经掠上宫墙，剑转寒锋，剑气如虹。括羽疾疾后退，收弓于背，双臂一振，两柄利刃握于手中。短兵相接，火花四溅，虎啸龙吟。括羽被震得虎口发麻，滑出三步之外，足下狭窄的青砖被刻出深深的印痕。长剑水色空明，寒光反射在括羽脸上，相映生色。括羽双刃死死卡住距离脖颈只有三寸的剑刃，足出凌厉，和刘徽一斗便是百十个回合。

行宫宫墙不似皇宫那么厚，墙宽仅容一人。墙外是护宫河渠，墙内便是丈余的铁蒺藜，一扎上必是浑身穿孔，非血肉模糊不得脱身。

刘徽几番欲脱身入宫，却被括羽死死拖住。他目中凶光乍现，撤剑变掌，影幻千叠，难分虚实。瞅见括羽步法现出一个破绽，刘徽发足猛扫，将括羽踢落墙内。哪知括羽极顽强，将手中一柄利刃扎入墙壁，竟又借力翻身而起！刘徽挺剑再刺，透肩而过。括羽目中骤现痛色，却仍一声未哼，拦腰死死抱住刘徽，同他齐齐翻落入护宫河中。

虽已是夏始春余，深夜河水仍是凉得激人。刘徽一入水中，便觉得一股力量将他死死往下拽，心中大叫不妙。

他虽会水，但到底是北地人，水性哪里比得过自小在南越水乡长大的括羽！

方一呛水之际，他便觉得长剑脱了手，循着括羽施力的方向运掌而去，对方却如泥鳅一般，他半点沾不上，反而还被顺着水流不知道被拖出多远去，入了漆黑一片的地底水道。

然而括羽竟似没打算溺死他，每泅过一段，便放他出水面透一口气。如此反复，刘徽心中恼恨焦急，无奈在幽暗湍流中，一身本事半点施展不开，只算计着重见天日时置括羽于死地。

忽地眼前有稀薄光亮，但听见轧轧之声，身后被括羽一推，穿过了一道闸门。刘徽甫得自由，猛然反扑，身前却被一道铁闸门拦住。隔着栅栏，他见到括羽立在激流之中，回头一看，外面竟已是直沽城外，雾色漠漠，大河滔滔。

原来这竟是一道水关。

想来四面城门均已戍卫重兵，他修为再高，也是瓮中之鳖。不走这水关，他定然无法全身而退。思及此处，刘徽不由得狠一咬牙。

括羽手一扬，他的长剑穿过铁栅飞了出来。刘徽伸手接住，冷冷道："为何不杀我？"

"看在姐姐的面子上。"

"今日不杀，他日必悔。"

"只要我在一日，你休想靠近皇上一步。"

刘徽不再言语，反身便走，却听括羽在闸门之后道："我不知你是什么人，但姐姐待你那般好，你为何要派人杀她？"

刘徽一怔，道："我从未派过什么人杀她。"

鲜血从括羽身上无声无息地淌落下来，在暗河水中瞬间化开，不见丝毫殷红。那一身的苍黑绰影，不沾半点水滴，却也不透半点血色。他定定地看了刘徽一会儿，回身潜入水中，逆流而上。

行宫之中，排排明烛照亮整个宫室。宽大的桌案上，明严的一幅山海营防图将将绘毕。

案前，括羽黑发微湿，单膝跪地。

"何人行刺？"

"禀陛下，乃是女献，被臣射瞎一眼后遁逃。臣恐陛下有危，便未久追。"

"受伤了？"

"小伤，无碍。"

明严换了朱笔，一一点上要害营寨，眉头微锁，语气中颇有不满："两次败在同一个人手里，你从不会如此。”

括羽低头垂目：“是臣大意了。臣自会思过七日。”

“下去吧。北齐蛮子竟然不惜派出死士以身毁炮，在朕的意料之外。东北战期将至，传信让叶轻严加防备。”

三十二门佛郎机大炮一夜之间化作碎片。

六名工匠横死，其中有三名恰是同左钧直和马西泰一同研制火炮之人。

若非左钧直和马西泰因为要离开直沽返京，住在行宫之外的兵驿中，恐怕也难逃一劫。

左钧直后来去看了炮场，险些吐出来。

一地的残肢碎肉，黑的铁，红的血，凝固成千古悲凉的惨烈。

战火未起，已经残酷至此。

为何……

为何是如此结果……？

已经分不清谁对谁错、谁是谁非了。

谁辨得清这个问题，那定是千秋圣人。

御船沿河北上，两岸崇山峻岭壮美雄浑，巍然亘古。

乾坤辽阔，载星载月，这一个时代何其峥嵘，这一片江山何其多娇！这一片土地千古豪杰逐鹿，这一片土地掩埋万具白骨。

日升月沉，大江洪流万世不废，多少身与名，却湮没在历史的风尘里。

内库认定此一事定有内奸，全力彻查，却始终无果。

一路回京，虽是同船，左钧直却再没见到明严、括羽，甚至常胜。她听说那夜女献来刺，虽未得手，却也令括羽身受轻伤。除此之外，她没有听到别人的消息，当然，更没有刘徽的。

没有消息就是好消息吧。

左钧直略略松了口气，然而甫一抵京，便收到了北地的战报。

女真、北齐联军连克锦州、宁远等辽东停战带边城，压近山海关。

果然还是开战了。

想来北齐和女真对佛郎机火炮确有忌惮之心，毁了火炮之后，唯恐天军又速速造出新炮来，便索性先下手为强。

于是左钧直，这个有史以来第一个被提入兵部，却近一年不曾入过兵部衙门的职方司主事，一回京便一头陷入了兵部的文山牍海之中，又是一连两三个月没有休息之日。

不仅仅是她，兵部所有的人，打起仗来的日子，都不好过。

不过这般忙碌起来，却有一样好事。她已十七岁，女子所应有的一切，她俱有了，虽着宽衣博带，总是高竖领子遮住脖颈，但若是细细观察，终究还是女相。谁若是看不出来，那当真是傻子了。其实在造佛郎机炮的那一年里，身边每日相处之人如马西泰、内库工匠，皆知她是女子。但西洋人不似天朝人注重男女之别，内库工匠又都是淳朴实在之人，所以俱帮她守着这个秘密。现在入了兵部，边事吃紧，兵部人又大多是行伍出身，豪爽大气，倒也没有谁来细究她是男是女这档子破事儿。

她所司的本是四夷归化、关禁海禁之事。番客入朝，所在之地政治、经济、文化、风俗等诸事经地方官或者礼部主客司职员盘问之后，皆需报归职方司备案，随时把握四夷番国国情国土信息。似这一次女真和北齐入侵，她便得正正经经向内阁呈递两份关于建州女真和北齐两国的详细完备的国情咨文。这事儿可苦了她。

她不懂女真文字，便少不得向会同四夷馆的女真馆求助。而她之前对这一族一国的了解，也仅限于书籍文字，不得已之下，只得向兵部年长之人求教，连爹爹也没少被她烦过。

后来段昶给了她一把钥匙，她打开了文渊阁的一个藏书密室，发现其中竟然全都是北齐之书。而当年父亲尽力保存下来的一批书籍，竟没有被焚毁，而是被掠走之后锁在了里面！

左钧直满腹疑惑，却无暇去细想，如饥似渴地挑灯夜读，各方印证，那两篇数十万字的咨文写毕，已是七月之末。

北方虽然全线开战，却未影响到京中百姓的生活。或许是对天朝军队的信任，也或许是及时行乐的哲学，更或许是因为三个月来长城防线仍未曾被突破过，坊间虽然时时处处可以听闻对战局的关心，却无山雨欲来风满楼的恐慌。八月中秋的夜市，亦不曾比往常冷淡些。放河灯的人反而更多了，向边疆将士遥寄相思和祈福。

左钧直吃罢中秋夜的团圆饭，翛翛劝她一起出去走走，她却怀着些心事，不想去凑街上的热闹，便回了屋。长生颇为失落，站起来呜呜叫着，愣是让她抱了抱，才一步三回头地同爹爹和翛翛上了街。

但愿人长久，千里共婵娟。

可是，人呢？

眼睛忽然被蒙住。

大约是之前几次历险，她变得极其警觉敏感，被吓得惊叫了一声，一回头便撞上了身后之人的下巴。

看清了那春阳般的笑意，她又哭又笑地挥拳砸了上去：“吓死我了常胜！”

不知不觉间，她已经要仰起头来看他了。“这几个月，你又跑哪里去了？”

常胜嘻嘻笑了下：“这不是又回来了嘛。姐姐，闭眼，张嘴。”

左钧直笑了，如他所言。

丝缎般柔滑的甜在口中化开，齿颊生香。

从来没吃过这么好吃的莲蓉月饼，一下子把她此前吃过的所有月饼都比了下去。

左钧直看着他手掌中贝壳大的小巧福字月饼，玲珑可爱，不由得心生喜爱。她接过来细细端详了一番，问道：“这是南越人做的吧？郢京的糕点师傅可做不出这么好吃的月饼！”

常胜点点头，笑嘻嘻道：“是呀。姐姐喜欢吃，以后每年都给你带。”

左钧直禁不住常胜的软缠硬磨，终于答应同他一起去放灯逛街市。

中秋夜虽不似元宵有繁华灯市，但是诸酒楼俱卖新酒，贵人民家俱争相占楼赏月，嬉游达旦。桂子十里飘香，笙歌百里相传，浮翠河上烛光点点，美好无比。左钧直心中本有些“冷露无声湿桂花”的凄清，可是常胜给她唱了首“月光光，照地堂，虾仔你乖乖训落床”的歌谣后，她便笑得难以自已。她问常胜怎的会唱这首南越白话语的歌儿，他只道是小时候一个叔叔教的。

原来常胜要去放灯，是为了给叶轻祈祷平安。左钧直也甚敬重叶轻，便同他买了好些莲灯，又买了藻彩精致的月光马儿，一并在浮翠河边对着月亮祭了。

人声漫漫，灯火重彩。二人放完河灯，忽听见一个少女莺歌般的声音:“常胜！别跑！”

左钧直循声望去，只见一位身着鹅黄裙子的绝色少女急急奔来，握住常胜的双手，仰起头噘着嘴儿半是生气半是撒娇道：“你又骗我！让我逮着了，你看怎么办吧！”

是鸾郡主，她身后还紧随着几个青年男子，左钧直识得是林玖、莫飞飞、左杭三个，还有几个不认识的。

可是鸾郡主怎的会同常胜这般亲昵？浮翠河轻波盈彩，明灭灯火映亮了鸾郡主和常胜的侧脸，真是人间龙凤，般配得不能再般配了。

左钧直忽地一阵气堵，眼看着常胜试着抽手却被鸾郡主越发抓得紧了，无奈的目光转投过来，她转身便隐入了河边摩肩接踵的人流中。横竖她也不过是路人的模样和打扮罢了。更何况，她也不想被左杭看到。

一路走回去，左钧直心中堵得发慌。

这种感觉不知从何而起，却是突如其来，令她全无招架之力。

她忽然觉得对常胜的生活知之甚少，没想到他一个小小翊卫，竟能得到鸾郡主的青眼相待。回头一想，她和常胜在文渊阁重逢那夜，他可不就是随鸾郡主出宫去了韩奉府上？他那身小太监的打扮，便是鸾郡主让他扮的。也是，他模样生得俊俏，功夫又好，皇帝身边都是他亲随左右，鸾郡主又怎会不注意到他？

鸾郡主约莫是要许给括羽的，或许常胜只是她的一个青梅竹马的玩伴吧。

可是她连看到鸾郡主同常胜亲熟，都觉得无法容忍。从来不知道自己对常胜的独占之欲，已经强烈到了这种程度，倒像是……

心中越发烦乱起来。她随手折下路旁几朵花儿，揉碎在手里，不料却被花茎上的刺扎了手。

屋漏偏逢连夜雨，船破还遭打头风啊……

借着街角灯光拔出刺，还带出些血，疼得她迸了眼泪。她正在挤血，冷不丁一只手伸过来捏住她的手指："怎么了姐姐？"

看见常胜，她心中又觉郁然烦闷，顾不得指头上还在淌血，用力挣开，冷漠道："你还回来找我作甚？"

常胜愣了愣，道："鸾郡主和林玖他们出来玩，关我什么事？姐姐一声不吭就走了，我自然是要回来找姐姐。"

左钧直压着指上的伤口："我有什么好找的？又不漂亮，又没权势，还稀里糊涂地做着官儿，也不知道将来是个什么下场……"她愈说愈心酸，眼圈儿倒红了。

常胜不理她，从袖袋中摸出个装金创药的小瓶子，强拽着她的手给她涂了药。

他低垂的眉目清朗明秀，拂在她手上的温热气息竟让她觉得心慌意乱。涂完药，她急急抽回手，道："常胜，我们以后……还是少见面的好。"

常胜愕然："姐姐这是什么意思？"

左钧直道："你我都不是小孩子了，我会嫁人，你将来也要娶妻，我们这样姐姐弟弟的，不成体统。"

常胜急道："有什么不成体统？像之前那样，有什么不好？我哪里做得不对，让姐姐生气了？”

“我……”左钧直说不出话来。难道她能说，是你太好了，我怕我会溺进去，再也出不来？

她惶恐不安，她相信的是一心一意，心无旁骛，执子之手，与子偕老。她明明爱的是刘徽，可是刘徽的消失、对未来的茫然，让她的坚持如此虚弱，风雨飘摇，而常胜，竟不知什么时候入了她的心底。这种初萌的、陌生的感觉令她如此害怕，又觉得自己可耻。这是对刘徽的背叛、对自己的背叛，她没办法接受这样的自己。

一路上这般纠纠缠缠，到最后，左钧直竟是落荒而逃。

从来没有如此狼狈过。

后来常胜来找她，她一概避而不见。知道家中躲不过，她便索性以兵部为家，便如当年在会同四夷馆一般，申请了公署中的一间单房住着。横竖兵部乃军机重地，有重兵把守，常胜也不能轻易闯入。她夜以继日地埋首在兵部公务和译字温书之中，以求心底清明宁静。

再后来，常胜托人给她送了封信，写道：“姐姐，你回家吧，我再不去找你了便是。”

字迹清峻，一如其人。纵是数月不见，这短短一句话，仍让她心潮翻涌难平。

后面的数月，刘徽仍然没有消息，她却从柳三生那里得到消息，繁楼和三绝书局等他在郢京的店铺都暗中转手，卖与了旁人。

刘徽是要退出郢京了。

没了繁楼，没了三绝书局，他还会回来吗？

有失意必有得意处。左钧直那两篇咨文，本就得了内阁激赏，后面在兵部又是如此刻苦辛勤，更是极得萧从戎的赏识，不出半年，便升作兵部职方司员外郎。擢升之快，令兵部其他人纷纷瞩目。她却越发低调小心、寡言少语，唯恐被识出女身。好在她这职方司本就涉及夷务机密，需要人守口如瓶，她这谨慎，反被视为守职尽责。

东北陷入了拉锯战。战争在长城几大入口处全线拉开，敌进我退，敌退我进，寸土必争，各有伤亡。

一波未平，一波又起。

到了年尾，交趾爆发内乱，南越边境亦受到侵扰。因左钧直精通交趾语言，又先后在会同四夷馆和兵部任职，内阁本打算让她去趟南越与交趾交涉。然而后来听说括羽请命回了南越，探亲的同时单枪匹马去交趾军队的营寨外晃了一圈，用当年罗晋大将军特制的鸣镝一箭射断了他们的帅旗。罗晋当年威震一方，交趾军闻见鸣镝厉啸，如惊弓之鸟，一夕之间退兵三十里，未敢再犯边界。左钧直轻轻一叹，这个年能得以在郢京安安稳稳地过，也算是托了括羽的福。

但常胜真就再没出现过。

冬去春来，一晃九九去尽，冰开雪融。

兵部衙门的大院儿里草长莺飞。一日下值后红霞满天，左钧直出得衙门，转过街角离开了兵部守卫的视线，眼前忽地现出一张许久不见的脸。

那个精明干练的青年笑着说："刘爷想见你，在他府上。"

春风拂面不寒，她眼前有些模糊。

一年又一年，花谢了又开，雁来了又去，她从十五岁等到十八岁，终于等得他一句：我想见你。

府门半掩。门上铜环绿锈斑驳，不知多久没有人住过。

将进又怯。

三年弹指一挥间，物是人非。如今二人已是仇雠。

她眼神微黯，按着胸前的那只香包，跨过了高高的门槛，掩上了大门。

绕过影壁，院庭中是大片的撒金碧桃，花开烂漫，纷纷簇簇如雪堆栈。

繁花叠瓣之间，往往又有一抹娇红，好似美人微醺，玉面上晕起的轻柔酡色。

春风过处，落英缤纷，零落几瓣，软软地落在花树下伏醉在石桌上的男子肩头。

石桌下散倒着好几个空酒坛。桃花酒的醇意弥漫在春风里，不似花香，更胜花香。

一步步，缓缓走近，近到那人的发、那人的眉、那人的唇都在眼前。

他闭着眼，眼梢微微翘起，带着浅浅红晕，似那碧桃花瓣的一抹醉意，未睁眼就已令人心荡意牵。

眉心却是紧锁。

左钧直恍然看着，竟似有一只手将心尖狠揪了一把，疼得她浑身一抖。她颤巍巍地伸出手去，指尖抚上紧皱眉头的一霎，他遽然睁开眼。

眼中的煞气一闪而隐，却还是仿佛一只无形的手，推得左钧直后退了两步。

“钧直——”

他含混不清地喊了声，一手撑着青石桌摇摇晃晃地站起身来，一手按上额际，似是酒后头疼。

左钧直有些不知所措。刘徽眼神茫然，带着几分迷惘看着她，仿佛在极力思索她在这里的原委。他向她走了两步，带翻了几个酒坛子，被绊得一个踉跄。玉山倾颓，左钧直险险扶住，却被他身躯的重量压得向后仰去。

“刘爷你——”

腰背被勾住拉正回来，刘徽微晃着稳了稳身子，两注春水泛起迢迢烟波，牵唇笑道：“我想起来了——”自怀中摸出一沓纸，其中一份，左钧直识得，正是六年前在他的威逼利诱之下她立下的契书。泛黄的纸张在他掌中揉皱，化作齑粉。他轻一抬手，那纸屑便似雪花般飞扬开去。

左钧直望着那一份六年的羁绊在浩渺天地间消逝不见，一缕心魂也渐渐涣散，涣散。

她过去有多恨那一纸契书，后来便有多感激那一纸契书。只是今日一切烟消云散，原来不过是水月镜花，如梦亦如电。

他又拿起第二份来，仍是一纸契书，只是墨色犹鲜，却是新拟。

“从今以后，三绝书局，是你的了。”

左钧直的身子僵了一下，嘴角现出浅浅笑意来，黄连般苦辛：“刘爷都走了，我要这三绝书局有何用？”

三绝书局，三绝书局，缘起于三绝，尽于三绝。

刘徽曾问她：“别人都爱猜这三绝是哪三绝，你可知道？”

她撇撇嘴：“哪三绝都不是，分明是‘韦编三绝’的三绝。”

刘徽拊掌大笑：知我心者，唯钧直也。

她写好了《嘲哳曲》付梓时，刘徽找她要“癫语生”三个字的印章，她才想起根本忘了准备，找书坊的厨子要了个干萝卜和一把牛耳尖刀，当场刻了一个。看得书坊中人个个瞠目结舌。

刘徽拿着那萝卜章掂量了一番，若有所思道：“这本事倒是不错。进出关卡，倒换文牒，省了许多事儿。”

她擦着手，点头认真道：“是很有用啊，我自己刻了个牌子，混进左府的藏书阁里看了许久的书。”

刘徽一副痛心疾首的模样：“我这等人说说也便罢了……你爹善治印，天下文生慕之，你却用来做鸡鸣狗盗之事，有辱斯文，有辱斯文啊！”

……

往事历历，鸿爪雪泥。既在心上，如何相忘？

只是今夕何夕，君已陌路了。

后退了两步，左钧直仓皇而去。

碧桃花枝枝枝擦过她的衣衫，粉雪花瓣零落如雨。

将将要奔出院庭，左钧直忽觉得身后一热，腰腹骤紧，醺然的气息拂过她的颊边耳际，微有些焦虑惶然的声音说道：“不要走……钧直……”

火热的唇压上她的耳根："再等我一等……"

刘爷？

左钧直瞪大了眼睛，却说不出话来，只觉得身子又被他翻过来，紧紧压在他胸前，心跳一声重过一声。

他低下头，鼻尖抵着她的鼻尖，如此之近，近得她口鼻之间俱是他一身的酒香花香，令她几乎要醉得失了心神。她想要推开他，却又着了魔一般望他抱得更紧。

他果然就抱得更紧了些，喃喃道："就再等一等……我带你走得远远的……钧直……嫁给我好不好？……"

他语声含糊而急促，可最后一句左钧直听得清清楚楚，脑中轰然空白。眼睁睁地看着他似是要吻下来，左钧直心似小鹿乱撞，四肢仿佛石化了一般动弹不得。然而他的唇落到她嘴角时忽然定住，闭了闭眼，顺着她的颊边吻到了她的眼角，又至额边。

左钧直心头一阵阵悸动，细长的指尖紧紧攥着他的前襟，骨节泛出象牙白色。张了张嘴，她方颤颤问道："刘爷，你可是真心？"

他未言语，只握了她的手，贴上他的左胸，又将她抱得更紧，仿佛一放手，她便要离去一般。

"我听库部说……你给天军捐了百万银钱的冬衣……你不是要复仇吗？我却不懂……"

他的身躯微僵，抚着她的柔白秀靥，避过了她的眼，滞涩说道："……你若能少想一些，我便能轻松许多……我说的话，你从来不听。"

左钧直垂下头，将脸颊靠上他温热的掌心，闭了眼放松身躯依上他，轻嗅他衣上的花香。

一庭静谧，花落无声。

第十四章　恨水长东

东北的战事又吃紧起来。女真军以点打面，以游军打驻军，在东面和北面拉出几千里的战线，令天军颇有些疲于奔命。

而关外北齐大军的几次猛扑令辽东边城一度缺水断粮。所幸叶轻极为沉着，率部白日打仗，晚上筑墙，硬是凭着几座破城坚守了数月，终于等来了援军，解得一时之困。

兵部和内阁日日大小会议不断，偶尔也会让左钧直参与。左钧直自知军事上她是个外行，从来都是仔仔细细聆听，默默记诵和理解。但在地理舆图之上她是个行家里手，凡问及城池方位、大小、人口、隘守、山川、河流……她从来是脱口而出，胜似一本活的北境地理志。

自刘徽说了让她再等一等，她便越发关心起边关的战事来。每日兵部下发的邸报，她必细细研读，试图琢磨出些许蛛丝马迹，寻找出刘徽说的那“等一等”，究竟将有怎样的一件事情发生，会令他退出这一场腥风血雨，然而想了数日，仍不得其果。

那一日刘徽向她表明心迹之后，她夙愿得偿，本该欢欣，可心中总似有荫翳遮蔽，挥之不去。

她开心不起来，反而越发沉重。

这日未至下值，却见许多官员收拾起东西出了衙门，左钧直才想起是一年两度的皇家射御。女帝即位之后，为提倡武术，让贵族和朝官不忘立国之本，恢复此古制。凡功勋贵爵、朝廷命官及其家眷，均可前去参观，自认骑术优秀者，亦可参与围猎。

两个职方司的同僚过来招呼她："钧直不去？"

她摇摇头。

年长些的同僚笑道："这一次的可格外精彩，这几日连轴转，也该好好休息下。"另一个挤眉弄眼撺掇道："可不是，钧直难道不想见一见天姿国色的鸾郡主？"

左钧直打趣他道："鸾郡主名花有主，难不成你要去松土？"

那同僚睁大眼睛道："那当然了。这次围猎就是要给鸾郡主选郡马的呀，钧直你不知道？"

左钧直这才意识到鸾郡主确实已经及笄了，脱口道："谁都晓得鸾郡主心仪括羽，直接点了括羽做郡马不就得了？何必多此一举？"

年长些的同僚点拨道："要这样轻轻巧巧点了括羽，其他人肯定会腹诽了。鸾郡主是个心气儿高的，自然要让括羽好好表现一番，让别人输得心服口服。"

另一个却十分不赞同："括羽不过是名声在外，有谁见过他的真功夫？这射御他还一次都没去过，说不定他过去那些事儿，都是别人胡编出来的，谁晓得他是不是个银样儿镴枪头？小爷还真要去试一试！"

年长些的同僚大笑："你看你看，说的就是你！人家不去射御，那是怕让你这样的人出丑！"

眼看着两个人针锋相对地打起了嘴仗，左钧直无奈地摇摇头，给俩人倒了两杯茶润嗓子，抱着案卷默默去一边坐了。

不知不觉天色便黑了，兵部衙门里空无一人。还有一个折子要誊，左钧直吃了些干粮，捻亮了灯，一笔一画地抄。这誊折子是个精细活儿，字儿自是要好看不说，一丁点儿都错不得，一星半点儿的墨迹也要不得，不然便得从头再写。

左钧直好容易写完，摊开了放在书案上晾干，忽然听见窸窣轻响，从窗外跳进一个人来。

黑发黑眉黑眼儿，青衣秀姿，带着些草木清香。

他突兀地撑到她案前，咬牙问道："姐姐，你要嫁刘徽？"

语气焦躁，颇是不善。

左钧直收折起身："是。"

"你不可以嫁！"他大步过去拦住左钧直，"你可知他是什么人？"

左钧直心中一凛，听这话，常胜竟是已经知道了刘徽的身份？转念又觉得不对，倘若他知道，皇帝和云沉澜早对刘徽下手了。

"刘爷便是刘爷，我嫁的是他的人，又不是他的身份。"

她言语冷冷，绕过他走开。常胜一急，紧紧抓住她的胳膊："姐姐，你想清楚些，你是真心喜欢他？"

左钧直奋力想挣脱他，怎敌得过他的力气？张嘴便喝道："来人哪！"

门外果然很快就有守衙官兵拍门道："左大人！"

不待左钧直答言，常胜回头冷声道："是我！退下！"门外瞬间没了声儿。

这小子竟然还学会以势压人了！左钧直心中气愤，仰脸硬邦邦道："我就是喜欢他，我就是要嫁他，你能怎么着吧？"

常胜眼中的黑气蓄积起来，汹涌成翻滚的浓云巨潮。他猛然扣住左钧直双肩，将她压上旁边的案卷柜子，狠狠咬上了她的唇。

这一咬带着十二分的蛮力和怒火，一下子便见了血。他却丝毫不懂得何为怜香惜玉，倒似一匹嗜血的凶狼，一尝到血腥味便就着那伤处蛮横一吮。

左钧直疼得嘶叫一声，不知道哪来的力气推开他，一巴掌便甩上了他的脸。

趁着常胜愣怔之际，她匆匆奔出了衙门。

常胜仍是一路尾随而来，月色下眼色黑得吓人。

左钧直哐的一声将他关在房外时，听见他说："姐姐，你心里头，真的没有一丁点儿我的位置？

"我只有一夜的时间。我求你，回心转意。"

后一句话他说得异常艰难，仿佛每个字眼儿都梗在喉咙里，如嚼干了的甘蔗渣儿那般生硬硌人。

左钧直伏在床上，一颗心仿佛一时泡在滚水里，一时又埋进了冰雪里，一阵儿一阵儿地发疟疾般难受。她知道常胜还站在门外。春寒料峭，夜中尤甚。以往，他有时候夜里跑来，她定会扔他一床薄毯，灌个热水坛子来让他抱着暖身子。

可她今夜是铁了心要断了他这个念想。

一整夜，左钧直都未能入眠，辗转反侧，一颗心沉沉浮浮，焦躁难安。一闭眼，眼前就是过去种种画面杂乱闪过，而更多的，是方才常胜那蛮横无理的一吻——如果那勉强还能算是吻的话。

他怎会如此大胆？

他对她的这份心思，有多久了？

从没有人如此亲过她。

——连刘徽也没有。

他怎敢……

心乱如麻。

一抬头，天边已是鱼肚白，浅浅浮起些许金色霞光。

门外有细小的动静，似乎响起极轻的嗒的一声。

左钧直惊觉而起，他说，他只有一夜时间，是什么意思？

左钧直霍地拉开门，只见微茫的青色身影在曙光中缩成一个小点，渺如黄鹤，转瞬不见。

左钧直的心刹那间塌了一方。她一回头，门楣上挂着一枚朱红穗子，穗子上穿着一颗通红锃亮的珠子一样的物事，在晨风中寂寥而安静地摇曳。

那穗子是她送给他的第一份礼物。

只那一瞬，仿佛天地间都静了，失却了颜色，只那朱红穗子轻轻地摇晃，穗丝儿一根撞着一根，顽皮地跳荡起来，弹到那枚赤红珠子上。

他把这穗子还给了她。

她心中忽然生出一种感觉，他再也不会回来了。

她伤透了他的心，他再也不会回来了。

那珠子红得耀眼，红得触目惊心，红得好似一滴鲜血，又似一颗跃动的心脏。

常胜走了。

从来都是他扭股儿糖似的厮缠在她身边，央着她、求着她理睬他，不要离开他。她如此习惯了他的陪伴，于是觉得理所当然，于是更加理所当然地以为，他离不开她，他也不会主动离开她。

她何曾想过他的感受？

她要断了他的念想，却没想到他这一走，疼的是自己。

左钧直猛然向前蹿了两步。常胜，常胜，我心里是有你的。我心里早就有你了，可是我不知道。

她心中疯狂地呼喊，她甚至想大声叫出来。

可是白云悠悠，黄鹤杳然，昔人何处？

左钧直心头一片茫然，在房中发了半日的呆，直到将近午时，才眼底发青地进了兵部衙门。一进职方司，便见里面乱哄哄的一片。

昨儿那个去参加围猎的同僚高高踞坐在书案上，指手画脚，说得唾沫横飞，身旁钦慕地围了一圈儿大小兵部官员。

“……你们这些人啊，真是胆小！一听说‘八英’中未婚的五个和括羽都要去参加围猎和选郡马，一个个都临阵脱逃，嘁！小爷虽然没选上，可是其他人也没一个选上呀，所以小爷也不算输是不是？”

周围人忙不迭地点头：“是是是。快讲讲昨儿是怎么一回事。听说鸾郡主掴了括羽一耳光，还将他赶出了宫？”

这可是一个天大的八卦，一圈人个个群情激奋，只恨昨日没有报名围猎，错过了那一场好戏。

那个同僚伸手要了杯水，清了清嗓子，道：“小爷我昨儿就说那括羽是个银样儿镴枪头，有些人还不信。一上场啊，我就找着那括羽看，啧，模样儿还真不赖，不比咱皇上差！只是一副心不在焉的样子，站在最边儿上，像是随时准备开溜。”

众人大笑：“你开玩笑吧？括羽要溜？溜哪里去？”

那人一瞪眼：“我怎么知道？反正我说的句句属实！然后就是分马，准备狩猎。你们也知道，为了公平起见，那马都是宫中养的马，随便分的，谁都不能用自己的马。括羽上了马，那马像是有些不听使唤。跑了会儿我回头一看，括羽落在了最后。狩猎的时候，那叫一个激烈啊，尤其是陆挺之和左杭两个，都是一马当先，各不相让。要说‘八英’中的那五个当真是功夫好得不得了，小爷我自叹弗如。过了会儿，只听见括羽的马一声嘶溜溜地大叫，两蹄一抬站了起来，竟将括羽给颠了下去！正在那时，恰好有几支羽箭飞来，括羽落地滚了两滚，那箭恰扎在他身边，可真是惊险哪！”

“不可能吧？人家从小可是马背上长大的，哪里会这么轻轻松松被匹宫马给颠下来！”

“就是！听说括羽也不那么喜欢鸾郡主，只怕是故意的吧？”

“喂喂喂！”那人不耐烦道，“我讲还是你们讲？总之括羽就是落马了，按照规矩呢，但凡落了马的，就是输了，失掉了当郡马的资格。最后狩猎结果，林玖最多，陆挺之和左杭两个只少一头猎物，紧随其后，但是数字并列——一头鹿上插了两支箭，谁射中了致命处还是没个定论。太监大总管自然是要查实那致命一箭是谁的，不料鸾郡主怒气冲冲地叫起来：‘不用查了！这次不算！’”

他学得惟妙惟肖，神状俱似，众人都笑了起来。

“当时满场鸦雀无声啊，鸾郡主一身骑装，红得像火苗似的，漂亮极了，是个男人都动心啊！她噔噔噔跑到括羽面前，大声说道：‘我就这么让你讨厌？’那括羽说：‘臣技不如人，四哥、七哥和八哥个个才胜于臣，可堪良配。’鸾郡主当时那叫一个气啊，举手就是一大耳刮子，说：‘你滚！给本郡主滚出宫去！本郡主再也不想看到你！’”那同僚两手一摊，道，“就这样咯。”

众人哈哈大笑：“这可不是小两口吵架嘛！”

“鸾郡主嘴上说不想见人家，保准过两天又去找人家了！”

“小姑娘家家的，哪个不是这样！我那三房的小媳妇儿就是，我在的时候嫌看着我碍眼，我一走就哭哭啼啼魂不守舍的。”

“呸！你……”

众人七嘴八舌说得正欢，外面忽然又跑进来一个同职方司诸人相熟的总部司主事：“今儿一早，括羽向皇上请命，去山海关投奔叶轻麾下。现在已经走了！”兵部下属总部司掌武官品命、勋禄、诰敕、军户诸事，是以知晓得也最快。

众人面面相觑：“真被赶出宫了？！”

那主事叹了声，压低了声音道：“听说昨儿鸾郡主回来哭了一宿，皇上本来确有意招括羽为郡马，昨天括羽那么一闹，让天家多没面子。估摸着他自己也觉得在宫里待不下去了，所以主动请命投军。听方才来传旨的公公说，今儿早上皇上一起来啊，那括羽就在熙泽宫外面跪着，一身的露水，怕是跪了一夜啊！”

众人好一番唏嘘。左钧直忽地又想起常胜来，才觉得情之一事，实在是最折磨人，也是最捉弄人的。她写了那么多的情爱，何曾真正懂过一分的“情”字？

后面几天，她日日过得如在油锅中煎熬。无须去回忆，睁眼闭眼，全是常胜的眼睛：含笑的、欢喜的、狡狯的、认真的、无辜的、委屈的、倔强的、凶狠的、失落的……他粗鲁地咬上她那一瞬间的悸动，一次次地蹿上心头，挥之不去。

她曾以为她爱刘徽，爱得很认真也很深刻。然而那发乎情，止乎礼，她会难过，会五味杂陈，却能为她所克制。

所以刘徽消失的那两年多里，她固然思念，却未必会如此这般日夜难眠、寤寐思服。

她头一回觉得自己失控了，自己不属于自己了，为一种莫名的情绪所掌控，时而想大喊大叫，时而想放声大哭，时而想找个什么东西狠捶一通。她觉得她似乎是疯了。

没有人可以诉说。她羞于启齿。无论是刘徽，还是常胜，她只能深埋于心底。脩脩、爹爹，她都不能告诉，只能抱着长生摇来摇去。可怜长生被她摇得眼神迷离，舌头都不会正着吐，从嘴侧的獠牙缝里掉了出来。

常胜……长生……她想起那一夜她也是这样摇着常胜，摇得他话都说不利索："我……我才不会……丢下……姐姐！"

说不会丢下，可还是丢下了！

左钧直觉得她不能再这样下去，她得做些什么。

她在兵部求到了翊卫的花名册，然而其中竟没有"常胜"这个名字。她想或许因为常胜是个暗卫，并不在这花名册中，又寻了好些认识翊卫的同僚让他们帮忙去问，却都说从来没有听说过叫"常胜"的翊卫。她又找到几个公公，问他们宫中可有叫"常胜"的人，公公们一概摇头，说是不知。她甚至找到了武英殿的总管太监，那太监说，武英殿住过侍读生，住过不少亲卫、内侍、宫女，前前后后成百上千个他都认识，却从来没有什么叫"常胜"的人。

可是皇上叫他常胜。

鸾郡主也叫他常胜。

这还能假了去吗？

除了门口那依然临风飘扬的朱红穗子，再也找不到一丝一毫常胜留下的痕迹。她几乎就要怀疑，之前的一切是不是都是她的幻觉！那个与她从相识到相伴走过了六年的少年，是不是真的存在！

他怎么可以消失得这么彻底、这么干干净净，让她无从寻觅？

她只能在心底期盼，他只是被明严再一次送了出去，执行什么秘密任务，便似那一次除韩奉一般，他整整消失了半年。

她只能在心底期盼，也许是一个月之后，或者三个月之后，哪怕是半年之后，她能在半梦半醒间，再一次听见他唤她一声——“姐姐”。

……

落英遍地，零落成泥碾作尘。

隔着影壁，左钧直听见清歌凄切，缱绻难言，唱的是一曲《相见欢》：

林花谢了春红，太匆匆。无奈朝来寒雨晚来风。

胭脂泪，相留醉，几时重？自是人生长恨水长东！

一种难言的感觉，似凄然又似恐慌，如百足虫一般爬上左钧直的心头。

这是后主亡国之词，是杜宇泣血之啼啊！

左钧直扶着影壁转过去，便见刘徽支着头倚坐在石凳上，庭中是繁楼以前的花魁季芃姑娘，着水袖长裙，曼舞轻歌。

季芃瞅见左钧直，滞了舞步，收袖退到了一边。

刘徽仿佛还沉浸在那曲子中，良久才转过头来，仍是那放荡不羁的模样。

“刘爷，我……”

桃花眼眯了些：“终于想清楚了？”

左钧直望着他眼底天然的风情和嘴角蛊人的笑纹，终于又移开眼去，垂头盯着他手中把玩的那把三十二骨扇，鼓起勇气道：“我想……我可能还是不能……”

“很好！很好！”刘徽悠悠站起身来，展开那把扇子，手指一根根划过三十二根扇骨，轻轻一弹，金声玉振，“终于还是喜欢上那小子了？……他果然肯为了你……是真心……很好！很好！”

左钧直还想说些什么，却见刘徽已经背过身去，拂袖道：“芃儿，送客！”

他一手执扇，一手背在身后，优游容与地步入了庭院深处的月洞门。月洞门上青苔斑斑，数枝碧桃花枝从墙头探出。他金丝双绣的发带牵落几朵枝头将谢的花朵，花朵颤颤巍巍，从乌墨般的发上滚落肩头，花瓣儿散开，贴着他秋水青荷般的锦衣掉了下去，一瓣一瓣，让人的心尖儿都随之轻颤。

容止风流，占尽三春胜景。他一走，这春光，仿佛也随之逝去了。

这背影堪如浮世之绘，哀感顽艳，却又潇洒从容。

它铭刻在左钧直心中，一生未曾抹去。

春夏之交，天气反复无常。倏倏得了风寒，硬撑着忙乱了几日，竟病倒了。爹爹没法照料倏倏，塾中的孩子今年又多起来了，左钧直心忧，不得不向职方司郎中告假两日，回来料理倏倏和爹爹的起居饮食。

职方司郎中很爽快地准了左钧直的假，道：“你这假休得倒是时候，皇上要罢朝两日，这两天当不会那么忙。”

左钧直好奇地问道：“为何罢朝？”

郎中摸着山羊胡须，教训她道：“钧直啊，不能只忙边事，朝中的事情还得多多上心。皇上每年这个时候要去咸池太庙祭祀祖先，今年是小祭，所以朝中的动静小些，大臣不必随行。”

咸池，太庙！

左钧直悚然惊觉，掐指一算，明日正是祭日。

祭祖，祭祖，是明严之祖，亦是云沉澜之祖！今年女帝和云中君又离了京城，只能是明严和云沉澜姐弟俩去祭祀。

繁楼变卖，刘徽回京，括羽离宫……

种种事情联系起来，左钧直忽地明白了刘徽的计划！

原来他的目标，始终是在皇帝身上！

北齐的国，到底是朱氏之国，他心中更恨的，是女帝杀了他的亲姊姊、妻子和未出世的孩子！

所以他会说，再等他一等，这等，就是等他杀了明严！

这万万不可，两兵交锋之际，明严一旦被刺，明德太子尚幼小，不足以定朝纲，天朝根基必然动摇，北齐、女真联军一旦长驱直入，天下就又将大乱！

左钧直看了看天色，皇帝必然已经出发向郢京南郊淇水之畔的咸池去了。她匆匆作别郎中大人，去马厩牵了匹相熟同僚的马，狠一踢马肚，直冲南边奔去。

寰宇寥廓，残阳胜血。

咸池如镜，接天处被映得通红，与红霞争艳。另半边湖碧水澹澹生烟，瑟瑟苍然。

浩浩水流向天边聚涌而去，轰然跌落九天，飞雪溅玉，泄入百丈陡壁之下的汤汤淇水，磅礴奔流，滔滔向东。

咸池之畔，明严负手而立，一身雍贵天家气势，在苍茫天地间峙如山岳。

一艘云纹画舫缓缓排水而来，靠得岸边，数名绣衣童仆置好楠木舷梯，伏跪两侧。舫上青白锦衣的伟岸男子屈膝伏地，恭迎上尊。

明严示意身后数名内侍止步，抬足上了画舫。

“都平身吧。”

“陛下孤身而来，怎未多带些护卫？”

明严漠然打量面前的男子：“朕见的是自己的姐姐，用得着什么护卫？”

男子垂眼，目光落到他半露出九龙绲金袖口的手指上。金丝指环凌厉生光，暮色中，若非眼力极好，定是看不见那几近透明的柔韧细丝。

“刘徽，你不久便是朕的姐夫了，无须拘礼。”

刘徽淡笑着点了下头：“沉澜今天身子有些不适，所以是臣过来迎接陛下。”

明严微微点头，远远眺望咸池泄口处看似波澜不惊的急流。

“小殿下没有一起来吗？沉澜倒是十分想念他。”

“今天出宫，嬉闹了一整日，现在累得睡了。明儿带他见皇姐吧。”

云沉澜所居之地，在咸池另一侧的桃花坞。

舫至波心，杀机已现。

刘徽望着船舷上立着的明严，心中隐隐有些异样的感觉。

自上船后他便一直站在那里，不肯入舱。那一头正对着天际斜阳、咸池泄口和桃花坞。

背在身后的手指习惯性地屈起。这是一个警觉的姿势。

明严他见过许多次，各种场合，这个姿势他太熟悉了。

这是个懂得自保的人。或许是因为女帝曾经被她的异母兄长害过，这个人除非是面对女帝、云中君和云沉澜三人，否则从不会卸下防备。他十数年来寻找过无数机会，却从未成功接近到明严身边三尺。

所以他才会费尽心思，从云沉澜下手。天知道他看见云沉澜真容的那一霎，心中有多惊讶，转瞬间又有多欣喜。

只是明严再警觉又能如何？

云中君不曾教过他雪山炼气这等妖术，其他功夫练得再好，也不可能是他的对手。

三年虚与委蛇，三年以仇为亲，等的便是此刻！

刘徽心念甫动，袖下三十二骨扇骤然透出利刃，足下飞掠，疾袭如风！

那明严果有防备，动作竟是奇快，矮身避过的一霎，指上韧丝破风而出。刘徽与云沉澜相处日久，对这路数已然烂熟于心。更何况云沉澜乃是用十根，明严只有一根。骨扇蓬然展开，白光乍现，那韧丝哧地被削断。

明严面上现出惊讶之色。刘徽道："天蚕之丝，金玉之质。然天下万物，有生有克。这扇子，便是用来克你们云氏的妖术的！"明严此时手无长物，只是仗着轻功躲闪。刘徽追赶之际，将舫上的绣衣童仆和船工舵手斩杀殆尽。那舫失了控制，顺着水流漂漂荡荡向咸池泄口而去。

刘徽刀刃压上明严颈侧之际，被他伸手死死抵住，冷声道："你要杀我，起码让我死个明白。"

左钧直一路狂奔，五脏六腑都要被颠出来了，眼看快至咸池，仍不见皇家舆驾，焦急万分。转过一片树林，只见浩荡一队人马，宝盖金黄，旗帜飘飞，她心中大喜，顾不得马儿已经一身的汗，急急催了直奔车队之前。

亲卫的刀剑哗啦啦横了过来，将左钧直压倒在地。左钧直也顾不得许多，高声大喊道："臣左钧直求见皇上！皇上万勿去咸池，恐遭刺杀！"

那些亲卫正要将左钧直扭缚起来，五彩云龙玉辂的车帘掀起，身着天蓝四合如意龙袍的威严男子缓步下地。

"让她过来。"

明严道："你不过是因被朕的母皇杀了妻儿。朕母皇的父母、兄弟姐妹，俱被你们北齐人勾结逆臣所害。朕的皇舅双腿均废，和母皇一同为你们北齐皇帝所掳，险些被凌辱致死，这些账，又怎么算？"

刘徽道："我只要你死。"

明严道："我死之后，你便能释怀？"

刘徽大笑："我当你是个人物，没想到这么磨磨叽叽！"猛然收刃，一掌运起十二分劲力，当胸击上。那一掌力重千钧，足可崩山碎石。明严身后栏杆俱碎，一口鲜血喷出，枯叶一般飞入咸池。

一瞬间，咸池泄口之侧飞起一道紫色人影，半空中在明严背后又补上一掌，将他生生又击回画舫之上！

这个人出现得何其突然，这一掌又何其毒辣。明严受了刘徽一掌，并未出声，然而在这一掌之下，却猝不及防痛哼一声。

这一声却是女声。

“刘郎，这云家妖女易了容，想把你糊弄过去啊！”语声娇啭，似嗔似谄，却是女献。他一把抽落地上人的束发金冠，乌云般的发散了下来，又扯着那发，从后脑勺上拔出一根金针，只见“明严”面相骤变，上挑凤眸稍稍下落成狐狸媚眼，脸颊轮廓顿时化作柔和。

刘徽的脸色登时大变，身子晃了两晃，摇摇欲坠。

是云沉澜。

大约是因为云沉澜半张脸生了朱砂记，他从没意识到云沉澜和明严长得如此之像。

可是，他们是姐弟啊，他们不像，还有谁像？

只有云沉澜扮得出明严的天家气势，只有云沉澜知晓明严的一切细节、习惯，甚至说话的表情和风格……她扮起明严来，巨细无遗，分毫不差，连刘徽也骗得过。

“刘郎，你那一掌这妖女早有防范，她水性好，纵是落入淇水也死不了！若不是我补那一掌……”

云沉澜被女献揪住头发后仰着，双眸紧闭，面若金纸。

刘徽手中扇刃猛然刺出，直透女献心房。

女献不敢置信地睁大了眼睛，凄然道：“你……杀我？你竟为了这妖女……杀我？刘郎……你好……”

刘徽拔刃，血箭喷涌而出。女献踉跄后退两步，一步踩空，落入湍急水流，很快便被冲下了百丈瀑布。

云沉澜失了女献的拉扯，软软倒地。刘徽茫茫然竟伸出手去，将她托住，却见她身下一片殷红，触目惊心的暗红血液如涓涓细流，在船板上蜿蜒开来。

刘徽心头似被大槌一擂，脑子里嗡嗡作响。他艰难地嚅动着双唇，听到自己的声音干涩而又颤抖，仿佛并不是他的：“你……”

云沉澜气若游丝，却极力睁开眼来，嘴角扯出一个笑意：“没……了，也好，正合……你意。”

刘徽死死地攥住她的腕，咬牙道：“你怎会……怎会……我明明……”

云沉澜的眼底似清明了些：“只要我想……”她喘了口气，有些狡黠的神色，“这事儿，我娘对我爹……也干过……”

刘徽眼中的血色一点一点地崩裂开来，很快双目通红，像一头绝望的困兽，忽然仰头猛然长长嘶吼一声，痛不可抑。

十多年前，他的孩子尚未出世，便连同他的娘亲一同横死。

然而今日，他的……是他的孩子，再一次胎死腹中……是他亲自下的手！

仇人，仇人！仇人有了自己的亲骨肉，那到底是仇人，还是亲人？

他明明是要为自己的女人和孩子报仇雪恨，为何结果却是亲手害死了自己的女人和孩子？

苍天在玩弄他吗？他做了什么，苍天要如此惩罚他？

“刘徽……”云沉澜吃力地抬起带血的手，钩住他的脖子，“我是真的……爱你啊……”

她微闭了眼，却含了笑意，仿佛是轻轻的吟叹。

“……早就……知道你是谁……了。我……我同父亲一般，生来……触觉敏于……常人。我们的朱砂记……情绪波动……会烫……你未让我……见过，我却第一次就……摸出来了。

“我知你……从未对我真心，但，最后一次……亲亲我……好不好？”

刘徽魂魄早已失却，痴人一般地呆坐着。

云沉澜奋力昂起头来，一吻羽絮般落上了他的唇。

她浅尝辄止。移开时，刘徽看见她眼中映出一片青紫。

“刘徽……要恨就恨我吧……他毕竟是我的亲弟弟，我不能让你……”

画舫猛烈地摇晃起来，像垂死之前的挣扎。湍流急旋咆哮，奔雷之声有似万马奔腾、千山崩颓。

云沉澜紧紧抱着刘徽，随着那万丈飞空白练，直直落下。

飞沫翻涌，水烟腾空。二人在千山万壑匹练遥峰之间，渺小如尘，刹那间被翻涌洪波吞噬不见。

左钧直是眼睁睁地看着画舫坠落天边的。

她和明严赶到之时，行驿的内侍几乎不敢相信自己的眼睛。

她于是知道云沉澜赶在明严之前扮作明严上了画舫。

画舫上究竟发生了什么，她怕是永远也无从知晓了。然而刘徽那一声吼叫，在四面山峰中久久回荡不休，痛苦至极，绝望至极。

万劫不复。

她的心在那一瞬如坠冰窟。

她知道，可能她再也见不到刘徽了。

永远，也见不到了。

明严跳了咸池。倘不是林玫下了狠手，他便真的也从咸池泄口跃下去了。

亲卫亲军在咸池瀑布、淇水上下整整寻找了七日七夜，只找到了画舫的残骸碎片，不见半具尸骨。

咸池之下，砯崖转石，万壑惊雷，人落下去，必然粉身碎骨。

明严那里也没有云沉澜的半点消息。

微漠的希望在日复一日的沉寂中被磨蚀殆尽。

桃花谢去，水自长东。风流尽，人易老。

春等过了夏，夏等过了秋。院里的桂子又开了，左钧直独自开了一坛三年前倏倏酿的桂花酒，香远益清。

月魄如冰。

赤色珠子并朱红穗子在门楣上轻摇，叩得门板叮叮作响。

白日里竟有三绝书局的人来寻她，问《浪荡词》可否付梓，另带来一封银票，却是书局红利。那人老实恭敬，口口声声，呼的是“东家”。

左钧直抿着酒，翻开了此前刘徽塞给她的三绝书局的契书。

她不善商，可也看得出这封契书拟得何等周密详尽。无须她上心，那书局自会规规矩矩、兢兢业业地运作下去。

她从契书中看到，这书局到她手上，流转了五次，将刘徽的痕迹洗得干干净净。

刘徽行刺一事，明严虽未声张，私底下却严加查探。繁楼、三绝书局等刘徽过去的店铺，俱遭到了查封。

然而刘徽显然早有安排。

朝廷没有查出任何东西来。店铺都已经换到了清白人的手上，只能再度放开。

三绝书局到左钧直之手，更是在朝廷放手之后。

那一日见他，他早已经算好这一切了。

左钧直不易醉，然而几口酒下去，仍有些面热。

只是心头更凉。

心意忽动，她索性提了酒，晃晃悠悠，晃到了那个几乎已经荒芜的宅子边上。

宅子外面、庭院里边的大树没了人打理，越发长得狂妄恣肆。

左钧直绕了两圈，呵呵笑了两声，生平第一次做了爬树翻墙的事情。

她做这些事情做得高兴，仿佛刘徽就在院中看着她，素色芳风三十二骨扇半掩了脸，赞一声：“爬得好！”

庭中杂草丛生，吟虫鸣叫。撒金碧桃的浓密枝叶旁逸斜出，在夜风中飒飒有声。

左钧直又灌了几口酒。月色真好。

刘徽住的房间里一片凌乱，像是有盗贼来过。左钧直燃了灯，找到拂尘，将桌椅橱柜上积起的厚厚尘土和边边角角上结着的蛛网一点点打扫干净。

她不知道自己为何要这么做，做这些有什么意义。可她就是这么做了。

一切都是空空如也。

床头柜翻倒在地，左钧直扶起来时，竟觉得很重，里面哐哐啷啷一阵响。她好奇地拉开底下的抽屉，一个乌漆斑驳的书箧映入眼帘。

是她的书箧！当年在泰丰源说书被捕时丢了的书箧！

莫非……莫非刘徽那天，就在泰丰源？

她极力回想，那日她口出狂言，被虞少卿——她是后来才对应上名字的——指责。那时二楼包厢中，确有另一个未露真容的人对她说："小孩儿，你这小小年纪的，这些故事呀话儿呀，都是从何处听来的？"

如今想来，她当时要是机敏，便该顺着他的话头，推说所言俱是坊间流传，并非自己所思所想，更不去唱那《十八摸》，或许能逃过一劫。

可她当时年少轻狂，只将他的话视作挑衅。

现在细细回忆那时的细节，那人当就是刘徽。那日同她说话的人何其多，他说了那样一句话，分明是有意为她开脱，可她全然没放在心上。

一片混乱中，他拾了她的书箧，留存至今。

左钧直又一一抽开其他的抽屉，身子一软，跌坐在床边。

一格一格，满满的俱是她的稿子，一沓一沓地被写着时间的木签间隔来开。从《嘲哳曲》，到《呻吟赋》，到《猖狂语》，到《浪荡词》，写废的、重写的、修改的，俱在里面，一纸未落。

她颤手抽出一张《浪荡词》的稿纸，只见上面的文字用朱墨圈点评判了许多，或是文法上的修改，或是一字一词的变动。她当时写《浪荡词》的时候，觉得刘徽已经不看她的稿子，便置气一般写得潦草了许多，不再似以往精雕细琢，反复推敲。后来出了书，她也不曾回头看过。

原来刘徽都看了，不但都看了，还看得仔仔细细，不厌其烦地帮她润了色。

刘徽极有文才，她从来都知道。

她又翻几张，好些句子都被他用红线画出来，却没有写字。左钧直细细一看，才知都是她的心迹之语。

文乃心声。纵然是编故事，字里行间，也难免为写作之人的情绪所左右。

文中之人，未必不是她身边之人。文中人之言，未必不是她自心而发。文中人所历之事，未必不是她亲身所历、所见。

他说：你写下去吧，我喜欢看。

他说：爷没说停，你便得继续写。

他说：好好儿的，为何要改结局？

原来这三年，他对她的关心，从未少过。一笺薄薄稿纸，每日四五百字，维系起心意的通连。

她心底最深处的那些想法，那些从未向人倾诉过的东西，他都知晓。

《浪荡词》的第二个结局中，她看得出他语意的寥落。

他知道她的希望，已经于那个时候渐渐地淡了。这一点，兴许她自己当时都不知道。

很多事情，她没有再问，他也没有多说。无须解释，彼此，都早已经明了了。

稿纸上的墨迹洇湿开来，黑的红的，化在一起，模糊不清，再也分不开了。

——【未完待续，更多精彩在《四夷译字传奇2》】